U0109361

中國語言文字研究輯刊

二四編

許學仁 主編

第4冊

近代漢語詞語新探

魏啟君、王閏吉 著

花木蘭文化事業有限公司

國家圖書館出版品預行編目資料

近代漢語詞語新探／魏啟君、王閏吉 著 -- 初版 -- 新北市：

花木蘭文化事業有限公司，2023〔民 112〕

序 2+ 目 2+180 面；21×29.7 公分

（中國語言文字研究輯刊 二四編；第 4 冊）

ISBN 978-626-344-240-5（精裝）

1.CST：漢語 2.CST：詞彙學

802.08 111021973

ISBN-978-626-344-240-5

9 786263 442405

中國語言文字研究輯刊
二四編 第 四 冊 ISBN：978-626-344-240-5

近代漢語詞語新探

作 者	魏啟君、王閏吉
主 編	許學仁
總 編 輯	杜潔祥
副總編輯	楊嘉樂
編輯主任	許郁翎
編 輯	張雅淋、潘玟靜 美術編輯 陳逸婷
出 版	花木蘭文化事業有限公司
發 行 人	高小娟
聯絡地址	235 新北市中和區中安街七二號十三樓
	電話：02-2923-1455／傳真：02-2923-1452
網 址	http://www.huamulan.tw 信箱 service@huamulans.com
印 刷	普羅文化出版廣告事業
初 版	2023 年 3 月
定 價	二四編 9 冊（精裝）新台幣 30,000 元 版權所有・請勿翻印

近代漢語詞語新探

魏啟君、王閏吉 著

作者簡介

魏啟君，畢業於四川大學文學與新聞學院，文學博士，研究生導師，教授，雲南省語委專家庫成員之一。研究方向及興趣為漢語詞彙史、語言接觸等。在學術期刊發表論文 40 餘篇，其中語言學權威期刊《中國語文》2 篇，CSSCI 核心期刊 20 餘篇，出版學術專著 3 部、參與主編《大學語文》教材 1 本。主持並結項國家語委項目 1 項，主持在研教育部人文社科基金項目 1 項，以及其他各類社科項目 5 項。參與國家社科基金項目、教育部人文社科基金項目 3 項。獲雲南省哲學社會科學優秀成果獎（著作）一等獎、（論文）二等獎各一次。

王閏吉，文學博士，研究生導師，教授。浙江省優秀教師暨高校優秀教師、浙江省社科聯入庫專家、浙江省語言學會理事，麗水學院學術委員會委員、優秀學術帶頭人。在學術期刊發表論文 100 多篇，其中權威期刊《中國語文》4 篇，CSSCI 核心期刊 30 餘篇，出版學術專著、主編和副主編詞典 10 多部，合作編纂《處州文獻集成》《浙江通志·民族卷》以及浙江省十八鄉鎮民族志 300 餘冊。主持國家社科基金項目 2 項、教育部人文社科基金項目 1 項以及其他各類項目 40 餘項。兩次獲浙江省哲學社會科學優秀成果獎，10 餘次獲麗水市優秀社會科學成果獎。

提　要

本書是一部關於近代漢語詞語研究的專書，因觀點與前人研究多有不同，故名「新探」。內容主要是對近代一些重要文獻中的疑難詞語加以考釋，也涉及到文獻、聲訓、語源等問題的探索，涵蓋「子弟書詞語考釋」「內閣檔案詞語發微」「俗語詞考源」「俗文學詞語考辨」「疑難詞語零劄」等五個章節。本書支撐論文包括分別發表在《中國語文》《語言研究》《民族語文》《歷史檔案》《漢語史學報》《漢語史研究集刊》《語言學論叢》《辭書研究》《中國文字研究》《當代文壇》《紅樓夢學刊》《學術探索》《蒲松齡研究》《中央民族大學學報》哲學社會科學版、《雲南師範大學學報》哲學社會科學版、《西南民族大學學報》人文社科版、《賀州學院學報》《麗水學院學報》《銅仁學院學報》《現代語文》等 29 篇。算是作者近十餘年來對近代漢語詞語研究的一個小結。

本書為教育部人文社科研究項目
「大理國寫本佛經漢文白語俗字研究」
（20XJA850001）階段性成果之一

序　言

　　本書是一部關於近代漢語詞語研究的專書，因觀點與前人研究多有不同，故名「新探」。內容主要是對近代一些重要文獻中的疑難詞語加以考釋，也涉及到聲訓、語源等詞語問題的探索，涵蓋「子弟書詞語考釋」「內閣檔案詞語發微」「俗語詞考源」「俗文學詞語考辨」「疑難詞語零箚」等五個章節。

　　本書支撐論文分別發表在《中國語文》《語言研究》《民族語文》《歷史檔案》《漢語史學報》《漢語史研究集刊》《語言學論叢》《辭書研究》《中國文字研究》《當代文壇》《紅樓夢學刊》《學術探索》《蒲松齡研究》《中央民族大學學報》哲學社會科學版、《雲南師範大學學報》哲學社會科學版、《西南民族大學學報》人文社科版、《賀州學院學報》《麗水學院學報》《銅仁學院學報》《現代語文》等 29 篇。多有改動，文中恕不一一注明改動之處。

　　自 2010 年博士畢業後，至今已從事漢語言文字學教學與研究十餘年，本書只是近年來對近代漢語詞語研究的一點心得。限於筆者水平，缺點和問題不少，期望方家不吝賜教。

魏啟君

2022 年 4 月

序　言

第一章　子弟書詞語釋疑

　　子弟書作為滿漢融合的特殊文學樣式，在近代漢語詞語研究中有著舉足輕重的價值。儘管學界已陸續出版各類整理本，但著力於詞語研究者寥寥。本章收錄《子弟書釋字二例》《子弟書「嘎孤」的語源及歷史層次》《子弟書〈遣晴雯〉校錄指瑕》《子弟書〈紅葉題詩〉校錄指瑕》《「撇斜」語義考辨》等篇，旨在挖掘該文體中出現的一些特殊詞語，以期進一步促進子弟書專題研究。

一、子弟書「嚨」「鎈」語義考〔註1〕

　　子弟書是我國清代北方俗曲的一種，盛行於乾、嘉、道三代，是我國滿族中下層人民始創的曲藝作品，是民族文化藝術的瑰寶。子弟書俗字頗多，今揀選二例加以考證。

（一）嚨

　　「嚨」不見任何辭書收錄，子弟書各家整理本亦未見注釋。從版本異文來看，「嚨」應該是與「啊」「呀」類似的語氣助詞。如：

　　　　（1）猶疑了半晌歎了口氣，說：「兒嚨，將軍不下馬。」英雄他又
　　　　　　不哼。(《千金全德》頭回，故本 400／2)〔註2〕

〔註1〕原題《子弟書釋字二例》，發表於《中國語文》，2017 年第 5 期，有改動。
〔註2〕「故本」為《故宮珍本叢刊》的簡稱（故宮博物院編：《故宮珍本叢刊》，海南出版

（2）若不然便將我這人頭交與蘇烈，兒嚹，你找找為父的屍靈，

算你忠孝全。（《周西坡》第二回，故本 698 / 183）

（3）李世民，我的心肝娘的肉，兒嚹，你可來了，看看哀家，你也

疼不疼？（《望兒樓》第二回，俗本 391 / 155）

例（1）車本（52 / 333b）、俗本（388 / 502）、《清車王府鈔藏曲本·子弟書集》〔註3〕、《子弟書叢鈔》〔註4〕、《子弟書全集》〔註5〕「嚹」皆如字。《清蒙古車王府藏子弟書》〔註6〕、《子弟書選》〔註7〕均作「呀」。例（2）俗本（386 / 341）作「嚹」，車本（52 / 42b）、《鼓詞選》〔註8〕作「啊」，《清車王府鈔藏曲本·子弟書集》〔註9〕作「呵」。例（3）車本（52 / 174b）作「呀」，《子弟書全集》〔註10〕（2012：3 / 998a）作「嚇」。

子弟書中，與「嚹」相同的語言環境裏，用語氣助詞「啊」「呀」亦不鮮見。如：

（4）說：「杏兒啊，這膽大的丫頭何處去？」公子低聲說：「我不

知。」（《俏東風》第五回，車本 54 / 388b）

（5）可是呀，上次那個桃紅褲紗的尺寸甚短，交與東邊兔兒李，直

至如今尚未裁。（《逛護國寺》第二回，車本 54 / 449b）

可見，「嚹」是語氣助詞，應該毫無疑問。它與「啊」「呀」有何區別呢？

社，2000 年），斜線前數字表示本數，斜線後數字頁碼。以下「俗本」為《俗文學叢刊》簡稱（中央研究院歷史語言研究所俗文學叢刊編輯小組編：《俗文學叢刊》，中央研究院歷史語言研究所、新文豐出版股份有限公司，2004 年），「車本」為《清車王府藏曲本》的簡稱（首都圖書館編：《清車王府藏曲本》，學苑出版社，2001 年），斜線前後的數字分別表示本數與頁碼，a 表示該頁的上檔，b 表示該頁的下檔。

〔註3〕劉烈茂、郭精銳：《清車王府鈔藏曲本·子弟書集》，江蘇古籍出版社，1993 年，第 486 頁。

〔註4〕關德棟、周中明：《子弟書叢鈔》，上海古籍出版社，1984 年，第 162 頁。

〔註5〕黃仕忠、李芳、關瑾華編：《子弟書全集》第 4 卷，社會科學文獻出版社，2012 年，第 1525 頁。

〔註6〕北京市民族古籍整理出版規劃小組輯校：《清蒙古車王府藏子弟書》，國際文化出版公司，1994 年，第 1089 頁。

〔註7〕中國曲藝工作者協會遼寧分會編：《子弟書選》，內部發行本，1979 年，第 140 頁。

〔註8〕趙景深編選：《鼓詞選》，古典文學出版社，1957 年，第 141 頁。

〔註9〕劉烈茂、郭精銳：《清車王府鈔藏曲本·子弟書集》，江蘇古籍出版社，1993 年，第 862 頁。

〔註10〕黃仕忠、李芳、關瑾華編：《子弟書全集》第 3 卷，社會科學文獻出版社，2012 年，第 998 頁。

我們先不妨看看「嚜」的語言分布情況。經窮盡性調查，「嚜」在子弟書中共出現 18 次，分別用於「兒」後 16 次、「是」後 1 次和「事」後 1 次。姑略舉例於下。

第一，用於「兒」之後。除前引例句外，於《千金全德》尚見 6 次，如：

（6）悲切切兩手拉住賢孝女，說：「罷了麼，兒嚜，這是桂英的命苦，為父的無能！」（《千金全德》頭回，故本 400 / 2）

除《千金全德》外，「嚜」在其他子弟書作品裏亦見用例，其中《罵城》1 次，《馬上聯姻》2 次，《雪梅弔孝》3 次，《昭君出塞》1 次，亦用於「兒」後。如：

（7）罷了麼，兒嚜，你心中別怨含冤的母，這是你那無倫禮的爹爹他不肯留。（《罵城》第三回，俗本 387 / 368）

（8）誰的孩兒誰不想？像我們作父母的恩情，兒嚜，你未必知勞。（《馬上聯姻》第十回，車本 52 / 138a）

（9）那時節流乾血淚誰顧你，我的兒嚜，常言道，死節容易守節難。（《雪梅弔孝》頭回，車本 54 / 44b）

（10）北番空對南朝的月，哎，月兒嚜，我怎麼望不見家鄉故土的城？《昭君出塞》第二回，俗本 384 / 525）

第二，用於「是」後，如：

（11）可是嚜，他的名字難說，你也不曉？茗煙說：「提起他的名字甚罕然。」（《玉香花語》第二回，車本 54 / 274a）

第三，用於「事」後，如：

（12）何事嚜，清晨就有這般的興致，莫不是又有奇事來告聞？（《續鈔借銀》第二回，車本 53 / 413a）

以上是子弟書中「嚜」的全部用例，都用在音素-i、er 之後，沒有例外。「嚜」僅見於「兒」「是」「事」之後，一是該三字於子弟書裏高頻使用，二是受韻文文體及表達需要的限制，其他同韻母的文字未被使用，故未見其他用例。子弟書中，語氣助詞「呀」「哪」則多用於「兒」「事」以外的「爹爹、夫人、老爺」等詞語之後。如：

（13）誰想道半路途中遭了拐騙，爹爹呀，我從無出外可那會提防？

　　　　（《千金全德》第七回，故本 400／18）

（14）夫人哪，念我胡裏胡塗才十幾歲，老爺呀，念我離父無娘苦到

　　　　個可憐。（《千金全德》第三回，故本 400／8）

基本上，「呀」用在［i］、［e］等音素之後，「哪」用在［n］音素後。

呂叔湘先生〔註11〕早在上世紀四十年代就注意到了「啊」的音變，他在《中國文法要略》中說：「啊，阿，呀，哇，哪。——這些是一個詞，代表 a 音和他的變化，看前面一個字的韻母而定。前字收音於ï（漢語拼音字母作 i：知，癡，是，日，子，次，四）及 er（兒）：音 a，寫作『啊』或『阿』。」黃伯榮、廖序東〔註12〕亦認為語氣詞「啊」用於前字尾 -ｉ［ʅ］、er 後，讀為［ʐA］。

據此，「嚇」應該為「啊」的條件音變記音詞。「嚇」用在「兒」「事」「是」後，前字尾音是 -ｉ［ʅ］／r，讀音為 rɑ［ʐA］，在現代漢語裏寫為「啊」。該字在近代漢語裏短暫出現後，隨即於現代漢語消失，卻在語言演變中留下了彌足珍貴的歷史足跡。

（二）鍘

「鍘」亦未被大型辭書收錄，文獻用例稀見，但在子弟書裏用例甚夥，各家整理本意見不一。如：

（15）出言不遜無禮之甚，送你到兵馬司中打而且枷。齊人說：「你

　　　　提的是喧鬧哇，打在我的窖兒裏，要是打官司，還得成車家的

　　　　找給我二十字兒嘎。」（《齊陳相罵》，車本 51／178a）

上例中「鍘」，俗本（384／339）作「鍘」，《清蒙古車王府藏子弟書》作「鍘」，〔註13〕《子弟書全集》照錄作「鍘」。〔註14〕「鍘」、「鍘」、「鍘」實同一字，不誤。《字彙・戈部》、《正字通・戈部》皆於「戞」下曰：「俗戛字。」

〔註11〕呂叔湘：《中國文法要略》（《呂叔湘全集》第 1 卷），遼寧教育出版社，1945／2002年，第 260 頁。

〔註12〕黃伯榮、廖序東：《現代漢語》（增訂四版），高等教育出版社，2007 年，第 89頁。

〔註13〕北京市民族古籍整理出版規劃小組輯校：《清蒙古車王府藏子弟書》，國際文化出版公司，1994 年，第 227 頁。

〔註14〕黃仕忠、李芳、關瑾華編：《子弟書全集》第 1 卷，社會科學文獻出版社，2012 年，第 132 頁。

又偏旁「钅」為「金」的草書楷化。《子弟書叢鈔》〔註15〕、《清車王府鈔藏曲本・子弟書集》〔註16〕均錄作「錢」，《子弟書選》〔註17〕奪該字。《子弟書叢鈔》注曰：「二十字兒錢，北京土語，即兩弔錢。」〔註18〕釋作「錢」固然正確，但徑改為「錢」就有問題了。子弟書押韻頗為嚴格，改作「錢」後，顯然與例（15）的「枷」不押韻，因為「錢」屬言前轍，而「枷」屬發花轍。

此外，以下四例《清蒙古車王府鈔藏曲本・子弟書集》均徑改為「錢」，在需要押韻的地方，造成不押韻了。如：

（16）恨殺容顏不似舊，面皮蒼老皺紋加。到而今總要風騷誰愛我，果然是人無顏色不值**鎈**。（《鴇兒訓妓》頭回，車本 55／492b）

（17）整和人家咕嘟了一日，惱的人連輸贏不顧把腦袋搭拉。寫了個帖子送下來了，平地古堆倒來要**鎈**。（《鴇兒訓妓》頭回，車本 55／493b）

（18）鴇兒說：「人有高低不是一樣，若要是一例而瞧可就差。倘然來個正經的嫖客，這們打發可不票了**鎈**？」（《鴇兒訓妓》第二回，車本 55／496a）

（19）春花就問：「摸什麼？」鴇兒說：「撤，你的〔得〕摸他腰裏碎零咯雜。沓了籃兒裏就是菜，摟羅了手裏就是**鎈**。」（《鴇兒訓妓》第二回，車本 55／496a-b）

「**鎈**」分別與「加」「拉」「差」「雜」押發花轍韻。「錢」為言前轍，與上述四字沒法押韻。《「子弟書」用韻研究》一文因不明錄「**鎈**」為「錢」的錯誤，以為「錢」兒化後發生語音變化，故音近發花轍。〔註19〕當屬無理。

通觀子弟書作品，當「錢」用作韻腳時，無一例外都押言前轍。如：

〔註15〕關德棟、周中明：《子弟書叢鈔》，上海古籍出版社，1984 年，第 44 頁。

〔註16〕劉烈茂、郭精銳：《清車王府鈔藏曲本・子弟書集》，江蘇古籍出版社，1993 年，第 399 頁。

〔註17〕中國曲藝工作者協會遼寧分會編：《子弟書選》，內部發行本，1979 年，第 107 頁。

〔註18〕關德棟、周中明：《子弟書叢鈔》，上海古籍出版社，1984 年，第 47 頁。

〔註19〕熊燕：《「子弟書」用韻研究》，《語言學論叢》第 22 輯，商務印書館，1999 年，第 66～67 頁。

（20）我可信了那寧可聞名別見面的話，活咧託兒咧又像那一天。

哎！老大呀，你瞧這兔兒精他嘎不嘎，這小子他是變著方兒潰我的錢。（《鬍子論》，俗本 397 / 429）

（21）這都是教習名公指點的到，也搭著老爺們只求像樣，不怕花錢。有一等柴頭也要來排演，說一齣戲費了工夫四五年。（《票把兒上臺》，車本 54 / 455a）

例（20）（21）裏與「錢」押韻的是「天」「年」，均屬言前轍。可見「鋻」「錢」是兩個意義相同，而讀音不同的字。

「鋻」應該來源於滿語。《A Concise Manchu-English Lexicon》：「jiha: money, copper coin.」〔註20〕《新滿漢大詞典》：「zhiha：錢，紙錢。」〔註21〕據此，滿語「jiha」就是漢語「錢」，直接譯音為「幾哈」。張網伯解讀光緒十年銀幣（秦子幃藏）時，稱該幣「下一字為錢字，讀若幾哈 jiha，與滿文天命平錢之下一字，及天聰大錢之右一字相同。」〔註22〕北京童謠云，今日「三音阿不喀」（好天氣），閒來無事出「都喀」（門）；「阿補」（行走）必須穿「撒補」（鞋），要充朋友得「幾哈」（錢）。〔註23〕因此「鋻」應該為記音字，源於滿語 jiha（幾哈）的合音，讀若形聲字「鋻」的聲旁「戛」[tɕia³⁵]音。無疑押發花轍。

《北京方言詞典》收詞條「鋻兒」，釋義為：「〈行〉錢。也可以不兒化。常用於各個行業數字隱語的後面。如『六塊錢』，舊貨業說『鰾字鋻』，蔬菜業說『吹字鋻』，魚業說『終字鋻』等。」〔註24〕可信。但其又認為「鋻」源於「陝西方言」，不確。

二、子弟書「嘎孤」語義考論〔註25〕

子弟書是我國滿族中下層人民的曲藝作品，是民族文化藝術的瑰寶。子弟

〔註20〕Jerry Norman. 1978. A Concise Manchu-English Lexicon. Washington: University of Washington Press. P159.

〔註21〕胡增益主編：《新滿漢大詞典》，新疆人民出版社，1994 年，第 865 頁。

〔註22〕張網伯：《光緒十年吉林銀幣》，《泉幣》1940 年第 1 期，第 71 頁。

〔註23〕關德棟：《曲藝論集》，中華書局，1962 年，第 84 頁。

〔註24〕陳剛編：《北京方言詞典》，商務印書館，1985 年，第 88 頁。

〔註25〕原題《子弟書「嘎孤」的語源及歷史層次》，發表於《賀州學院學報》，2015 年第 1 期，有改動。

書《春香鬧學》中的「嘎孤」一詞，孤僻難懂。本文擬從語源的角度，探討其意義，以就正於方家。

（1）也是我命中該交這嘎孤的運，前世的冤家今世的魔。（《春香鬧學》，車 53 / 253a）〔註26〕

《子弟書叢鈔》注「嘎孤」為「奇怪。約由滿語 gahu『前方彎曲的』意思而來。」〔註27〕此注釋釋義精當，切合語境。前文春香因不在小姐身邊，先生使勁叫喚她，春香心裏很不高興，故大發牢騷，說自己交了這奇怪的運，很倒楣。此外，從現代文獻中也可佐證「嘎孤」有「奇怪、古怪」義。例如：

（2）由於這樣一來的原故，還真使我想起 1940 年下部隊體驗生活，見到一位以「獨善其身」自恃的炊事員的悲劇故事：他個性嘎孤，不愛合群，本份工作倒是無可挑剔的。（陸地《歲月風情》）

但認為「嘎孤約由滿語 gahu『前方彎曲的』意思而來」，誤。詞源甚可疑，因為「gahu」與「嘎孤」音義均不相合，相去甚遠。經檢閱原卷，各版本均作「嘎孤」（故 699 / 285a〔註28〕，俗 393 / 19〔註29〕，車 53 / 253a），不存在形近致誤，「嘎孤」應另有來源，值得探究。

（一）表示「奇怪」義的「嘎牛」系列

子弟書的語言誠如橋本萬太郎所言，是「嚴重地滿化了的漢語或漢化的滿語」〔註30〕。其中不乏滿語詞彙。滿語裏表示「奇怪」義的詞語有三個：ganio、ganiongga 和 aldungga。〔註31〕從讀音來看，「嘎孤」與「ganio」語音差別較大，是否在子弟書裏有與「ganio」更吻合的譯音詞表示「奇怪、古怪」義？

我們在子弟書裏找到了譯音相近的「嘎牛」，如：

〔註26〕斜線前的數字表示本數，斜線後的數字表示該本的頁碼，a 表示該頁的上欄，b 表示該頁的下欄，餘仿此。首都圖書館編：《清車王府藏曲本》，學苑出版社，2001 年。

〔註27〕關德棟、周中明：《子弟書叢鈔》，上海古籍出版社，1984 年，第 593 頁。

〔註28〕故宮博物院編：《故宮珍本叢刊》，海南出版社，2001 年。

〔註29〕中央研究院歷史語言研究所俗文學叢刊編輯小組編：《俗文學叢刊》，中央研究院歷史語言研究所、新文豐出版股份有限公司，2004 年。

〔註30〕橋本萬太郎著，余志鴻譯：《語言地理類型學》，世界圖書出版公司，2008 年，第 191 頁。

〔註31〕胡增益主編：《新滿漢大詞典》，新疆人民出版社，1994 年，第 314、28 頁。

（3）挑選的嘎牛不肯輕許，走的那媒婆兒腳腫月老兒撓頭。（《鳳
　　鸞傳》第二回，車 53 / 330a）

（4）春花聞言由不的笑，說這話兒嘎牛把人慪殺。（《鴇兒訓妓》
　　第三回，車 55 / 496b）

　　例（3）說高員外擇婿條件苛刻，令人費解，前文「那老兒古怪刁鑽情太牛」
（車 53 / 330a）

印證了「嘎牛」即「古怪」之義。例（4）是說春花不明白老鴇說的妓院行
話，因此認為老鴇的話兒「嘎牛」，也就是話語「奇怪、古怪」。

亦作「噶鈕」：

（5）又如事之不常見者，及人之姓〔性〕左者，居曰噶鈕，不知噶
　　鈕清語也，漢語即怪也。（奕賡《佳夢軒叢著》）〔註32〕

又作「嘎〔嘎〕扭」：

（6）養的好兒奸懶滑饞他算都嘎扭，別說做針線哪就是煮飯搖煤
　　他也不能。（《鄉城罵》，車 55 / 2b）

亦作「噶牛」：

（7）小泥兒半卷噶牛袍袖兒窄，一路兒搭憨步兒馬啼兒輕。（《俏
　　東風》頭回，車 54 / 377b）

　　此外，子弟書裏還有「嘎吽古怪」一語。「嘎吽」與「古怪」同義連用，是
滿漢合璧，更顯豁地證明了「嘎牛」之義為「古怪」。如：

（8）過弔橋馬仰人翻心已亂，進城門嘎吽古怪眼難睜。」（《鄉城
　　罵》，車 55 / 01b）

　　此處「嘎吽」當為「嘎牛」的訛字，「牛」因上字「嘎」偏旁類化而訛為
「吽」。由於子弟書的作者多為滿族中下層人民，而且子弟書的創作目的重在
自娛自樂；加之子弟書輾轉傳抄，寫手眾多，因此寫本裏出現訛誤在所難免。
這種訛誤在子弟書抄本裏屢見不鮮，例如：《一入榮國府》：「又聽得響喨如鐘
震耳朵。」（車 54 / 205b）「響亮」訛為「響喨」。《寶釵代繡》：「不隄防窗外有
人看了多時。」（車 55 / 190b）「提防」訛為「隄防」。《草詔敲牙》：「口角邊熱
血滴溚滿地紅。」（車 54 / 36a）「滴答」訛為「滴溚」，等等。

〔註32〕奕賡著，雷大受校點：《佳夢軒叢著》，北京古籍出版社，1994年，第65頁。

至此，我們證明了「嘎牛」是滿語「ganio」的音譯詞，義為「奇怪、古怪」。然而「嘎牛」與「嘎孤」中的「牛」「孤」依然無法聯繫，二者音義判然有別，斷然認定「嘎孤」是「嘎牛」的音轉，顯然流於臆測，問題仍未解決。因為「嘎牛」只是「嘎孤」來源的一個層次。

（二）表示「奇怪」義的「拐孤」

在文獻中還有另一個詞語「拐孤」〔註33〕，詞義亦為「奇怪、古怪」，這是「嘎孤」來源的另一個層次。《漢語大詞典》已收該詞條，但未指明來源。我們認為「拐孤」來自滿語「ganiongga」。「ganio」與「ganiongga」有相同的詞根，「-ngga」、「-nggi」、「-ngge」、「-nggu」是滿語中一組同類型的形容詞後綴，〔註34〕「ganiongga」亦即「ganionggu」，漢語譯音為「拐孤」，語音吻合。「拐孤」始見於清代：

（9）他雖靦腆，卻脾氣拐孤，不大隨和兒。（《紅樓夢》第七回）

（10）眾人都笑說：「天生的牛心拐孤！」（《紅樓夢》第二十二回）

（11）太太也不禁笑道：「該！那都是他素日乾淨拐孤出來的！」

　　（《兒女英雄傳》第三十七回）

曹雪芹生活在康乾時代，當時旗人社會以滿語為主，旗人之家在宗學、覺羅學、八旗官學等各類學校中，「國語騎射」仍然是主要課程。也就是說，凡是有文化的人就要學習滿語滿文。而且曹雪芹曾經在京城的八旗官學中做過教習，應該懂滿語。〔註35〕因此儘管《紅樓夢》是以漢文創作的，仍不可避免地會使用滿語詞。文康出身於滿族，他家姓費莫氏，鑲紅旗人，自然懂滿語，《兒女英雄傳》裏使用的滿語詞彙更豐富。因此可資佐證「拐孤」有可能來自於滿語，因為在清代其他漢文書籍裏，很難找到「拐孤」的文獻用例。

「拐孤」在子弟書篇目裏也有用例：

（12）能多大的個女孩兒就操勞家計，幸虧我臉厚皮憨不會拐孤。

　　那些人見我都想摟甚麼便宜，奴只是正言厲色防備著狂徒。

　　（《遊龍傳》第三回，車54／150b）

〔註33〕《清蒙古車王府藏子弟書》整理者在「拐孤」後標以「古」，大誤，不明「拐孤」有「古怪」之義。誤。

〔註34〕愛新覺羅・烏拉熙春：《滿語語法》，內蒙古人民出版社，1985年，第58～61頁。

〔註35〕趙志忠：《滿族文化概論》，中央民族大學出版社，2008年，第216～229頁。

（三）「嘎牛」與「拐孤」的截搭

當「嘎牛」與「拐孤」兩類譯詞並存時，顯然違背了語言的經濟原則，勢必產生詞彙競爭，而競爭的最佳結果是共贏。沈家煊先生認為漢語構詞中存在兩種概念整合方式，「糅合好比是將兩根繩子各抽取一股重新撚成一根，而截搭好比是將兩根繩子各截取一段重新接成一根。」〔註36〕

這種構詞方式在漢語藉詞中同樣適用。根據前文的分析，「嘎牛」與「拐孤」分別為滿語「ganio」「ganiongga」的譯詞，同時存在於使用者的心理詞庫裏。在使用過程中，由於競爭共贏機制的作用，二者之間趨向融合，產生新的表達方式——「嘎孤」。這便使得「嘎孤」的語源模糊化，以至於《子弟書叢鈔》在語源求解上發生了錯誤。

具體的截搭過程是：基於「嘎牛」與「拐孤」的同義聚合，提取「嘎牛」的上字和「拐孤」的下字，組合為「嘎孤」。可以用公式表示為：AB＋CD→AD。〔註37〕

（四）截搭後的「嘎孤」系列

「嘎孤」的文獻用例並不多，但是在北方方言裏至今仍在使用，人們一般記為「嘎咕」〔註38〕，似乎更神似漢語詞彙，從而進一步模糊了語源。這也從一個側面說明了語言接觸過程中，強勢語言往往會自覺不自覺地改變譯音詞，使共贏機制的作用力發生傾斜。「嘎咕」在「奇怪、古怪」之外，引申出「壞」義。以下是「嘎咕」在現代方言裏的使用情況，可見多流行於北方地區，如：

（13）遼寧本溪：嘎咕：不好惹，難以相處。〔註39〕

（14）北京：嘎咕：脾性言談等特別。含貶義。心眼兒倒也說不上不

壞，就是嘎咕。〔註40〕

〔註36〕沈家煊：《「糅合」和「截搭」》，世界漢語教學，2006 年第 4 期，第 5～12 頁。

〔註37〕如果同義聚合的兩個詞語具有相同語素時，該公式的變式是：AB+AC→ABC。如「急理便」，本為「機靈便」，「機靈」與「機變」同義聚合，截搭為「機靈變」，諧音為「機靈便」。參見拙作《子弟書〈紅葉題詩〉校錄指瑕》，麗水學院學報，2014 年第 6 期。

〔註38〕「嘎吽古怪」似乎可以理解為「嘎古」由「嘎吽（牛）古怪」縮略而成，但因為「嘎吽（牛）古怪」僅有一個文獻用例，於情於理均不支持縮略一說。

〔註39〕劉恒華主編，周憲章等撰稿，本溪市黨史地方志辦公室編：《本溪市志》第 4 卷，遼河出版社，2004 年，第 527 頁。

〔註40〕傅民、高艾民編：《北京話詞語》，北京大學出版社，1986 年，第 85 頁。

（15）河北灤南：嘎咕：厲害。這孩子脾氣真嘎咕。〔註41〕

（16）河北耿村：嘎咕：調皮，壞，不正經。〔註42〕

（17）河北魏縣：嘎咕：相當於通普話〔普通話〕的不講理，不近人
情；也做「壞」講。那個人真嘎咕，他的東西誰也不能借用；
那個小孩真嘎咕。〔註43〕

亦作「嘎古」，與「奇怪」義在字面上更加接近。趙傑先生曾指出「嘎古」
是北京人習焉不察但卻常用的滿語詞，〔註44〕亦可資佐證我們的觀點。

（18）嘎古：性情怪癖，不近人情。如：這個人有本事，可就是太嘎
古，求他寫張字，可難了。〔註45〕

（19）嘎古：性格孤僻、古怪。例：這幾個孩子頂屬小三嘎古。〔註46〕

「嘎古」除辭書收錄外，在現當代文學作品中亦見使用，如：

（20）那人站住了，回過身來氣急敗壞地說道：「爸，爸！你怎麼淨
辦些嘎古事兒哩⋯⋯」焦勝這才發現是兒子。他來氣了，罵道：
「憨貨，我辦幾回嘎古事兒讓你看見了？」（張耀鐸《山林風
情》第十章）

（21）這孩子，整天問一些奇拉嘎古的事兒，他娘的，多虧爺有能
耐，換個人就得讓你這個尖嘴丫頭給問住了。（于雷《屬龍女》
第七章）

亦作「乓古」，進一步模糊了該詞語源。

（22）乓古：性情怪僻。如：他向來那麼乓古，不愛理人。又如：吃
東西別那麼乓古，挑三揀四的。同「嘎咕、蛤固」。〔註47〕

〔註41〕劉向權主編：《灤南民俗文化》，作家出版社，2002 年，第 523 頁。

〔註42〕袁學駿、李保祥主編：《耿村民間文化大觀・中國故事第一村》，北京圖書館出版社，
1999 年，第 2609 頁。

〔註43〕止戈：《河北魏縣話和普通話的區別》，載《方言與普通話集刊》第六本，文字改革
出版社，1959 年，第 115 頁。

〔註44〕趙傑：《北京話的滿語底層和「輕音」「兒化」探源》，北京燕山出版社，1996 年，
第 23 頁。

〔註45〕徐世榮：《北京土語辭典》，北京出版社，1990 年，第 138 頁。

〔註46〕宋孝才：《北京話語詞彙釋》，北京語言學院出版社，1987 年，第 217 頁。

〔註47〕陳剛：《北京方言詞典》，商務印書館，1985 年，第 83 頁。

（23）生古：①吝嗇。②難纏，不好對付。〔註48〕

（五）學界對「嘎扭、嘎古」來源的分歧

鑒於「嘎孤」字形面貌多樣，詞語演變過程輾轉複雜，因此學界對「嘎孤」等的語源探討難免存在分歧。

趙傑先生認為：「嘎古」，從清代滿語到現代北京話其語音基本沒變，它也是一個流傳於滿族民間又傳進北京話中的一個滿語京語詞，北京城裏市民的口語中說誰是為人不善類的怪僻性格，常用「嘎古」來形容他，例如，「那個人特嘎古，與他來往得提防一點」。把「嘎古」歸入北京人習焉不察但卻常用的滿語詞一類。趙傑先生在下文還指出，「噶鈕」，屬滿語京語詞。〔註49〕把「噶鈕」歸入北京旗人口頭常用的滿語詞一類。趙傑先生把「嘎古」、「噶鈕」視為滿語詞，無疑是正確的。根據我們前文的論述，「噶鈕」是滿語「ganio」的音譯，因此常用度更高；「嘎古」是截搭後的滿語詞，因此北京人「習焉不察」，分類也是準確細緻的。美中不足的是未能揭示「嘎古」與「噶鈕」實為同類滿語詞輾轉演變而成。

季永海先生撰文批駁趙傑先生的觀點，認為「嘎古、噶鈕」並不一定是滿語詞，認為其來源「無從考證」。〔註50〕這一觀點似乎有失偏頗，值得商榷。

劉敬林等先生認為：拐孤：乖僻。「拐」是「乖」的諧音。〔註51〕這一說法缺乏文獻支持，似乎有臆測的嫌疑。

常錫禎先生在《北京土話》裏分列「拐孤」和「嘎孤」兩詞條，對「拐孤」的釋義為：就是拐古。「拐」是不直，「孤」是孤僻，古怪。是形容一個人的喜好、舉動和性情特殊。對「嘎孤」的釋義為：就是嘎雜子乖張的樣子。〔註52〕這種解釋似乎拘泥於文字形體，釋義不夠圓通。而且分列兩個詞條，未能指出「拐孤」和「嘎孤」同為一詞的語言事實。

〔註48〕錢曾怡：《濟南方言詞典》，江蘇教育出版社，1997 年，第 93 頁。

〔註49〕趙傑：《北京話的滿語底層和「輕音」「兒化」探源》，北京燕山出版社，1996 年，第 30、54 頁。

〔註50〕季永海：《關於滿式漢語——與趙傑先生商榷》，《民族語文》2004 年第 5 期，第 43 ～49 頁。

〔註51〕劉敬林、劉瑞明：《北京方言詞諧音語據研究》，中國言實出版社，2008 年，第 159 頁。

〔註52〕常錫禎：《北京土話》，文津出版社，1992 年，第 43 頁。

（六）餘　論

誠然，滿語已經成為歷史語言，但至今還活躍在漢語方言的「嘎咕」，因為不斷輾轉演變，導致詞源迷失。對其深入挖掘，追根溯源，對揭示漢語言中的滿語遺存以及正確釋義，是十分有益的。

（24）「老孫頭站在旁邊尋思著：要是趙家分馬，他插車插犋，不用找別家，別家嘎咕，趙大嫂子好說話。」注釋為：嘎咕：難對付，不好說話。（周立波《暴風驟雨》第二部二四）〔註53〕

《漢語大詞典》以該句為書證，釋「嘎咕」為「形容吝嗇或性情怪僻，不容易商量和通融。」

以上兩種解釋都只是隨文釋義，借助下文的「趙大嫂子好說話」，而分別釋為「不好說話」「不容易商量和通融」。用語不簡明，概括性不夠，蓋不明「嘎咕」的語源所致。不妨釋為「滿語藉詞，（性情等）古怪」，言簡意賅，語源明瞭。

三、子弟書《遣晴雯》「剔釭」校錄指瑕〔註54〕

關德棟、周中明編撰的《子弟書叢鈔》中《遣晴雯》第二回：「蕉窗人，剔釭閒看《情僧錄》，清秋夜，筆端揮盡《遣晴雯》。」〔註55〕該句「剔釭」一詞孤僻難懂，《清蒙古車王府藏子弟書》錄為「剔缸（燭）」〔註56〕，《紅樓夢子弟書》〔註57〕和《子弟書選》〔註58〕均錄為「剔燭」。各家校錄不一，似有探究之必要。

經檢閱原卷，《清車王府藏曲本》抄本作「剔缸」（車55／56B），百本張抄本（東京大學東洋文化研究所雙紅堂文庫藏本）亦作「剔缸」。據此，應錄為「剔缸」。「缸」通「釭」，文獻用例甚夥。如南朝・梁元帝《草名詩》：「金錢買含笑，銀缸影梳頭。」唐・崔道融《擬樂府子夜四時歌》：「銀缸照殘夢，零淚沾粉臆。」清・龔自珍《因憶》詩之二：「銀缸吟小別，書本畫相思。」「釭」有「燈」義，宋・黃庭堅《丙辰仍宿清泉寺》：「昏釭夜未央。」史容注

〔註53〕林誌浩主編：《中國現代文學作品選析》，高等教育出版社，1988年，第360頁。

〔註54〕原題《子弟書〈遣晴雯〉校錄指瑕》，發表於《漢語史學報》，2013年第1輯，有改動。

〔註55〕關德棟、周中明：《子弟書叢鈔》，上海古籍出版社，1984年，第329頁。

〔註56〕北京市民族古籍整理出版規劃小組輯校：《清蒙古車王府藏子弟書》，國際文化出版公司，1994年，第335頁。

〔註57〕胡文彬：《紅樓夢子弟書》，春風文藝出版社，1983年，第204頁。

〔註58〕中國曲藝工作者協會遼寧分會編：《子弟書選》，內部發行本，1979年，第427頁。

曰：「釭，燈也。」清代呼「釭」為「燈」是當時流行的俗語，《說文·金部》段玉裁注曰：「俗謂膏燈為釭」。「剔釭」即「剔燈」，亦「挑燈」，謂挑起燈芯，剔除餘燼，使燈更亮。

「剔釭」在文獻中多作「剔銀釭（釭）」。如《西遊記》第三十六回：「長老掩上禪堂門，高剔銀釭，鋪開經本，默默看念。」子弟書《巧姻緣》第一回：「佳人無語微紅臉，羞答答只將纖手剔銀釭。」〔註59〕清·程封《戊戌秋喜晤心甫於長安邸中放筆放歌》：「斟叵羅，剔銀釭，四座且勿喧，聽我品題當代之人物。」〔註60〕鄭炎《燈下》：「消磨白髮三千丈，手剔銀釭讀異書。」（毛谷鳳注「釭」為「油燈」，〔註61〕甚是）亦作「剔殘釭（釭）」，清·郝懿行《浪淘沙·前題》：「倚枕剔殘釭，月白如霜，砧聲搗碎九迴腸。」〔註62〕彭玉麟《續從征草》：「滿地干戈何時了？宵深起坐剔殘釭。」「剔釭」文獻用例稀見，蓋子弟書《遣晴雯》中出於上下句字數相等、音律和諧的考慮，縮略「剔銀釭」或「剔殘釭」而成「剔釭」。

《子弟書叢抄》已明「剔釭」的本字為「剔釭」，但應尊重原作錄為「剔釭」，即使以括號注明「釭」，亦不應該類推簡化偏旁，以「钅」代「金」，「釭」為生造簡化字，誤。此外，燭為蠟燭，與油燈相去甚遠，《清蒙古車王府藏子弟書》、《紅樓夢子弟書》和《子弟書選》均不應徑改「釭」為「燭」，並誤。考其致誤之由，蓋不明「剔釭」有挑燈之義，而文獻中常見的表達為「剪燭」，故錄為「剔燭」。但事實上「剪燭」語出唐李商隱《夜雨寄北》詩：「何當共剪西窗燭，卻話巴山夜雨時。」多引申為促膝夜談之典，字面義「挑燈」並非其常用義。如清吳偉業《吳門遇劉雪舫》詩：「當時聽其語，剪燭忘深更。」清蒲松齡《聊齋誌異·連瑣》：「與談詩文，慧黠可愛。剪燭西窗，如得良友。」均其例。

四、子弟書《紅葉題詩》校錄指瑕〔註63〕

子弟書《紅葉題詩》又名《天元〔緣〕巧合》，演繹了一段宮女韓翠瓊與書

〔註59〕劉烈茂等主編，陳偉武等整理：《車王府曲本菁華·綜合卷》，中山大學出版社，1993年，第274頁。
〔註60〕謝正光、佘汝豐編著：《清初人選清初詩匯考》，南京大學出版社，1998年，第18頁。
〔註61〕毛谷鳳：《歷代七絕精華》，藝苑出版社，2001年，第255頁。
〔註62〕清·郝懿行：《郝懿行集》，齊魯書社，2010年，第6052頁。
〔註63〕發表於《麗水學院學報》，2015年第1期，有改動。

生於晉的愛情傳奇，而愛情的信物就是紅葉上的題詩。《子弟書叢鈔》據清代別埜堂抄本校錄，總體上校錄精當，注釋準確，體現了作者深厚的學術功底。但鑒於子弟書版本眾多，輾轉傳抄，本來就錯訛頻出。整理者百密一疏，仍難免存在些許瑕疵。筆者不揣譾陋，姑表出之，以就正於方家云爾。

【遇拙】

　　　非係蠢笨遇拙女，宮娥的領袖，采女中魁元。（595〔註64〕）

　　案：此句是長孫國母在深秋時節被宮人簇擁賞景御園時發出的感歎。國母不解眾宮女歡天喜地，唯獨韓翠瓊臉露愁容。「非係蠢笨遇拙女」照字面理解似為「不是蠢笨之人遇上了笨拙之女」，但前文「獨是韓翠瓊黛微顰暗隱煩」，明言只有韓翠瓊一人情緒例外，與「相遇」無涉。經檢閱原卷，《清車王府藏曲本》抄本作「非係蠢笨愚拙女」（車 51 / 472A〔註65〕），傅斯年圖書館藏抄本（俗 387 / 194〔註 66〕）、早稻田大學藏文萃堂刻本（2）〔註 67〕並同，因此「遇」當為「愚」，蓋同音而訛。《清蒙古車王府藏子弟書》〔註 68〕《中國傳統鼓詞精匯》〔註 69〕均錄為「愚拙」，可參。「蠢笨」「愚拙」同義連用，意為「韓翠瓊並不是愚昧的女孩」。下文「眉目聰明心伶透，舉止溫柔性格兒賢」可視為「非係蠢笨愚拙女」的注解。

【撲地岸】

　　　小佳人芳心兒陣陣增悲慟，淚珠兒點點透胸前。信步兒款款撲
　　地岸，小岸兒慢慢奔河沿。（596-597）

　　案：此處寫韓翠瓊對景傷情，勾起思家之愁，信步走到御河邊的情形，為

〔註64〕關德棟，周中明編：《子弟書叢鈔》，上海古籍出版社 1984 年版，第 595 頁。下同。
〔註65〕首都圖書館編：《清車王府藏曲本》（影印本），學苑出版社 2001 年版。「車」表示《清車王府藏曲本》抄本，斜線前的數字表示本數，斜線後的數字表示頁碼，A 表示該頁的上檔，B 表示該頁的下檔。餘仿此。
〔註66〕中央研究院歷史語言研究所俗文學叢刊編輯小組編：《俗文學叢刊》第 4 輯 387，新文豐出版股份有限公司 2004 年版。「俗」表示「俗文學叢刊」影印本，斜線前的數字表示本數，斜線後的數字表示頁碼，餘仿此。該抄本字跡雋秀，影印本印刷精良，但編者頁碼編排有誤，應把 192、193 頁移至 189 頁之後。
〔註67〕見早稻田大學藏文萃堂刻本第二張背面。其中「愚奔」當為「愚笨」之誤，音近而訛。該藏本前七章與後八張實為兩個版本，乃拼湊而成，後八張與《清車王府藏曲本》抄本、傅斯年圖書館藏抄本內容出入較大。
〔註68〕北京市民族古籍整理出版規劃小組輯校：《清蒙古車王府藏子弟書》，國際文化出版公司 1994 年版，第 1079 頁。
〔註69〕陳新主編：《中國傳統鼓詞精匯》，華藝出版社 2004 年版，第 1005 頁。

下文紅葉傳詩張本。「撲地岸」殊為費解。核對原卷，傅斯年圖書館藏抄本亦作「撲地岸」（俗 387 ／ 201）。《清車王府藏曲本》抄本作「撲堤岸」（車 51 ／ 473B），早稻田大學藏文萃堂刻本（4）亦作「撲堤岸」。比對各抄本、刻本，「地岸」當為「堤岸」之訛，蓋音近致誤。且「地岸」不辭，「堤岸」成詞甚久，如唐韓愈《此日足可惜贈張籍》詩：「下馬步堤岸，上船拜吾兄。」宋蘇轍《論黃河東流箚子》：「又與本路監司同奏，乞隨宜開導口地一帶河漕，務令深闊，並修葺緊急堤岸。」但「撲堤岸」仍然不辭，語義難通。「信步兒款款撲堤岸，小岸兒慢慢奔河沿」對仗工整，「堤岸」與「河沿」相對成文，「撲」與「奔」亦應對文，故「撲」當為「赴」，蓋形近音近致訛。「赴堤岸」意為「到河岸上」，與對句「奔河沿」語義耦合。無獨有偶，本則子弟書的後文第五回裏亦有「赴」訛為「撲」的用例，可自佐證，詳見下文。《清蒙古車王府藏子弟書》錄為「信步兒款款撲堤岸，小岸兒漫漫奔河沿」（1080），只是照錄《清車王府藏曲本》抄本，而且還把「慢慢」錯錄為「漫漫」，「撲」失考。《中國傳統鼓詞精匯》錄為「撲地岸」（1006），與《子弟書叢抄》同，蓋校錄時疏忽，未與其他抄本比勘。

【撫床搗枕】

　　夜巡的宮官來啟奏，說是你昨宿一晚未安眠。初更哭到五鼓後，撫床搗枕暗傷殘。（605）

　　案：《清車王府藏曲本》抄本（車 51 ／ 482A）、傅斯年圖書館藏抄本（俗 387 ／ 243）、早稻田大學藏文萃堂刻本（13）均作「赴床搗枕」，據此，「撫」當為「赴」。《子弟書叢抄》蓋認為「赴床搗枕」語義不通，徑改為「撫床搗枕」。《漢語大詞典》「撫」有「輕擊」義。《儀禮·鄉射禮》：「左右撫矢而乘之。」鄭玄注：「撫，拊之也。」賈公彥疏：「言撫者，撫拍之意。」根據文意，韓翠瓊一宿未眠，鬧出了較大的動靜，被巡夜的宮官聽到，才招致長孫國母的責問。「撫床」不至於發出很大聲音而驚動宮官。此外，「赴床搗枕」為並列短語，「赴床」與「搗枕」對舉，「赴」應與「搗」意義相近。「搗」有「捶」義，如唐杜甫《雨》詩之一：「柴扉臨野碓，半濕搗香粳。」《西遊記》第十八回：「狠得他將金箍棒一搗，搗開門扇。」「赴」與「撫」均無「捶」義，似乎都不能與「搗」意義相稱。與「赴」形近音近的「撲」有「錘擊」義，如《戰國策·楚冊》：「若撲一

人。」鮑彪注：「撲，擊也。」同回前文「慌忙往前撲一把，險些栽倒床下邊。」亦可佐證「赴床搗枕」當為「撲床搗枕」，意為「錘擊床枕」。《清蒙古車王府藏子弟書》錄為「赴床搗枕」（1085），《中國傳統鼓詞精匯》錄為「撫床搗枕暗傷慘」（1012），均欠妥。

【慘憂】

　　伴鳳隨龍為采女，拋離雙親甚慘憂。（602）

　　上面寫定詩八句，字字傷情最慘悠。（603）

　　案：同則子弟書，《子弟書叢抄》對同一詞語前後處理不一。《中國傳統鼓詞精匯》（1010、1011）與《子弟書叢抄》同。經檢原卷，《清車王府藏曲本》抄本（車 51／478B、車 51／480A）、傅斯年圖書館藏抄本（俗 387／227、俗 387／234）均作「慘悠」。據此，應統一錄為「慘悠」。「慘悠」即「憂傷」，蓋《子弟書叢抄》不明「悠」有「憂」義，而改「慘悠」為「慘憂」。「慘悠」同義連用，「慘」與「悠」均有「憂」義。《爾雅・釋詁下》：「慘，憂也。」邢昺疏：「慘，心憂也。」《詩・陳風・月出》：「勞心慘兮。」陸德明釋文：「慘，憂也。」《說文・心部》：「悠，憂也。」《廣韻・尤韻》：「悠，憂也。」「悠悠」疊字，亦為「憂」，如《詩・小雅・十月之交》：「悠悠我里，亦孔之痗。」〔註70〕毛傳：「悠悠，憂也。」《詩・小雅・巧言》：「悠悠昊天，曰父母且。」陳奐傳疏：「悠悠，憂也。」傳世文獻中「慘悠悠」的用例甚夥，如：《道宗皇帝哀冊》：「淒肅肅之仙儀，慘悠悠之神旆。」〔註71〕《寡婦進後房》：「有娘生來無父養，弄得為娘慘悠悠。」〔註72〕

【自賞】【閒談】

　　有幾個倚欄杆自賞秋菊說又笑，有幾個幽僻處對坐閒談敘心田。

（596）

　　案：《清車王府藏曲本》抄本（車 51／472B）、傅斯年圖書館藏抄本（俗 387／197）均作「目賞秋菊」。「自賞」可理解為「各自欣賞」，與「有說笑」文意矛盾。據此，「自」當改為「目」。「目賞」《漢語大詞典》未收，文獻用例如王

〔註70〕王坤主編：《中華古詩文精品導讀》，吉林教育出版社 2001 年版，第 49 頁。注「悠悠」為「無窮盡」，大誤。

〔註71〕向南編：《遼代石刻文編》，河北教育出版社 1995 年版，第 515 頁。

〔註72〕中國民間文學集成全國編輯委員會，中國歌謠集成四川卷編輯委員會編：《中國歌謠集成　四川卷》，中國 ISBN 中心 2004 年版，第 418 頁。

淑《增修小終南山祠宇記》：「行山之麓分支東走，形狀萬千，都具勝概，未可遍觀而目賞也。」﹝註73﹞王夫之《衡山曉發》：「漁樵知近遠，目賞已從容。」﹝註74﹞施旗《略論廣播語言的特點》：「廣播語言，不是供人眼看目賞的，而是供人『賞心悅耳』的，所以，語言只盡到了述說的責任是不夠的。」﹝註75﹞

「闻」原卷均作「閗」，參見《清車王府藏曲本》抄本（車51／472B）、傅斯年圖書館藏抄本（俗387／197）。「閗」通「閒」，簡化字的正體當為「閗」。「闻」為俗體，《宋元以來俗字譜》引《通俗小說》已列出，當從﹝註76﹞。

此外，《子弟書叢抄》係簡體排版，偶而夾雜繁體字形，似與全書體例不合。例如：

「國母對景歎了口氣，說：『覩物思人總一般。』」（595）「說：『覩物歎奴皆一樣，人有無常物有休。』」（597）其中的「覩」均應簡化為「睹」。

「聖上時常言他好，哀家喜愛他幽靜貞嫻。」（595）「嫻」應為「嫺」。

「莫非是聰明的繡女將書愚戲，故意兒拋個紅葉難獃頭。」（599）「獃」應為「呆」。

【急理便】

> 終日裏，謹言慎行，又要急理便，眼觀六路，耳聽八方，還把驚
> 恐來耽。（596）

案：《子弟書叢抄》注「急理便」為「伶俐靈活。」（609）本注釋與該語境基本吻合，韓翠瓊身為「繡女」，要服侍好娘娘，在宮廷裏除了謹小慎微，還得隨機應變，正如該句所言「眼觀六路，耳聽八方」。「急理便」在傳世文獻裏稀見，考其語源，此處當為記音，本字應為「機靈便」，亦作「機靈便兒」，係方言詞。《北京方言詞典》收詞條「機靈便兒」，釋為「隨機應變的能力」﹝註77﹞。《北京土語》亦作「機靈便兒」，釋為「聰明伶俐」﹝註78﹞。《北京土語辭典》作

﹝註73﹞ 參見武安市地方志編纂委員會編：《武安縣志》，中國廣播電視出版社1990年版，第958頁。王淑係清乾隆十七年舉人，武安邑人。

﹝註74﹞ 清·鄧顯鶴編纂：《湖湘文庫 沅湘耆舊集》，嶽麓書社2007年版，第707頁。

﹝註75﹞ 呂叔湘等著：《文字編輯縱橫談》，中國書籍出版社1992年版，第221頁。

﹝註76﹞ 劉復、李家瑞編：《宋元以來俗字譜》，中央研究院歷史語言研究所1930年版，第99頁。

﹝註77﹞ 陳剛編：《北京方言詞典》，商務印書館1985年版，第135頁。《新漢日詞典》亦收該條，參見尚永清等編：《新漢日詞典》，商務印書館；日本小學館1991年版，第415頁。

﹝註78﹞ 常錫楨編：《北京土語》，文津出版社1992年版，第36頁。

「機靈變兒」，釋為「隨機應變的才幹」〔註79〕我們也可以在文獻中找到「機靈便」的相關用例，如《濟公全傳》第一百四十二回：「講說口巧舌能，見什麼也說什麼，機靈便，眼力健，我比你強。」〔註80〕《瓦崗寨》第三回：「這叫做下本錢，機靈便、眼利見，會應酬上差，討上差喜歡，這你們得跟我學。」〔註81〕因此，本句應校錄為「終日裏，謹言慎行，又要急理便〔機靈便〕，眼觀六路，耳聽八方，還把驚恐來耽。」以彰顯本字。

五、「撇斜」語義考辨〔註82〕

　　子弟書是我國清代北方俗曲的一種，屬鼓詞類。它盛行於乾、嘉、道三代，至光、宣時始趨於沒落。因為它的「詞婉韻雅」，所以在藝壇上地位極高，曾被推崇為當時說書人之最上者，滿族人士甚至尊稱它為「大道」。清乾隆至光緒年間，子弟書於京師盛極一時。嘉慶時代的顧琳在《書詞緒論》中描述了當時的盛況，「近十餘年來，無論搢紳先生，樂此不疲，即庸夫俗子，亦喜撮口而效，以訛傳訛，雖好者日見其多，而本音則日失其正矣。」〔註83〕子弟書中遍布俗語詞，很多詞語在今天的方言（特別是北京話）裏仍然比較活躍。經文獻查考，「撇斜」在子弟書中始現，僅兩例，且字形相異：一為「撇斜」，一為「撇些」。

　　「撇斜」也是北京話裏的老詞語，現在依然還在口語裏使用，為諸多北京話方言詞典收錄。各家論著所收「撇斜」詞形紛歧，所釋語義各有側重。如《北京話詞語》：「撇斜：賣派兒，說風涼話。」「躄躠：同撇斜。」〔註84〕《北京話語彙》：「撇斜：說諷刺意味的風涼話，又叫『撇清』。」〔註85〕《北京土語辭典》：「撇卸：風涼話，一面諷刺別人，一面表示自己高明，有預見。即『得了便宜賣乖』的意思。」〔註86〕

〔註79〕徐世榮編：《北京土語辭典》，北京出版社1990年版，第194頁。亦作「機靈變」，齊如山著：《北京土話》，北京燕山出版社1991年版，第223頁。

〔註80〕（清）無名氏著：《濟公全傳》，何慶善點校，安徽文藝出版社2003年版，第510頁。

〔註81〕陳蔭榮：《傳統評書〈興唐傳〉瓦崗寨》，中國曲藝出版社1981年版，第43頁。

〔註82〕發表於《中央民族大學學報》（哲學社會科學版），2017年第2期，有改動。

〔註83〕關德棟、周中明編：《子弟書叢鈔》，上海古籍出版社，1984年，第821頁。

〔註84〕傅民、高艾民編：《北京話詞語》，北京大學出版社，1986年，第189頁。

〔註85〕金受申編：《北京話語彙》，商務印書館，1961年，第129頁。金受申先生認為「撇斜」與「撇清」同，其實二者音義均相去甚遠。

〔註86〕徐世榮編：《北京土語辭典》，北京出版社，1990年，第311頁。

　　基於此，我們認為有必要全面調查「撇斜」的文獻用例，以揭示該詞發展演變的歷史過程和地域特性，進而探討其意義來源。

（一）「撇斜」的語言分布

　　通過文獻調查，我們發現「撇斜」的最早文獻用例在清代，為表述的方便，以下我們用「撇斜」代表該詞的諸書寫形式。主要有三種使用情況。

1. V＋撇斜

　　V 主要為「鬧、賣、玩、說」等動詞，例如：

　　（1）《鳳鸞傳》第六回：先兒算罷弦聲住，大舍說：「看這眼前親事
　　　　　可能諧？」佘先說：「丁酉運旺方保無事，如今不用鬧撇斜。」
　　　　　（53 ／ 341b）〔註87〕

按：閆大舍請佘先生算命，時年 20 歲，想盡快辦婚事。但佘先生推算閆大舍「丁酉運三十成家方好，辛金丙火五年接。」（車 53 ／ 341a），所以警告閆大舍「如今不用鬧撇斜」，不要過早結婚，不要違背命運，免得遭受命運的懲罰而讓人嘲笑。「鬧撇斜」就是「讓人嘲笑、譏諷」之意。

　　（2）《看瓜園》：小奴我可把嘴嗷，今日你可前來不用鬧撇斜，看動
　　　　　靜這時節，你得造下點孽。〔註88〕

按：本句是說劉鳳英嗔怒她的丈夫以買瓜為名來到瓜棚，分明是想借機與自己恩愛一番，所以說「看動靜這時節，你得造下點孽」，但是大白天的就在瓜棚裏發生性愛，萬一被撞上了勢必讓人嘲笑。「不用鬧撇斜」就是說不要做讓人嘲笑、譏諷之事。

　　（3）《北京土語辭典》：行了，你別賣撇卸了！要是真給你這筆錢，
　　　　　你不接才怪！〔註89〕

　　（4）《中韓大辭典》：玩兒撇斜：잔난치다.까북다.건밤지게 쿨다.낸
　　　　　짓 [허튼짓] 허다.〔註90〕

〔註87〕53 ／ 341b，斜線前的數字表示《清車王府藏曲本》（影印本）本數，斜線後的數字表示該本的頁碼，a 表示該頁的上欄，b 表示該頁的下欄，餘仿此。參看首都圖書館編：《清車王府藏曲本》，學苑出版社，2002 年。

〔註88〕杜成嫻著：《十不閑與詩賦弦》，中國民間文藝出版社，1988 年，第 176 頁。

〔註89〕徐世榮編：《北京土語辭典》，北京出版社，1990 年，第 265 頁。

〔註90〕李瑢默編著：《中韓大辭典》，遼寧民族出版社，2007 年，第 2149 頁。

（5）《雍正劍俠十三部》第十九回：自此以後，他那時見著我們兩
　　　個人，必然往裏面叫我們兩個人，再不然就衝著我們兩個人說
　　　撇斜話。〔註91〕

按：例（3）「賣撇卸」猶賣弄、炫耀之意。例4「玩兒撇斜」猶「撇斜」。例
（5）前文「我們兩個人（楊小香、楊小翠）與他一對刀不要緊，焉想到此人
刀法厲害，我二人雙雙落敗，他還說了好些個俏皮話，我兩個人含羞帶愧，由
牆內跳出來。」「說撇斜話」與「說了好些個俏皮話」語義相應，可證「撇斜」
意為「譏諷、嘲笑」。

「V＋撇斜」在文獻中尚有變體形式「V了個撇斜」，「把撇斜V」和「V開
撇斜」等，這也從另一方面證明了「V＋撇斜」結構的鬆散性。

（6）《兒女英雄傳》第二十六回：此時姑娘越聽張金鳳的話有理，
　　　並且還不是強詞奪理，早把一腔怒氣撇在九霄雲外，心裏只有
　　　暗暗的佩服，卻又一時不好改口。無奈何，倒合人家鬧了個彆
　　　蹩，眯瞪著雙小眼睛兒，問道：「你這話大概也夠著『萬言書』
　　　了罷？可還有甚麼說的了？」〔註92〕

（7）《三俠劍》第一回：此時金頭虎可放了心啦，左手抓著豹的耳
　　　朵右手執定擯鐵杵，兩腿一合勁，金頭虎可就賣開撇邪啦，遂
　　　對著外面喊道：「楊香五，臭豆腐，你們看看，有一個趙公明
　　　騎老虎，金頭虎賈明騎豹！楊香五小子，這回我又是碰巧了
　　　嗎？」〔註93〕

（8）《美優伶笑撇銀洋》（山東快書）：程天韻帶搭不理兒把撇鞋賣，
　　　故意推拖來扯皮。〔註94〕

按：例（6）光緒六年北京聚珍堂活字印本（東京大學東洋文化研究所雙紅堂
文庫藏本）亦作「彆蹩」。（第二十六回第22頁）該段文字是說何玉鳳面對紅
定，先是批評張金鳳「豈有此理，這事可是蠻來生作得的！」遭到了張玉鳳的

〔註91〕常傑淼：《雍正劍俠十三部》第2部，北京師範大學出版社，1992年，第404頁。
〔註92〕清・文康：《兒女英雄傳》，人民文學出版社，1983年，第483頁。
〔註93〕張傑鑫：《三俠劍》，三秦出版社，2004年，第58頁。
〔註94〕趙其昌：《夢斷天橋》，東方出版社，1996年，第117頁。

搶白，「只是姐姐（何玉鳳）卻也不曾向我兩家問聲：『你們彼此各有個甚麼紅定？』一般兒大的人，怎麼我的紅定絕不提起，姐姐這樣天造地設的紅定倒說是我家生作蹩來？這話怎麼講？姐姐講給我聽！」據此，「鬧了個蹩蹩」相當於「鬧撇斜」，即「被人嘲笑、譏諷」。例（7）（8）的「賣開撇邪」、「把撇鞋賣」猶「賣撇斜」，「嘲笑、譏諷」往往是抬高自己，貶低對方，因此很自然地引申出「賣弄、炫耀」之義。

「賣撇斜」有時還可縮略為「賣撇」，如：

（9）《新編北京方言詞典》謂「賣撇」同「賣撇卸」。〔註95〕

2. 狀＋撇斜

（10）何遲、王九仁《仁義北霸天》第一場《狗仗人勢》：教丙：好撇斜！哎呀，我說，李師傅，真跟人家幹起來，咱們不是個兒啊。〔註96〕

按：京劇《仁義北霸天》，該劇演繹的是清末年間發生在河北的故事。劉世雄是佃農，二十六七歲，因地主惡霸殺害其全家被迫逃亡。教甲、教乙、教丙是史家的老教頭，自詡武藝非凡。史家是清河縣首戶，史天彪是惡霸，武舉人。教甲、教乙、教丙狗仗人勢，故意數落劉世雄出身武林世家，逼迫他亮出身段，意在使他出醜。但劉世雄舞動仙人擔，使眾教頭目瞪口呆。教丙說「好撇斜」，就是覺得很令人嘲笑、譏諷，本想羞辱他人卻反遭他人羞辱。

（11）李泗《風流的農村姑娘羊小蟬》：「一句話，羊小蟬氣得從櫻唇裏差點兒沒噴出一口火來！好撇斜，真是癡婦不知曉人，得便宜賣乖！」〔註97〕

按：該例言羊小蟬被笆子嬸氣得心裏冒火，自己一年納稅一萬五千元，笆子嬸通過拉關係走後門才交五百元，反而故意說，「喲，我們能遇見大數呀，做夢嗚裏哇放二踢腳去吧。我們折騰半年，不才拿了五百塊線的稅嗎？！」「撇斜」用的是引申義「炫耀、賣弄」，與下文「得便宜賣乖」對應成文。

〔註95〕董樹人著：《新編北京方言詞典》，商務印書館，2010 年，第 301 頁。

〔註96〕王九晨、何遲著；馬彥祥主編：《仁義北霸天（劇本）》，民藝出版社，1951 年，第 10 頁。

〔註97〕李泗：《風流的農村姑娘羊小蟬》，《長城》1986 年第 4 期。

3. 撇斜獨用

（12）張秋蟲《梅雪爭芳記》第二十四回：（向）仲則搖頭笑道：「撇邪，韓世青在這兒唱時，我始終不過來了兩三回，他如何會認得我？不信你試問他我是誰，他定張口結舌回答不上來。不過我們何苦搣穿他的槍花。」〔註98〕

（13）《新山海經》第一回：柳夫人鼻子裏笑了一聲道：「撇邪，孔夫子面前賣什麼孝經。你要到十月春那裡去起膩，只管大大方方的請去，誰還拿絆馬繩攔著你，何必拿馬二爺的大帽子嚇人。」〔註99〕

按：「撇邪」獨立成句，例（12）（13）均可釋為「諷刺」，既可理解為譏諷他人，也可理解為被人譏諷。

（二）清代及清代以降相關文獻中的「撇斜」

1.「撇斜」在文獻中的詞彙面貌

除「撇斜」外，還有「撇些、撇邪、撇卸、甓鼙、撇鞋」等字形。

（14）《鴛鴦扣》第三回：外面是清話清語齊播多熱鬧，裏邊的太太們先到更鬧撇些，只講的口燥舌乾，女家偏不把茶倒，一邊是虛情哀告，一邊是假意捏訣。（車55／139b-140a）

按：「鬧撇些」同「鬧撇斜」，指太太們醜態百出，形象全無，讓人嘲笑、譏諷，以至於「只講的口燥舌乾，女家偏不把茶倒，一邊是虛情哀告，一邊是假意捏訣」。

（15）《北平諧後語辭典》：二姑娘拿簷蝙蝠：撇鞋（邪）。他幹麼怎麼咧著嘴要說甚麼呀。你不知道麼？二姑娘拿簷蝙蝠，撇邪。注釋：撇邪（土）＝說便宜話，諷刺。〔註100〕

（16）《北平諧後語辭典》：隔牆兒扔毛窩：撇鞋（邪）。他剛才說的是甚麼意思？那是隔牆兒扔毛窩，撇邪。注釋：撇邪（土）＝諷刺。〔註101〕

〔註98〕周心慧主編：《中華善本珍藏文庫》，中國致公出版社，2001年，第111頁。
〔註99〕張秋蟲著：《新山海經》，春風文藝出版社，1997年，第17頁。
〔註100〕陳子實主編：《北平諧後語辭典》，大中國圖書公司，1981年，第114頁。
〔註101〕陳子實主編：《北平諧後語辭典》，大中國圖書公司，1981年，第184頁。

（17）《新編北京方言詞典》謂「賣撇卸」：用含蓄、委婉的語言顯擺

或自誇。如「A：你說這當兒的年輕人真捨得花錢，我兒子給

我買一條褲子，花了四百多塊錢。B：這老傢夥又賣撇卸呢！」

〔註102〕

按：例（15）（16）既可理解為「譏諷、嘲笑」，又可理解為「讓人譏諷、嘲笑」，因此《北平諧後語辭典》籠統地釋為「諷刺」，甚是。

2.「撇斜」及其諸書寫形式的地域特徵

分析上揭「撇斜」及其諸書寫形式用例，經遍檢各地方志及方言詞典，其地域分布僅限以北京為中心的北方方言區，南方方言區無一用例，詳見下表：

表一　「撇斜」及其諸書寫形式用例地域分布表

	例8	例1、14	例2、10、11	例5、7	例3、4、6、9、12、15、16、17
分布區域	山東	北方地區	河北	天津	北京

由上表看出「撇斜」並沒有在全國流行開來。但鑒於北京是當時的政治經濟文化中心，該詞在一些涉外語言詞典裏被收錄，足見該詞的影響。

（18）《麥氏漢英大辭典》：撇邪：Jeer at；Supercilious.〔註103〕

（19）《北京口語法語詞典》：撇卸：賣弄聰明。se vanter son intelligence;

se donner son intelligence á qqn.〔註104〕

（20）《熊野中國語大辭典》：撇邪：輕薄。〔註105〕

按：上述詞典釋義均誤，詳見下文論述。

3.「撇斜」語義網絡分析

如前文所論及的，「撇斜」的語義似乎紛繁雜亂，辭書釋義也千差萬別，究其原因，在於未明瞭「撇斜」施受同辭的語義特點。楊樹達先生在《古書疑義舉例續補》中提出了「施受同辭例」，「古人美惡不嫌同辭，俞氏書已言之矣。乃同一事也，一為主事，一為受事，且又同時連用，此宜有別白矣。而古

〔註102〕董樹人著：《新編北京方言詞典》，商務印書館，2010年，第301頁。

〔註103〕R. H. Mathews. 1931. A Chinese-English Dictionary Compiled for the China Inland Mission. Shanghai: China Inland Mission and Presbyterian Mission Press. P718.

〔註104〕李亞明主編：《北京口語法語詞典》，廣東教育出版社，2000年，第126頁。

〔註105〕熊野正平編：《熊野中國語大辭典》，三省堂，1985年，第753頁。

人亦不加區別，讀者往往以此迷惑，則亦讀古書者所不可不知也。」〔註106〕

齊如山先生敏銳地發現了「撇斜」該詞「施受同辭」的特點：

（21）《北京土話》：撇斜：二字皆讀平聲，譏諷也，俏皮也。如某人
說話含譏諷之意，他人便說他「你這話來得撇斜」。如某人被
他譏諷一次，亦曰「讓人給撇斜了一頓」。原字未詳，姑借用
此二字。〔註107〕

（22）《北京土話》：撇斜：亦恒作形容詞用。如好撇斜人者，則皆謂
其人「太撇斜」或說「你這話來得撇斜」。〔註108〕

按：「撇斜」還有一種兩可用法，既可理解為施事「譏諷、嘲笑他人」，也
可理解為受事「讓人譏諷、嘲笑」，此時的語義可籠統地釋為「諷刺」。遺憾的
是，齊如山先生注意到了該用法，但以詞性與施事義、受事義區別，未盡妥
當。

據此，「撇斜」的語義網絡可以表示為：

圖一　「撇斜」語義網絡圖

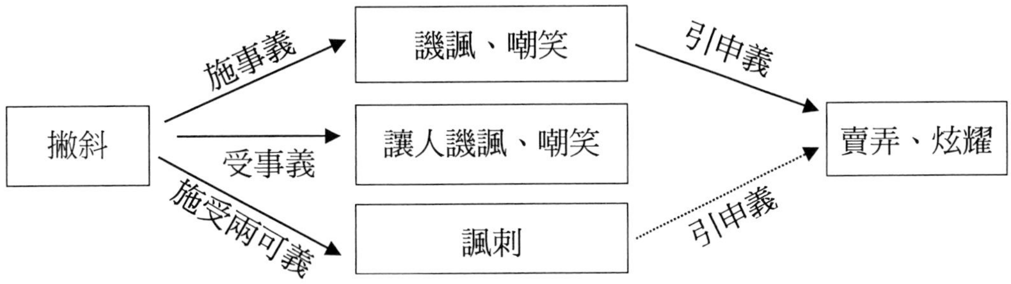

本文開篇提及的《北京話詞語》：「撇斜：賣派兒，說風涼話。」僅解釋了
「撇斜」的引申義；《北京話語彙》：「撇斜：說諷刺意味的風涼話，又叫『撇
清』。」僅解釋了「撇斜」的受事義；《北京土語辭典》：「撇卸：風涼話，一面
諷刺別人，一面表示自己高明，有預見。即『得了便宜賣乖』的意思。」僅解
釋了「撇斜」的施事義。釋義不夠全面完整，僅涉及部分語義。

從上揭例句的語義，亦可資證明。表示「施事義」——譏諷、嘲笑他人的

〔註106〕參見清‧俞樾等著：《古書疑義舉例五種》，中華書局，2005 年，第 189～191 頁。
〔註107〕齊如山著：《北京土話》，北京燕山出版社，1991 年，第 119 頁。
〔註108〕齊如山著：《北京土話》，北京燕山出版社，1991 年，第 182 頁。

有例 5；表示「受事義」——讓人譏諷、嘲笑的有例 1、2、6、10、14；表示「施受兩可義」——諷刺的有例 12、13、15、16；表示「引申義」——賣弄、炫耀的有例 3、4、7、8、9、11、17。

根據上文勾勒的「撒斜」語義網絡，所有義項都與「譏諷」「諷刺」相關。《漢語大詞典》「譏諷」謂「用旁敲側擊或尖刻的話指謫或嘲笑對方的錯誤、缺點。」「諷刺」謂「以婉言隱語相譏刺。」可見「譏諷」「諷刺」隱含的語義條件都是「隱晦、含蓄地說」。對於「撒斜」的語義，筆者迄今所見最早的文獻是清光緒十年《玉田縣志》，「撒斜，言行不以正也。」「言行不以正」其中的「正」可做「正面」理解，不從正面言說，其實就是委婉含蓄地說。從這個角度看，《玉田縣志》的解釋無疑是確詁。

另一方面，由於《玉田縣志》只有釋義，沒有例證。對於「言行不以正」人們傾向於理解為「言行不正」，因為強勢的語義結構「言行不正」，會不自覺地取代低頻使用的「言行不以正」，更何況教科書裏也反覆說虛詞是不參與意義構成的。閱讀是一個認知過程，知覺具有整體性與選擇性，當知覺的對象由不同部分組成時，我們會將這些不同部分當作一個整體來理解。不同的人在同一環境中，注意的對象可能不一樣，因為每個人的經歷、興趣、需要不一致，會把某些事物作為知覺的對象，而把其他事物作為知覺的背景。〔註109〕因此，「言行不以正」常常被誤解為「言行不正」，進而理解為「輕浮」，且愈行愈遠。如：

（23）《漢語方言常用詞詞典》：撒邪：輕浮。引《玉田縣志》。例：別說撒邪話。〔註110〕

（24）《漢語方言大詞典》：撒邪：①輕浮。說撒邪話。愛玩兒撒邪。②言行不正派。引《玉田縣志》。〔註111〕

（25）《北京方言詞典》：撒邪：輕浮。同蟞蟞、蟞穴。〔註112〕

〔註109〕賈林祥、張新立主編：《心理學基礎》，南京大學出版社，2014 年，第 50～56 頁。

〔註110〕閔家驥、晁繼周、劉介明編：《漢語方言常用詞詞典》，浙江教育出版社，1991 年，第 451 頁。

〔註111〕許寶華、（日）宮田一郎主編：《漢語方言大詞典》，中華書局，1999 年，第 6801 頁。

〔註112〕陳剛編：《北京方言詞典》，商務印書館，1985 年，第 217 頁。

　　還有上文提及的例20《熊野中國語大辭典》，在釋義上都把「言行不以正」誤解為「言行不正」，甚至拘泥於字形而一致選擇了「撇斜」的寫法「撇邪」，蓋以為「邪」有「不正、不正派」之意。如《廣韻·麻韻》：「邪，不正也。」《新書·道術》：「方直不曲謂之正，反正為邪」。其實完全背離了「撇斜」的本義。

　　無獨有偶，以「言行不正」作為出發點，在字形上做文章的還有文康的《兒女英雄傳》，詳見例6。蓋文康認為「撇斜」不能充分表達「言行不正」義，而刻意選擇了字形「躄蹩」。誠然「躄」、「蹩」都有不正義，如《素問·痿論》：「故肺熱葉焦，則皮毛虛弱急薄著，則生痿躄也。」王冰注：「躄，謂攣躄，足不得伸以行也。」根據《廣韻》的讀音為必益切，今讀為 bì。《集韻·曷韻》：「蹩，跛蹩，行不正，或作躄。」根據《廣韻》的讀音為桑割切，今讀為 sǎ。但讀音與「撇斜」相去甚遠。即使按照「躄」的異讀音《集韻》為私列切，今讀為 xiè，雖與「撇斜」讀音相近，但「躄蹩」的語義為「旋形貌」，與「言行不正」相去甚遠，如清·先著《雨金行》：「此時畏罪走躄蹩，迎神召符下甘澤。」因此，拘泥於字形訓釋顯然語義扞格難通，「撇斜」當另有來源。

（三）「撇斜」諸書寫形式語義來源

　　據上所述，經遍檢文獻，「撇斜」於清代開始出現，分布地域限於以北京為中心的北方方言區，而且「撇斜」在後世文獻中有眾多異體寫法，似乎與外來詞的很多特徵相吻合。清王念孫在《廣雅疏證·自敘》中說：「竊以為訓詁之旨，本於聲音。故有聲同字異，聲近義同；雖或類聚群分，實亦同條共貫。」〔註113〕這種因聲求義的方法，同樣適用於外來詞的詞源考證。

　　「撇斜」諸書寫形式，字形各異，但語音是相近的，若不計聲調的細微差別，都讀為「piexie」。從音義上推求，該組詞語當源於滿語「bezhilembi」。

　　（26）《新滿漢大詞典》：bezhilembi，-he，-ke：說隱語，說暗話；相
　　　　　勸。bezhilehe shi：諷刺詩。bezhileke shi：諷刺詩。〔註114〕

　　（27）《新滿漢大詞典》：bezhileke yobo：隱謔。ere ainchi nenehe fon
　　　　　i dorgi booi bezhilere yobo bihe.（蓋當年閨中之隱謔也）〔註115〕

〔註113〕清·王念孫：《廣雅疏證》，中華書局，1983年，第2頁。
〔註114〕胡增益主編：《新滿漢大詞典》，新疆人民出版社，1994年，第88頁。
〔註115〕胡增益主編：《新滿漢大詞典》，新疆人民出版社，1994年，第833頁。

（28）《滿漢大辭典》：bejilehe 〔註116〕：寫意，隱喻，含蓄地談，幽默地說。〔註117〕

（29）《A Concise Manchu-English Lexicon》：bejilembi：to make a hidden allusion.〔註118〕

按：由上例可以看出，「bezhile」滿語義為「說暗語」，即隱晦地說，在語義上正與「撇斜」的「譏諷」「諷刺」義吻合，因為「譏諷」「諷刺」隱含的語義條件就是「隱晦、含蓄地說」，即《玉田縣志》所說的「言行不以正」。

「-mbi」、「he」、「ke」是滿語裏的動詞時態後綴，P. G. Von Mollendorff 把滿語中動詞的時態和語態後綴進行了分類，其中「-mbi」為第 2 類，表示現在時。「-ha」為第 4 類，包括 he，ho，ka，ke，ko，ngka，ngke，ngko，表示過去時。〔註119〕愛新覺羅‧烏拉熙春亦認為，「-mbi」表示「現在時和將來時」，「he」表示「過去時」。〔註120〕據此，在詞性上「撇斜」與滿語「bezhilembi」亦相互對應。「piexie」是「bezhile」的音譯，「-mbi」、「he」、「ke」這些語法詞綴在轉譯為漢語時往往沒有對應詞，通常忽略不譯。例如：

（30）滿語詞「baicambi、hendumbi、bahambi、yangdumbi」在北京話裏的讀音分別為「bāicha、hēnde、bǎha、yāngge」〔註121〕，均省略了語法後綴。

「bezhile」譯為「蹩躠」時輔音「b」未發生音變，當譯為「撇斜、撇邪、撇邪、撇些、撇鞋」時輔音「b」發生音變。《滿語雜識》指出：滿語在音譯為北京話時，b 與 p 常常發生互換。例如：

（31）滿語 gebge gabga 在北京話讀作 gepge gapga。滿語 buku，在北京話讀作 puhu，漢字記音為「撲虎」。〔註122〕

〔註116〕《滿漢大詞典》使用的是穆麟多夫字符轉寫體系，「-j」相當於《新滿漢大詞典》的「-zh」。因此記為「bejilehe」。

〔註117〕安雙成主編：《滿漢大辭典》，遼寧民族出版社，1993 年，第 410 頁。

〔註118〕Jerry Norman. 1978. *A Concise Manchu-English Lexicon*. Washington: University of Washington Press. P27.

〔註119〕P. G. Von Mollendorff. 1892. *A Manchu Grammar: With Analyzed Texts*. Shanghai：Printed At The American Presbyterian Mission Press. P8～9.

〔註120〕愛新覺羅‧烏拉熙春編著：《滿語語法》，內蒙古人民出版社，1983 年，第 66 頁。

〔註121〕愛新覺羅瀛生著：《滿語雜識》，學苑出版社，2004 年，第 830～831 頁。

〔註122〕愛新覺羅瀛生著：《滿語雜識》，學苑出版社，2004 年，第 360 頁。

據此，「bezhile」中的「-be」音變為「pe」，因漢語中沒有「pe」這音節，故增加介音而讀為「pie」。

本文採用的滿文轉寫拉丁文字符是《新滿漢大詞典》所用體系，與穆麟多夫使用的字符轉寫體系略有不同，「-zh」相當於「-j」。根據《滿語雜識》，輔音「-j」在滿語中讀為 [ʧ]，如滿語「jui」對應的漢字為「拘」，「jalan」對應的漢字為「甲喇」，「jakūn」對應的漢字為「甲工」。〔註123〕[ʧ] 發生語流音變類化為 [ʃ]，北京話裏對音為 [ɕ]。加之該音節「-zhiele」位於全詞尾部，譯音發生弱化，故拼讀為「xie」。

從語義上看，滿語 bezhilembi 由本義「說隱語」，猶隱晦含蓄地說，引申為諷刺、譏諷。進入漢語詞彙系統後，「撇斜」具有施事、受事和施受事兩可等三種用法——譏諷、令人譏諷、諷刺，受語言分布環境的誘導，繼而引申出「賣弄、炫耀」之意。藉詞前後的語義發展脈絡清晰分明。

總之，從「撇斜」出現的時間、地域、詞性、音義等方面，都可以推論「撇斜」的語源是滿語 bezhilembi。

（四）相關文獻整理及解釋指瑕

1. 文獻整理的偏誤

前文例 7《三俠劍》有多個版本。〔註124〕因不明「撇斜」為一詞，不明「賣撇邪」的意義，北京燕山出版社 2004 版（第 115 頁）、內蒙古人民出版社 2009 版（第 36 頁）、吉林大學出版社 2011 版（39 頁），在整理時均將「賣開撇邪」作「賣開邪」，誤。

2. 隨文釋義的偏誤

（32）《漢語方言大詞典》：撇斜：①假惺惺的；有譏諷意味的。例：你有什麼說什麼，別說撇斜話！②反常；奇怪。例：陳紀瀅《荻村傳》：「歪歪桃兒雖然我只見過她一面，真夠撇斜，我長順兒為什麼竟忘不了她？」〔註125〕

〔註123〕愛新覺羅瀛生著：《滿語雜識》，學苑出版社，2004 年，第 347 頁。

〔註124〕所引《三劍俠》版本分別是：三秦出版社 2004 版、北京燕山出版社 2004 版、吉林大學出版社 2011 版、內蒙古人民出版社 2009 版。

〔註125〕許寶華、（日）宮田一郎主編：《漢語方言大詞典》，中華書局，1999 年，第 6802 頁。

按：第一個義項基本正確，略嫌迂曲，不如直接釋為「諷刺」。第二個義項是隨文釋義，「只見過一面竟然忘不了她」，是一件不齒之事，因此說出去會讓人譏諷、嘲笑。因此應釋為受事義「讓人譏諷、嘲笑」之意。而且該詞典並立「撇邪」、「撇斜」二詞條，亦欠妥。

(33)《漢語大詞典》：躄躠：猶誤會。書證為《兒女英雄傳》，見上文例（6）。

(34)《漢語史通考》亦引《兒女英雄傳》同句，認為「躠躠」與「撇斜」、「撇邪」同，其意思是「心中願意卻故意裝出不願意的樣子，雖然同意卻做出不同意的姿態，即裝模作樣」。〔註126〕

按：例（33）「躄」同「躠」，《漢語大詞典》分立「躄躠」和「躠躠」二詞條，誤。以「誤會」釋義「躄躠」，誤甚。例（34）如果孤立地看待《兒女英雄傳》該句的「躠躠」，上述解釋似乎都文從字順。太田辰夫先生雖已明「躠躠」是「撇斜」的記音，可惜未能進一步根究來源而只能隨文釋義，不確。

六、子弟書詞語例釋〔註127〕

子弟書是滿漢文學的珍品，於乾嘉兩朝盛極一時。其中存在較多難以理解的俗語詞，記錄當時的口語讀音，造成正字難以考求，且字形表現方式不一，形義關係繁雜。準確考釋其語義來源，對於加深認識近代漢語詞彙系統不無裨益，亦有助於推動俗語詞研究。（魏啟君、王閏吉，2017）我們選取一些具體詞語為實例，舉例時盡量以原鈔本為依據，闡述它們的不同俗寫形式，考釋其語源。

（一）肐 就

賈母肐就著眼兒看，真個是清涼自在福地洞天。(《品茶櫳翠庵》，車本54/362b)「肐就」一詞，殊為難解。《清蒙古車王府藏子弟書》錄為「肐就」，〔註128〕誤，「肐」音 gē，「肐」音 qì，相去甚遠，蓋整理者形近而訛。根據語境，

〔註126〕日‧太田辰夫著；江藍生等譯：《漢語史通考》，重慶出版社，1991年，第227～228頁。

〔註127〕未刊稿。本文在2019年語言學沙龍上宣讀，承蒙孔令彬博士、王國旭博士、張榮軍博士、伍先成博士、王周炎先生斧正，特此感謝。

〔註128〕北京市民族古籍整理出版規劃小組輯校：《清蒙古車王府藏子弟書》，國際文化出

「肐就」指賈母眯縫著眼睛，為了看清楚匾額上的文字，「肐就」當釋為「皺縮、緊蹙」。子弟書《玉兒獻花》作「圪就」，「玉兒臊的飛紅了臉，低頭圪就著兩道眉。」（車本 55 / 264b）「焦黃的臉旦兒一身的病，塌薩著眼皮兒圪就著眉。」（車本 55 / 264b）子弟書《俏東風》第三回作「跂就」，「上樓來眉頭兒圪就著睄公子，說：『奴為你閒氣直揺了這幾天。』」（車本 54 / 387a）《紅樓夢》第一一六回作「肐揪」，「寶釵聽著，不覺的把眉頭兒肐揪著，發起怔來。」清·吳梅村《通天台》第一齣作「挖綹」，「你鎮日在屋裏挖綹眉兒住著，今日也帶挈奚童走一遭。」〔註129〕《中國古代戲劇選》徑改「挖綹」為「挖皺」，〔註130〕非。

元明文獻裏，亦有多種字形表現：「疙皺」「挖皺」「乞惆」「忔皺」「肐皺」「肐揪」「忔惛」。

用例分別如金·董解元《西廂記諸宮調》卷六：「一雙兒心意兩相投，夫人白甚閒疙皺！休疙皺。常言道：『女大不中留。』」王實甫《西廂記》第三本第二折：「厭的早挖皺了愁眉。」元·無名氏《蟾宮曲·酒》：「一個煩惱人乞惆似阿難，才吃了兩三杯，可戲如潘安。」《元曲選·陳母教子》第二折：「則被這氣堵住咽喉，眉頭兒忔皺。」明·陸采《西廂記》二四齣：「雙眉肐皺口難開，想是被人打壞。」《金瓶梅》五四回：「不想這一下打重了，把金釧疼的要不的，又不敢哭，肐揪著臉。」《金瓶梅》三〇回：「那李瓶兒在酒席上，只是把眉頭忔惛著。」

於現代方言裏，亦作「圪皺」，指皺紋。束為《老長工》二：「房裏還有一個人，是個胖墩墩的老漢，五十來歲。雖是滿臉圪皺，腰板可是挺結實。」

該組異形詞有兩種詞性，動詞義「皺縮、緊蹙」，亦可引申為「發愁」；名詞義「皺紋」，名詞義為動詞義的轉指。

考其來源當為「結皺」。《禮記·月令》：「（仲冬之月）蚯蚓結。」孔穎達疏：「結猶屈也。」《漢書·司馬相如傳》下：「結軌還轅，東鄉將報，至於蜀都。」顏師古注：「結，屈也。」《廣雅·釋詁一》：「結，曲也。」「結」由「屈、曲」引申為「皺縮」，與「皺」構成同義複詞「結皺」。

　　　版公司，1994 年，第 63 頁。

〔註129〕郭漢城總主編；張宏淵主編：《中國戲曲經典》第 2 卷，山東教育出版社，2005 年，第 565 頁。

〔註130〕寧希元、寧恢選注：《中國古代戲劇選》，人民文學出版社，2003 年，第 755 頁。

結，《廣韻》古屑切，見母屑韻入聲，王力先生擬音為〔kiet〕；結，《中原音韻》見母車遮韻入歸上聲，寧繼福先生擬音為〔kiɛ〕。〔註131〕俗音與「肐」「圪」「挖」「疙」「乞」「忔」「忔」「趷」相同，讀為〔kɛ〕。皺，《廣韻》側救切，莊母宥韻去聲，王力先生擬音〔ʧĭəu〕；皺，《中原音韻》照母尤侯韻去聲，寧繼福先生擬音為〔tʂəu〕。俗音與「就」「揪」「媰」「啾」「愀」「縐」同，讀為〔tsiəu〕、〔tʂəu〕或〔ʧəu〕等。

通過系統考察，有利於系聯不同字形的俗語詞，避免原子式的孤立研究。異形俗語詞的產生，不僅有語音演變構詞的原因，也有刻意附會語源的成分存在，如上揭「忔恄」，蓋書者以為「憂愁、苦惱」當與心理活動相關，不明「憂愁、苦惱」為「皺縮、緊蹙」的引申，故選擇「忔恄」字形，如同「借屍還魂」，僅用其音，與字書釋義無涉。因為根據《玉篇·心部》：「忔，喜也。」《集韻·巧韻》：「恄，心迫也。」我們斷難引申出「憂愁」義。

（二）虎不啦

「虎不啦」，子弟書《鬚子譜》頭回有兩例，「手內架著個虎不啦，模樣兒粗脖兒小辮頂兒怪肉橫生。」（俗本 397 / 397）「勾四說：『咱們出城去放虎不啦，門臉兒上租他一杆攢竹吹箭。』」（俗本 397 / 398）《孫犁》第一章亦見用例，「秋高氣爽的時候，他奔跑在柳樹下面網羅虎不啦，在很長的一段時間裏，這種捕鳥的活動成為他的一種嗜好。」〔註132〕「網羅虎不啦」與「捕鳥」相對，「虎不啦」為一種鳥名。《三俠劍》第五回作「虎不拉」，且明言為一種鳥名，「舉目一看這小子，身穿一身紫，紫花布褂子，紫花布褲子，紫花布抓地虎快靴，紫花布絹帕繃頭，手中舉著一個紫花虎不拉，虎不拉就是鳥名。」〔註133〕孫犁《黃鸝——病期瑣事》：「但是，無論春末夏初在麥苗地或油菜地裏追逐紅靛兒，或是天高氣爽的秋季，奔跑在柳樹下面網羅虎不拉兒的時候，都好像沒有見過這種鳥兒。」〔註134〕京劇《打砂鍋》作「虎不喇」，「湛湛青天任我欺，未曾起意神不知。為人不把老子打，枉在這世上玩虎不喇。」〔註135〕《京都竹

〔註131〕寧繼福：《中原音韻表稿》，吉林文史出版社，1985 年，第 300 頁。
〔註132〕管蠡：《孫犁》，北嶽文藝出版社，1986 年，第 4～5 頁。
〔註133〕張傑鑫編：《三俠劍》，北京燕山出版社，2004 年，第 878 頁。
〔註134〕孫犁：《故事和書》，生活·讀書·新知三聯書店，2014 年，第 51 頁。
〔註135〕北京市藝術研究所編著：《京劇傳統劇本彙編》29，北京出版社，2009 年，第 226～227 頁。

枝詞》作「虎叭喇」,「衫敞前襟草帽横,手擎虎叭喇兒行。」自注曰:虎叭喇,鳥名,即伯勞也。〔註136〕《清茶館》作「呼不拉」,「百靈、黃雀,都講究叫十三套音,如鷂鷹、山喜鵲、家喜鵲、小燕、紅子、蛐蛐、油葫蘆、家雀噪林、呼不拉、貓、母雞、小雞、小狗、水車子、伏天兒……各鳥的腔調。」〔註137〕齊如山先生《國劇沒落的原因》論及十三套時作「忽不拉」。〔註138〕金受申先生《老北京的生活》敘及十三套時,記以「胡伯勞」,並云「胡伯勞北京俗名『戶不拉』」。〔註139〕清末報人小說家松友梅《小額》作「忽伯拉」,並自注為「虎伯勞」,「有一個老者,有五六十歲,左手架著個忽伯拉(鳥名,本名虎伯勞),右手拿著個大砸壺兒……」〔註140〕

有趣的是,北京崇文區東北部有一條南北向的胡同,今名虎背口胡同。《北京地名志》引用《坊巷志》《坊巷志考正》,敘其「虎背口」胡同的異稱「虎叭喇」「戶部拉」「胡伯勞」,並云虎叭喇是小鳥的一種,是從蒙古語的「服巴拉」「蘇吧羅」轉成的地名。〔註141〕但遍查辭書,蒙古語裏並未見「服巴拉」「蘇吧羅」詞條,甚疑。

據《漢語大詞典》,虎不拉,鳥名。又名鵙或鴂。額部和頭部的兩旁黑色,頸部藍灰色,背部棕紅色,有黑色波狀橫紋。吃昆蟲和小鳥。善鳴。《詩·豳風·七月》「七月鳴鵙」毛傳:「鵙,伯勞也。」考其語源,當為蒙漢合璧詞。「虎」當為蒙古語 xuwartu 第一個音節 xu〔xu〕的音譯,意為花的,有花的,有花紋的,〔註142〕與該鳥的形態特徵「額部和頭部的兩旁黑色,頸部藍灰色,背部棕紅色,有黑色波狀橫紋」一致。「不拉」當為「伯勞」的音變。《丹東市志》(1993:583)收詞條「虎紋伯勞」,釋為「Lanius Tigrinus Drapiez,地方名

〔註136〕清·楊米人等著;路工編選:《清代北京竹枝詞:十三種》,北京出版社,1962年,第47頁。

〔註137〕楊遇泰主編;北京市文史研究館編:《京都憶往:北京文史集萃》,北京出版社,2006年,第361頁。

〔註138〕劉一達:《有鼻子有眼兒》,北京出版社,2004年,第94頁。

〔註139〕金受申:《老北京的生活》,北京出版社,1989年,第241頁。

〔註140〕清·松友梅:《京人京語京文化叢書·小額(注釋本)》,世界圖書西安出版公司,2011年,第6頁。

〔註141〕(日)多田貞一著;張紫晨譯:《北京地名志》,書目文獻出版社,1986年,第44頁。

〔註142〕內蒙古大學蒙古學研究院蒙古語文研究所:《蒙漢詞典》,內蒙古大學出版社,1999年,第692頁。

虎伯勞、虎花伯勞。」〔註143〕已基本逼近該詞的語源,可資佐證。

(三)孤 拐

《漢語大詞典》收詞條「孤拐」,有兩個義項 1. 腳腕兩旁突起的部分;2. 顴骨。《俗說濟南話》裏補充了一個義項,腳上的大拇腳趾頭與腳掌連接處凸出的骨頭也叫「孤拐」。〔註144〕該義項亦稱「腳掌之腳孤拐」,山東一省之內,三個義項均見分布。〔註145〕

關於「孤拐」的來源,各執一端,莫衷一是,姑略陳於下。

馬思周先生考證頗詳,〔註146〕「拐」「枴」讀音合併,「拐,物枝也」,助行工具的「拐」與人體部位的「(孤)拐」存在著隱喻關係。因為人的「足腕內、外兩側突出物」「拇指內側突出物」與「拐」上端旁生(歧出)短木有相似的特徵,所以可共名為「拐」。「孤」在近代有「高出、突出」的意思,「孤拐」是一個偏正結構。我們認為此說概括「孤拐」三個義項的共同特點是「突出」,富於啟發性。但是把「孤拐」視為偏正結構,似乎稍嫌迂曲。《龍龕手鑒・手部》:「拐,俗,正作『枴』。老人杖也。」拐杖的理據當側重支撐,再者,「歧出」視為彎曲更切近,與「突出」實難等同。

岩田禮認為,中古時期存在一個詞,即「胳拐」,用以指稱某些「突出來的東西」。〔註147〕《廣韻》對「拐」的義注是「手腳的物枝也」,有可能已經用來指稱 ankle、elbow 等部位。「胳拐」按音變規律變成 [kɔʔ kuai],然後也變成「孤拐」[ku kuai]。首位音節 [kɔʔ] 變成 [ku] 是由第二音節的介音 [u] 同化所致,也可以認為是一種反切式雙音節詞的形成。此說甚誤。遍查各數據庫,中古時代未見「胳拐」的文獻用例。《廣韻》對「拐」的解釋是「手腳之物枝也」,並不是用來指稱 ankle、elbow 等部位,是端部歧出枝杈可以支腋、踏足。

劉瑞明認為孤拐的理據本字為鼓拐骨。鼓起的可以轉動的骨頭,「骨」的音節在語流音變中併合在同音的「鼓」字中。〔註148〕「鼓」誠然有鼓起的意思,

〔註143〕丹東市地方志辦公室編:《丹東市志1:總述大事記行政建置區縣自然環境》,遼寧科學技術出版社,1993年,第583頁。

〔註144〕董文斌編著:《俗說濟南話》,濟南出版社,2013年,第62頁。

〔註145〕馬思周著:《俗言俗談》,商務印書館,2011年,第336頁。

〔註146〕馬思周著:《俗言俗談》,商務印書館,2011年,第336~342頁。

〔註147〕岩田禮編;岩田禮、村上之伸、木津佑子、松江崇、中川裕三著:《漢語方言解釋地圖》,白帝社,2009年,第206頁。

〔註148〕劉瑞明著:《劉瑞明文史述林》上,甘肅人民出版社,2012年,第609頁。

但是把「拐」理解為「可轉動」，似乎相去甚遠。

上述觀點都拘泥於漢字形義分析，更無法解釋「孤拐」的諸多異形詞。子弟書《全悲秋》第三回作「骨拐」，「烏雲兒一半兒蓬鬆一半兒縮，骨拐兒一個兒白來一個兒紅。」子弟書《鴛鴦扣》第五回：「兩孤拐隱隱發紅蘋果顏色，爭酒窩一邊一個真正的鬆了個使得。」該二例義為顴骨。亦作「腳鼓拐」「腳箍拐」「鬥雞子」，大腳趾側後面的鼓包，俗稱「腳鼓拐」。也作「腳孤拐」「腳箍拐」。腳鼓拐大的，將大腳趾擠向二腳趾，這樣，兩個腳趾像鬥雞一樣糾纏在一起，故北京的老人稱腳鼓拐為「鬥雞子」。〔註149〕亦作「孤踝」，章炳麟《新方言・釋形體》：「今謂脛下骨隆起者為孤踝。」「孤踝」當是「孤拐」與「踝」疊架重構的產物。

今考「孤拐」的來源，當為蒙古語 yubuyar 的音譯，讀為〔gʊbgǎr〕，義為隆起的、凸起的（《蒙漢詞典》，1999：780）。〔註150〕上揭「孤拐」三個義項的共同語義特徵是「突出」，漢語藉詞時由原詞的形容詞轉指名詞，據此音義吻合。

《漢語大詞典》「孤拐面」「孤拐臉」釋為「上部凸出下部尖削的臉」。不確，當根據「孤拐」的語義釋為「顴骨高聳的臉」。

（四）摘　對

「摘對」，摘兌的音近訛字，（向他人）借用財物。

> 東鄉摘對柴剛有，西舍騰挪不借糧。（《趙五娘吃糠》頭回，車 55／436b）

「摘對」與「騰挪」對文，都有「摘借」之意，故「摘對」本字為「摘兌」。《北京話語彙》（18-19）收「拆兌」一詞，亦可佐證「摘兌」為正寫，猶「互通有無，交換使用」。蓋為掩飾借錢的尷尬而使用的婉辭。

「摘兌」一詞，《北京方言詞典》〔註151〕、《北京土語詞典》〔註152〕、《現代漢語口語詞典》〔註153〕均見收錄，惜未考其語源。亦可單用「摘」，如《官話指

〔註149〕劉延武編著：《老北京方言俗語趣味詞典》，群眾出版社，2015 年，第 68 頁。

〔註150〕內蒙古大學蒙古學研究院蒙古語文研究所：《蒙漢詞典》，內蒙古大學出版社，1999 年，第 780 頁。

〔註151〕陳剛編：《北京方言詞典》，商務印書館，1985 年，第 323 頁。

〔註152〕徐世榮編：《北京土語辭典》，北京出版社，1990 年，第 474 頁。

〔註153〕徐志誠編著：《現代漢語口語詞典》，遼寧人民出版社，1991 年，第 245 頁。

南》：「因為我們今兒個有點兒緊用項，找您摘給我們幾百塊錢用。」

（五）撲　張

那時節叫奴有誰攜此事？你叫我少婦無處去撲張。（《趙五娘吃糠》頭回，車 55 / 436b）

「撲張」，俗本（385 / 160）作「撲獐」。

明早時又往哪裏去撲張？可把人愁死！高懷德無言半晌他眼望著親生。（《千金全德》頭回，車本 52 / 333a）

故本（699 / 2a）、《子弟書選》據傅惜華藏本作「撲獐」。〔註154〕《子弟書叢鈔》據泰山堂刻本作「撲張」，並注曰「撲張：張羅，想辦法」，〔註155〕可從。

白日裏到處撲張沿街亂跑，到晚來拱肩縮背往火房裏鑽。（《窮鬼自歎》，車本 55 / 116a）《不曾停歇的旅程·記坐船犯罪》：「看出行李憑水雞自己撲張是無望了，我這才又去麻煩領館。」〔註156〕亦其例。准此，「撲張」猶張羅，料理。

（六）桹

咦！眼看那密密白雲出塔頂，團團黑霧繞桹盤。（《趁心願》頭回，車 55 / 390b）

「桹」，俗本（392 / 228）作「根」，「桹」的形近訛字。文獻裏「桹」同「榔」，與該句無涉。本句中「桹」為「梁」的俗字，替換聲符所致。

《子弟書全集》〔註157〕、《清車王府鈔藏曲本·子弟書集》〔註158〕均錄為「根」，失察。《清蒙古車王府藏子弟書》錄為「梁」，〔註159〕是。「繞梁盤」猶「繞著屋樑盤旋」之意。

〔註154〕中國曲藝工作者協會遼寧分會編：《子弟書選》，內部發行本，1979 年，第 140 頁。
〔註155〕關德棟、周中明：《子弟書叢鈔》，上海古籍出版社，1984 年，第 162、180 頁。
〔註156〕蕭乾著：《不曾停歇的旅程》，北方文藝出版社，2013 年，第 150 頁。
〔註157〕黃仕忠、李芳、關瑾華編：《子弟書全集》第 6 卷，社會科學文獻出版社，2012 年，第 2491 頁。
〔註158〕劉烈茂、郭精銳：《清車王府鈔藏曲本·子弟書集》，江蘇古籍出版社，1993 年，第 1042 頁。
〔註159〕北京市民族古籍整理出版規劃小組輯校：《清蒙古車王府藏子弟書》，國際文化出版公司，1994 年，第 579 頁。

（七）引 門

　　一路上問花尋柳題新句，引門的才子出對聯。（《遊寺》頭回，

輯校本 593）

　　《子弟書全集》如字，﹝註160﹞甚誤。車本（52／221a）字跡不清，作「🂠」，俗本（388／215）該字清晰可辨，為「鬥」，此為同音假借，本字當為「逗」，「引逗」謂誘引挑逗，如元·白樸《牆頭馬上》第一折：「偶然間兩相窺望，引逗得春心狂蕩。」

（八）餂、嗑打牙

　　上廊簷餂破窗櫺往裏看，見徐夫人嗷著老爺頑笑，在那裡嗑打牙。（《盜甲》第二回，車本 53／172b）

　　「餂」，《清蒙古車王府藏子弟書》錄為「舔」，﹝註161﹞不煩改。如元·曾瑞《鬥鵪鶉·風情》套曲：「假真誠好話兒親曾驗，鼻凹裏沙糖怎餂。」《醒世恒言·杜子春三入長安》：「煉成之日，合宅同升，連那雞兒狗子餂了鼎中藥末，也得相隨而去。」

　　「嗑打牙」，同前文「二使女天晚開門把髒水倒，忙裏貪頑鬧嗑牙」（《盜甲》第二回，車本 53／171b）中的「嗑牙」，義為「閒談」，如峻青《海嘯》第二章七：「『甭鬧嗑牙了，』老宮吧嗒吧嗒地抽著煙說，『快說說情況吧。』」《清蒙古車王府藏子弟書》（493）錄為「磕打牙」，﹝註162﹞不煩改。俗本（390／587）作「磕打牙」，亦誤。

（九）沒溜兒拉瓜

　　徐老爺搖頭說豈有此理，偌大年紀真是沒六兒拉瓜。（《盜甲》第二回，車本 53／172b）

　　「沒六兒」，俗本（390／588）作「沒溜兒」，是。「沒溜兒拉瓜」指說不著邊際的話，喻指沒正經。《兒女英雄傳》第二十七回：「這書裏，自『末路窮

﹝註160﹞黃仕忠、李芳、關瑾華編：《子弟書全集》第 4 卷，社會科學文獻出版社，2012 年，第 1353 頁。

﹝註161﹞北京市民族古籍整理出版規劃小組輯校：《清蒙古車王府藏子弟書》，國際文化出版公司，1994 年，第 493 頁。

﹝註162﹞北京市民族古籍整理出版規劃小組輯校：《清蒙古車王府藏子弟書》，國際文化出版公司，1994 年，第 493 頁。

途幸逢俠女』一回姑娘露面兒起，從沒聽見姑娘說過這等一句不著要的話，這句大概是心裏痛快了。要按俗語說，這就叫作『沒溜兒』，捉一個白字，便叫作『沒路兒！』」「不著要的話」與「沒溜兒」相對成文，義為「說不著邊際的話」。亦見於同書第二十九回，「姐姐只說這話有溜兒沒溜兒？我就說『趙學士這首詞兒也太輕薄。你這意思也欠莊重。你要畫可別畫上我。我怕人家笑話。』」

（十）溜油兒滑

　　磨磚砌牆大門走馬，這馬臺石蹬的溜油兒滑。（《盜甲》頭回，
車本 53 / 170b）

「溜油兒滑」，溜滑的重疊形式，很光滑。《續小五義》第二十八回：「再摸這井壁子，溜滑如鏡面一樣，縱然有天大的本事，也飛不上去。」〔註163〕《綺樓重夢》第三十九回：「小鈺的手已經搭在他粉嫩溜滑屁股上，再也不肯伸回去了。」〔註164〕陳應松《豹子最後的舞蹈》：「我的母親尾部淌著飛濺的血水，沒命地跳入野貓河，在冒著團團熱氣的河中，越過一塊又一塊溜滑的巨石。」〔註165〕亦其例。

《大詞典》未立「溜滑」詞條，收詞條「滑溜」，釋為「光滑」，引魯迅《故事新編·理水》：「酒過三巡，大員們就講了一些水鄉沿途的風景，蘆花似雪，泥水如金，黃鱔膏腴，青苔滑溜。」

（十一）溜　湫

　　溜進了城，照著湯隆的話找到徐寧的門首，等人靜時他在黑影
兒裏溜湫要把牆爬。（《盜甲》頭回，車本 53 / 171b）時邊暗暗心歡
喜，邁步溜湫就著地兒擦。（《盜甲》第二回，車本 53 / 172b）

「溜湫」，俗本（390 / 581）作「溜僦」，謂躲躲閃閃，輕手輕腳的樣子。梁斌《紅旗譜》十：「一出朱老忠家大門，先張望一下，看街上沒有老騾頭，就溜湫著步兒走回來。」亦其例。

〔註163〕清·無名氏撰；吳民、宋文校點：《續小五義》，中國戲劇出版社，1990 年，第 181 頁。
〔註164〕清·蘭皋居士著：《綺樓重夢》，時代文藝出版社，2003 年，第 289 頁。
〔註165〕陳思和主編：《新世紀小說大系：2001～2010（生態卷）》，上海文藝出版社，2014 年，第 131 頁。

亦可重疊為「溜溜湫湫」或「溜溜啾啾」，如《紅樓夢》第八五回：「細看時，就是賈芸，溜溜湫湫往這邊來了。」《三俠五義》第五回：「他卻又不敢伸冤，只得從角門裏溜溜啾啾往裏便走。」梁斌《播火記》三九：「野兔子偷偷竄出地壟，溜溜湫湫走在道旁，偷吃糧食。」

（十二）標　布

鹿卵子荷包煙袋桶，標布搭包一丈三。（《竊打朝》頭回，車本
52／47a）

「標布」意為棉製土布，其中商品佈在土布中占的比例較大，也有少量織造精細的品種，如帆布、雲布、斜紋布等，多為少數達官和富戶所專用，因此在市場上流通量很少，而流通量大的則為標布（亦稱大布或東套）、扣布（亦稱小布或中機）、稀布（亦稱闊布）三種。〔註166〕如《兒女英雄傳》第十二回：「請了進來，只見他穿一件搭褳口的灰色粗布襖，套一件新石青細布馬褂，繫一條月白標布搭包，本是氈帽來的，借了店裏掌櫃的一頂高提梁兒秋帽兒。」

（十三）詐　剌

道宗見人多這才詐剌，這黑小子不打官司露著我冤。（《竊打朝》
第三回，車本52／51a）

「詐剌」，滿語 chashuulambi〔註167〕的音譯，悖逆。俗本（387／306）作「扎剌」，《清蒙古車王府子弟書》（489）錄為「乍剌」，不煩改。《戰爭的故事》：「這傢夥，是吃了老虎膽。馬鴻達面前敢扎剌！要知道，馬長官殺他，如同打死個螞蟻。」〔註168〕張廷亮《活躍在敵後的一支民兵隊伍》：「由於呂家村一帶有了這支青抗先民兵在活動，所以這裡的漢奸壞人都不敢乍剌兒。」〔註169〕《鬼市》：「小日本現在整天在豐臺乍剌兒，學生見天價上街演講，誰願跟親日派沾邊兒！」〔註170〕均其例。

〔註166〕趙翰生、邢聲遠、田方著：《大眾紡織技術史》，山東科學技術出版社，2015年，第218頁。

〔註167〕胡增益主編：《新滿漢大詞典》，新疆人民出版社，1994年，第129頁。

〔註168〕鄭柯著：《戰爭的故事》，百家出版社，1992年，第12頁。

〔註169〕何卓新主編；初建華（卷）主編；北京市政協文史資料委員會編：《北京文史資料精選·豐臺卷》，北京出版社，2006年，第104頁。

〔註170〕厲春蛟著：《鬼市》，山東文藝出版社，1989年，第99頁。

（十四）一擔兒挑

《鴛鴦扣》第六回：你的那一擔兒挑是當今的國手，他來看我說厄吃各不是痰火。（55／145b）

亦見於《七寸》第十章：「朱凱文默默地站在原地，他們原本是可以做『連襟』的，也叫『一擔挑兒』，可是，到底沒有緣分成為一個屋簷下姐妹花的老公。」〔註171〕《西安事變的序曲》第二十章：「留守處主任段真卿是孫軍長的連襟，也叫一擔挑，這個當姐夫的官居屬下，卻是這椿婚姻的介紹人。」〔註172〕《大詞典》「一擔挑」謂「指連襟。姐妹的丈夫。」無書證。清顧張思《土風錄》卷十六：「姊妹之夫曰連襟。」

關於「一擔挑」的理據，學界存在不同說法。《北京方言詞諧音語理據研究》稱：「一擔兒挑：連襟。『依單兒耀』的諧音。是從岳父母的角度來說：挨著把兩個女兒單賣給這兩個。」〔註173〕周薦先生認為「連襟」與「一擔挑」是不同色彩的詞語。〔註174〕我們認為「一擔挑」源於「挑擔」，寓含成對之義。《茶香室叢鈔·稱謂之異》引清·黎士宏《仁恕堂筆記》：「甘州人謂姊妹之夫曰挑擔。」今河南南陽方言仍稱「連襟」為「挑擔」。〔註175〕雲南方言稱「連襟」為「兩庹」，亦取成對之義。

（十五）憨　拉

《高老莊》第三回：搭拉著嘴唇子撑呆水，咧著個下巴淌憨拉。（52／105b）

北京話裏作「哈喇子」或「哈拉子」。〔註176〕亦作「含啦子」。〔註177〕還作「哈拉拉子」，著者認為「本字未詳」，〔註178〕這是很嚴謹務實的表述。我們認

〔註171〕風為裳著：《七寸》，春風文藝出版社，2012年，第181頁。
〔註172〕李伶著：《西安事變的序曲》，長征出版社，2008年，第216頁。
〔註173〕劉敬林、劉瑞明著：《北京方言詞諧音語理據研究》，中國言實出版社，2008年，第143頁。
〔註174〕周薦著：《漢語詞彙趣說》，暨南大學出版社，2011年，第97頁。
〔註175〕徐奕昌等著：《南陽方言與普通話》，文心出版社，1993年，第124頁。
〔註176〕傅民、高艾民編：《北京話詞語》，北京大學出版社，1986年，第102頁。亦見於徐世榮編：《北京土語辭典》，北京出版社，1990年，第166頁；亓冬初、古昱方主編；昭蘇縣地方志編纂委員會編：《昭蘇縣志》，新疆人民出版社，2004年，第550頁。
〔註177〕陳剛編：《北京方言詞典》，商務印書館，1985年，第106頁。
〔註178〕齊如山著：《北京土話》，北京燕山出版社，1991年，第72頁。

為前述諸多異稱都是記音，源於滿語 silenggi，[註 179] 均指唾液。

亦見於《脊樑》第三章：「小船猛地一栽歪，嚇得『線黃瓜』兩腿直哆嗦，『瞎耗子』小臉煞白，『一條龍』兩手死勁地抓住船幫，嘴裏直淌哈拉子。」[註 180]

（十六）巴　補

「巴補」一詞用例甚稀，頗為難解。目前檢索到的較早用例如：

喚妻兒點一盞茶來我潤潤口，快著去巴補孩兒哄他睡著。（《為票嗷夫》全一回，《車王府藏曲本》54／354a）

「巴補」[註 181]，《俗文學叢刊》（397／541）作「�吓」，蓋以為「哄人入睡」需要說話，故二字皆從口，其中「�」未見任何辭書收錄，當係抄手不明語源而生造的記音字。《從子弟書看早期東北方言滿語詞》認為「巴補」是滿語 amgabumbi 的音譯，義為「使……睡」。[註 182] 未及「哄」義，且語音亦不對應，不確。

該句「巴補」在句中做謂語，因此為動詞，當為滿語 bebushembi 的音譯，據《新滿漢大詞典》，義為「連聲哄睡」。[註 183]《A Concise Manchu-English Lexicon》記作「bebušembi」，釋義為「to sing lullabies to」，[註 184] 亦為哄……入睡。據此，「巴補孩兒」與「哄他睡著」同義連用，語義相互發明，「巴補」猶「哄人入睡」。

「巴補」身兼二職，還是擬聲詞「bebu」（哄小孩入睡的聲音）的音譯。如流行於東北滿族聚居區的民歌《搖車曲》，也稱「悠悠調」。還叫「催眠曲」。歌詞是：「巴補哇俄世啊，悠悠小孩巴補哇。狼來啦虎來啦，老和尚背（大）鼓來啦，小孩睡，蓋花被，小孩哭，想他姑。」[註 185] 該句「巴補」與「俄世」

[註 179] 安雙成主編：《漢滿大辭典》，遼寧民族出版社，2007 年，第 577 頁。

[註 180] 肖哲著：《脊樑》，中國廣播電視出版社，2004 年，第 17 頁。

[註 181] 「巴補」尚可作為地名，一作八普、八普。參見復旦大學歷史地理研究所《中國歷史地名辭典》編委會編：《中國歷史地名辭典》，江西教育出版社，1986 年，第 150～151 頁。與本文討論無涉。

[註 182] 許秋華：《從子弟書看早期東北方言滿語詞》，《滿族研究》2012 年第 2 期。

[註 183] 胡增益主編：《新滿漢大詞典》，新疆人民出版社，1994 年，第 78 頁。

[註 184] Jerry Norman. 1978. A Concise Manchu-English Lexicon. Washington: University of Washington Press. P26.

[註 185] 楊賀春：《青龍滿族風俗習慣初探》，載中國人民政治協商會議河北省青龍縣委員會文史資料研究委員會編，《青龍文史資料》第 3 輯，內部發行本，1986 年，第 124 頁。

相對，二者詞類相同，「俄世」為擬聲詞，驅趕雞鴨貓狗之聲，讀為「óur-shi」。〔註186〕因此「巴補」亦為擬聲詞，指哄小孩入睡的聲音，來自於滿語 bebu。

人民文學出版社版《兒女英雄傳》第二十四回寫為「罷卜」，如：「睡不著，一會給他抓抓，又給他拍拍，那麼大個兒了，有時候還攬在懷裏罷卜著睡，那舅太太也沒些兒不耐煩。」〔註187〕齊魯書社版「罷卜」作「罷不」，爾弓注曰：罷不——原作「罷卜」，據抄本、初印本改。罷不，滿語，狀嬰兒催眠之聲。罷不著睡，即像催促嬰兒入眠那樣哼哼著，使之入睡。〔註188〕爾弓所注甚是，該句「罷卜」在句中做狀語，為擬聲詞，源於滿語 bebu。

亦作「巴不」。清·吳桭臣《寧古塔紀略》：「生子滿月下搖車，如吾鄉之搖籃。……哭則乳之，不已則搖之，口念巴不力，如吾鄉之念嘎喏喏也。」「巴不力」中的「力」蓋語氣詞「哩」的記音，「巴不」與「嘎喏喏」對文，二者均為擬聲詞。

召文吉土口述的搖籃曲《巴卜》作「巴卜」，如：「巴卜巴卜快睡覺，睡醒了再把那瓜兒抱，巴卜，巴卜，巴卜力，巴卜。」〔註189〕「巴卜」為擬聲詞。

胡適先生《北平的平民文學》裏收錄的《催眠歌》之二作「把卜」，「我兒子睡覺了，我花兒困覺了，我花兒把卜了，我花兒是個乖兒子，我花兒是個哄人精。」對兒歌中的「把卜」，胡適先生是這樣解釋的，姑錄於下：

「把卜」這兩個字是很難解的，韋大列的注釋裏面也曾提過，不知道是什麼意思。我問了許多上年紀人也都說不出來；後來有人告訴我說是蒙古語，我就有點兒相信，隨去學蒙文，藉此機會可以問蒙古人了。但是在（再）憑你怎樣問，他也不知道。我始終不服氣，總疑惑有影響，後來才知道決不是蒙文。因為韋大列著有《蒙文的文法》；若是蒙古傳來的，他決不會不知道。我又在《兒女英雄傳》的第二十四回裏見有「罷卜著睡」，我想許是小孩兒嘴裏含著乳頭睡覺，叫做「罷卜」，也未可知。（英文裏有個字「pap」是「乳」

〔註186〕馬思周著：《俗言俗談》，商務印書館，2011 年，第 60 頁。

〔註187〕清·文康：《兒女英雄傳》，人民文學出版社，1983 年，第 425 頁。

〔註188〕清·文康著：《兒女英雄傳》，齊魯書社，1990 年，第 496、519 頁。

〔註189〕民間文學三套集成領導小組編：《中國民間文學集成　遼寧分卷　阜新蒙古族自治縣資料本》2，內部資料本，1986 年，第 13 頁。

的意思，倒也相近。）〔註190〕

胡適先生對「把卜」的語源探求不足可信，有臆測之嫌，理由如前文所論。此外，胡適先生混淆了「把卜」與「罷卜」的詞性差異。《催眠歌》中的「把卜」與「睡覺」「困覺」處於同一位置，都做謂語，因此「把卜」為動詞，源於滿語 bebushembi，意為「（被）哄著睡覺了」；《兒女英雄傳》中的「罷卜」做狀語，為擬聲詞，源於滿語 bebu。

動詞義與擬聲詞義的「巴補」，都與「哄小孩入睡」相關，在使用過程中還可轉指「寶貝」，且語音也大致相近。如滿族搖籃曲《巴卜咋》的歌詞有「悠悠咋，悠悠咋，我的巴卜睡覺吧，快睡吧，快睡吧，我的巴卜睡著啦，睡著啦，睡著啦。」〔註191〕其中「我的巴卜睡覺吧」猶言「我的寶貝睡覺吧」。

〔註190〕胡適著：《胡適文存二集》下第 3～4 卷，中央編譯出版社，1929 年，第 338～340 頁。

〔註191〕田聯韜等編：《1980 年全國少數民族文藝匯演優秀歌曲選》，四川民族出版社，1982 年，第 61 頁。

第二章　內閣檔案詞語發微

順治朝內閣大庫檔案以其材料的原始性、內容的繁富性、敘述的口語性及公文語體特點在近代漢語詞語研究中別具一格。本章選錄的《順治朝內閣大庫檔案的語料價值》《順治朝內閣檔案詞語發微》《虛與實的藝術辯證法》僅為冰山一角，旨在拋磚引玉，以引起學界對內閣大庫檔案這批珍稀史料的關注。

一、順治朝內閣大庫檔案的語料價值〔註1〕

（一）引　言

檔案是記錄人類社會歷史的重要文獻之一，是人類社會發展到一定階段的文明產物。《中華人民共和國檔案法》第一章第二條對「檔案」的定義是：「檔案是指過去和現在的國家機構、社會組織以及個人從事政治、軍事、經濟、科學、技術、文化、宗教等活動直接形成的對國家和社會有保存價值的各種文字、圖表、聲像等不同形式的歷史記錄。」

明清檔案卷帙浩繁，限於篇幅，本文的研究對象僅為順治朝內閣大庫檔案。十七世紀前中期時值明末清初，由於朝代的更迭，使漢語的發展呈現相對複雜的局面，清朝統治者出身滿族，異族文化的交融，給語言增添了更為豐富的內容。這一時期的真實歷史記錄，即為當今語言學界甚少關注的順治

〔註1〕發表於《東亞文獻研究》，2012 年第 1 輯，有改動。

朝內閣大庫檔案。

（二）內閣大庫檔案的由來始末

內閣始設於明代，據《明史・職官志》載：「以其授餐大內，常侍天子殿閣之下，避宰相之名，又名內閣。」內閣為當時的政令中樞，權利顯赫，「（永樂初）尋命編修等官於文淵閣參預機密，謂之內閣。」〔註2〕清初以國史院、秘書院、弘文院內三院為內閣，各設大學士參與國家軍政大事。至雍正時設軍機處，掌軍政要務，使內閣權力架空，但「內閣尚受其成事，凡政府所奉之朱諭，臣工所繳指敕書、批折、胥俸儲於此」〔註3〕。

內閣官員的一項重要職責是承辦題本。題本分為兩種，「在京部院進者」為部本，「外文武大臣及奉使員具本送通政使轉上者」為通本。題本一般需經票簽，滿漢文具一副上，滿文左行，漢文右行。然後呈送皇帝，待皇帝閱畢，漢學士乃朱書於本面，以本分類發科，科抄發部。年終由六科回繳紅本處，入紅本庫保存。〔註4〕再加上奏摺、明發的上諭等其他文書，都保存在內閣大庫中，即我們所稱的內閣檔案。內閣檔案的主要內容如王國維所言：「內閣大庫在舊內閣衙門之東，臨東華門內通路，素為典籍廳所掌。其所藏，書籍居十之三，檔案居十之七。其書籍多明文淵閣之遺，其檔案則有歷朝政府所奉之朱諭、臣工繳進之敕諭、批折、黃本、題本、奏本、外藩屬國之表章、歷科殿試之大卷。」〔註5〕

內閣檔案中光紅本的數量就相當可觀。但今天我們所見的內閣檔案其實並不完整，且歷經劫難。前修時賢對此有詳細的論述，本文從略。

（三）順治檔案的內容述要

《明清檔案》第1冊至《明清檔案》第37冊，為順治朝（1644～1661）內閣大庫檔案。每冊按時間先後順序組織編排，約刊載200份檔，頁數在600頁左右，累計達22200頁。經過仔細閱讀，我們發現在這些檔案中，三法司的案卷所佔比重最大。如李光濤所言，「本所所藏此項檔案，以關於清『三法司』

〔註2〕清・黃佐撰：《翰林記》卷一，中華書局，1985年，第2頁。
〔註3〕王國維著：《觀堂集林・庫書樓記》，河北教育出版社，2003年，第582頁。
〔註4〕（清）席吳鰲撰：《內閣志》，中華書局，1985年，第3～4頁。
〔註5〕王國維：《最近二三十年中國新發見之學問》，載王國維著；洪治綱主編：《王國維經典文存》，上海大學出版社，2003年，第226頁。

者最多。」〔註6〕即使就整個內閣檔案而言，情況依然如此。徐中舒曾做了統計，「就史言所論，關於刑科繳進的紅本，即三法司案卷，整本共占五架半，殘本共占六架，關於其他各科繳進紅本，整本共占七架，殘本共占二十二架……」〔註7〕而這些也正是我們研究的重點。這些檔案材料大致可以分為兩部分。

《明清檔案》第 1 冊至第 11 冊，收錄 1644 年至 1650 年的檔案。因入關之初，國家政權根基未穩，這一時期的檔案內容主要集中內、外兩個方面。對內加大吏治力度以緩和社會矛盾，有為數較多的懲治官吏腐敗的案例〔註8〕；對外大肆征討以定四海神州，有為數較多的「討逆、討賊」戰報。從公文體式上看以題、揭帖、塘報居多。除此以外，圈地、投充、逃人、剃髮等問題相對集中，當然也有民間糾紛引發的命案，但較之後期親政時代，數量少得多。

《明清檔案》第 11 冊至第 37 冊，收錄 1651 年至 1661 年的檔案。順治親政伊始，勉力求治，漸顯一代開國明君的風範。戒奢以儉，以民為本，剿撫並用，以定天下。隨著國家政權日益穩固，社會內部矛盾逐漸佔據主要地位，呈增多趨勢的民事糾紛案例、刑事命案以及被稱為清朝「毒瘤」的官吏腐敗案例成為這一時期檔案內容的主體。此外，邪教、民族矛盾、私鹽等問題相對突出。公文體式以揭帖居多，雖有塘報，大多涉及南方及邊遠地域。

（四）順治檔案語料特點

王國維曾高度評價內閣檔案的價值：「自漢以來，中國學問上之最大發現有三：一為孔子壁中書；二為汲冢書；三則今之殷虛甲骨文字，敦煌塞上及西域各處之漢晉木簡，敦煌千佛洞之六朝及唐人寫本書卷，內閣大庫之元明以來書籍檔冊。此四者之一已足當孔壁、汲冢所出，而各地零星發見之金石書籍，於學術有大關係者，尚不與焉。故今日之時代可謂之『發見時代』，自來未有能比者。」〔註9〕

〔註6〕李光濤：《記內閣大庫殘餘檔案》，載張偉仁編：《明清檔案》第一冊，聯經出版事業公司，1986 年，第 155 頁。
〔註7〕參徐中舒：《再述內閣大庫檔案之由來及其整理》，《國立中央研究院歷史語言研究所集刊》第三本第四分抽印本，1923 年，第 550 頁。
〔註8〕詳情參看韋慶遠：《〈明清檔案〉與順治朝吏治》，《社會科學輯刊》1994 年第 6 期。
〔註9〕王國維：《最近二三十年中中國新發見之學問》，載王國維著；洪治綱主編：《王國維經典文存》，上海大學出版社，2003 年，第 223 頁。

具體而言，順治檔案的語料特點，主要表現為以下幾個方面：

1. 材料的原始性

漢語史研究，特別垂青第一手材料，檔案是原始數據的原始數據〔註10〕。檔案是原始的文字記錄，是研究歷史的第一手材料，它可以直接反映出歷史原貌〔註11〕。我們的研究對象是原藏內閣大庫的寫本影印件，從未經過後世輾轉傳抄，與一般傳世文獻不同，極大程度地避免了訛誤〔註12〕。順治朝檔案收錄的大量題本，直錄了當時的審案情況，訴狀、供詞如實地反映當時的語言實際。「因為訴訟之事關係重大，記載下來的時候不能有什麼修改潤飾，只能保留它本來的面貌。」〔註13〕因此，在漢語史研究中，這類經辦案人員謄錄的公文，亦可視為原始材料。

太田辰夫認為，一般地說，可以把文獻分為兩種──同時數據和後時數據。所謂同時數據，指的是某種數據的內容和它的外形（即文字）是同一時期產生的。甲骨、金石、木簡等，還有作者的手稿是這一類〔註14〕。以此衡量，順治檔案完全可以歸入「同時資料」，而且更有優於其他「同時數據」的特點。

在清代，檔案材料的收集與管理十分嚴密，內閣大庫檔案几乎不為外人所見，深藏於大庫之中。翻閱尚不可得，更遑論竄改了。阮葵生《茶餘客話》云：「內閣大庫藏歷代策籍，並封貯存案之件、漢票簽之內外紀，則具載百餘年詔令及陳奏事宜。九卿翰林部員有終生不得窺其一字者，部庫止有本部通行。」〔註15〕此外，內閣檔案的撰寫制度也非常嚴格。早在明代，朝廷就規定了文書寫作的基本要求。

《大明律》「上書奏事犯諱」條云：「若上書及奏事錯誤，當言『原免』而言『不免』，當言『千石』而言『十石』之類，有害於事者，杖六十。申六部錯

〔註10〕單是魁：《談談明清檔案的價值及其利用》，《中國社會科學院研究生院學報》1983年第6期。

〔註11〕劉青松：《中國古典文獻學概要》，湖南大學出版社，2002年，第27頁。

〔註12〕儘管如此，文字的訛誤並不能說已完全避免，仍然偶有衍字、訛字等。例如：「而寇良卿又供：係染居花匠，臣等不勝駭愕（愕）。」（20／11135b）愕為「愕」的訛字，因偏旁類化致誤。

〔註13〕劉堅：《古代白話文獻選讀》，商務印書館，1999年，第23頁。

〔註14〕太田辰夫著；蔣紹愚、徐昌華譯：《中國語歷史文法》（修訂譯本），北京大學出版社，2003年，第374頁。

〔註15〕清·阮葵生：《茶餘客話》，中華書局，1959年，第30頁。

誤，有害於事者，笞四十。其餘衙門文書錯誤者，笞二十。若所申雖有錯誤，而文案可行，不害於事者，勿論。」〔註16〕同書「增減官文書」條云：「凡增減官文書者，杖六十……若行移文書，誤將軍馬錢糧，刑名重事，緊關字樣，傳寫失錯，而洗補改正者，吏典笞三十。首領官失於對同，減一等。干礙調撥軍馬及供給邊方軍需錢糧數目者，首領官、吏典皆杖八十。若有規避，故改補者，以增減官方文書論。」〔註17〕把書寫的要求寫進律例，這便從制度上保證了公文撰寫的客觀與嚴謹。

順治檔案材料的批紅亦明確記錄了當時對公文書寫的嚴格要求，主要表現在三個方面。其一，對條文律法要求表述準確。如「順治伍年貳月貳拾捌日奉聖旨：刑部核擬具奏，『城旦』貳字非律本文，著改正行。欽此。欽遵。」（8／4215a）〔註18〕其二，明確指出奏本裏的漢字訛誤。如「本內漢字一處寫『寧五塔』，一處寫『寧文塔』，參差不一，著改正行。」（19／10481a）

（19／10481c）　　　　　　　　　　　　　（19／10481d）

「順治玖年肆月貳拾伍日奉聖旨：該部議奏，本內『詳』字訛『計』，著改正行。欽此。欽遵。」（14／8009d）「覽卿奏，知道了，蓋衙門知道，本內『敦』字錯寫『敵』字，著改正行。」（19／10647a）其三，明確指出奏本裏的滿字訛誤。如「本內滿字「奇」訛「齊」，著改正飭行。」（23／13142b）「本內漢字看語『立決』落『決』字，滿字『張光前』訛『蔣光』，『瑞』訛『睿』，著添補改正飭行。欽此。欽遵。」（26／14549c）「順治拾壹年拾壹月叁拾日奉旨：熊邦傑依擬應絞，著監候，該督再行親審具奏。本內滿字『督』訛『撫』，著改正行。欽此。欽遵。」（27／15306d）「依議，本內滿字『秀』訛『蕭』，著改正。」（28／15695a）

蔣紹愚在論及語料鑒別時指出，「首先，是要確定語言數據的年代」，「其

〔註16〕懷效鋒點校：《大明律》點校本，遼瀋書社，1990年，第37頁。

〔註17〕懷效鋒點校：《大明律》點校本，遼瀋書社，1990年，第40頁。

〔註18〕第一個數字表示《明清檔案》的冊數，第二個數字表示總頁數，英文字母表示單頁的欄數，a表示右上欄，b表示左上欄，c表示右下欄，d表示左下欄，餘仿此。

次，是要識別語言數據中的後人竄改和訛誤之處。」〔註19〕以此衡量，作為原始材料的順治內閣檔案，是漢語詞彙史研究的相對可靠而理想的共時語料。

第一，每則材料的前、後銜一般都明確標注了著者、時間（年、月、日），正文裏也記錄了事件發生的確切時間以及地點，文獻的斷代問題無需費神。

第二，對於刑案，因為需要逐級多次審理〔註20〕，材料中記載了內容近似，用語略異的語言表達，以及當事人的口供實錄，為同義詞研究、口語詞研究奠定了基礎。

第三，從順治檔還可以管窺這一時期的用字書寫習慣，例如文獻中忠實記錄了異體字情況，「即」的三種書寫形式隨意使用：即，即，即；所考察的 37 冊檔案材料，無一處使用「柒」，全部為「柒」等等，為探究漢字形體的變遷再現了寶貴的原始依據。

2. 內容的廣泛性

順治檔案是當時社會的縮影，其反映社會面貌之廣泛、社會生活之真實、社會矛盾之細膩是一般文學作品所不可比擬的。

以檔案記錄的刑名案件為例，罪案涉及社會生活的各個方面，大致有官吏、官兵腐敗，搶劫、盜竊財物進而殺人斃命，鄰里為細小糾紛使氣鬥毆以致發生命案，通姦、強姦引發命案，以及其他原因（逃人、蓄髮、造反等）而獲死罪的案件。對於腐敗案件而言，作案手法不盡相同，如私加火耗、剋扣短缺、惡意敲詐、濫施刑罰、欺上瞞下、生活淫靡等等。

命案除發案原因不同外，還有詳細的驗屍報告，因需要三檢才能定案，仵作驗屍非常仔細，除準確記錄傷口的類型、位置外，甚至精確到傷口的大小尺寸。通過這些文字，我們能窺探明末清初的身體部位名稱用語。例如：

> 該夏邑縣知縣祖業興帶領吏仵蔣桂臻等，於順治捌年柒月拾捌
> 日親詣屍場眼同屍親閻氏初檢得：本屍問年陸拾壹歲，仰面額顱紅
> 傷，圍圓壹寸捌分；鼻樑骨碎荏青，左胎膊青傷，斜長壹寸捌分，
> 闊肆分；右胎膊赤傷，斜長壹寸捌分，闊肆分；左胊腋青傷，斜長

〔註19〕蔣紹愚：《近代漢語研究概況》，北京大學出版社，1994年，第26～27頁。

〔註20〕明代以縣、府、省、刑部、皇帝為五級五審，清承明制，在省（布政使、按察使）上增設總督、巡撫一級，共為六級六審。地方案件以州、縣正印官為初審，不服，可逐級控告於府、按察司、督撫及刑部，最後由皇帝核准。參見程維榮：《中國審判制度》，上海世紀出版集團、上海教育出版社，2001年，第153頁。

壹寸肆分，闊肆分；胸膛紅傷，圍圓壹寸捌分；心坎青傷，圍圓壹
寸捌分；右脅青傷，圍圓壹寸柒分；左腿赤傷，斜長壹寸捌分，闊
陸分；腦後青傷，圍圓壹寸捌分；右後肋紅傷，圍圓壹寸捌分；右
腿紅傷，斜長壹寸捌分，闊肆分。檢畢屍，令屍親領收外，取有結
領在卷。（20／11167b-d）

本段驗屍報告涉及的身體部位名稱用語達十一處之多，其中屬於十七世紀前中
期的新詞語有「紅傷、青傷」等詞。

3. 敘述的口語性

順治檔案中刑名案件的司法文書主要記錄的是審案情節，原告、被告以及
證人的口供儘管經書吏轉錄，其口語化程度仍然較高。早在宋代的王明清《揮
塵錄餘話》就已經提及，「首狀雖甚為鄙俗之言，然不可更一字也。」〔註21〕
司法語言中，如預審筆錄、辯護詞、代理詞、一些訴狀中，往往有一些口語詞
語〔註22〕。蔣紹愚也曾注意到了供詞的口語性，「還有一些特殊類型的作品（如
審訊、談判的記錄）忠實地記錄口語，當然用的都是口語詞彙。」〔註23〕徐時
儀把古白話文獻作品分為四類，其中第二種是「為某種特定需要而記載下來的
當時口語的實錄，如禪宗語錄、理學家語錄、外交談判記錄、司法文書、直講
體、會話書等。」〔註24〕

即使是官府衙門的用語，也力求簡明通俗，並不迴避口語詞的運用。《利瑪
竇中國箚記》敘述了明末官話的這一特點：「除了不同省份的各種方言，也就是
鄉音之外，還有一種整個帝國通用的口語，被稱為官話（Quonhoa），是民用和
法庭用的官方語言。這種國語的產生可能是由於這一事實，即所有的行政長官
都不是他們所管轄的那個省份的人，為了使他們不必須學會那個省份的方言，
就使用了這種通用的語言來處理政府的事務。官話現在在受過教育的階級當中
很流行，並且在外省人和他們所要訪問的那個省份的居民之間使用⋯⋯這種官
話的用語很普遍，就連婦孺也都聽得懂。」〔註25〕

〔註21〕參見李心傳編：《建炎以來繫年要錄》卷一百四十三，中華書局，1956年，第2303頁。
〔註22〕陳炯著：《法律語言學概論》，陝西人民教育出版社，1998年，第64頁。
〔註23〕蔣紹愚：《近代漢語研究概況》，北京大學出版社，1994年，第223頁。
〔註24〕徐時儀：《古白話詞彙研究論稿》，上海世紀出版集團、上海教育出版社，2000年，
　　　　第38頁。
〔註25〕利瑪竇著；何濟高、王遵仲、李申譯：《利瑪竇中國箚記》，廣西師範大學出版社，

　　口供的口語性源於古代審案時對實錄的高度重視，即使在現代法律也是如此〔註26〕。以下略舉幾例：

　　【酒旋】溫酒的鏇子。

　　　　（韓世清）遂差兵丁至滿海家內搶抄女衣服叁件、男衣服貳件，

　　並銅錫酒壺、茶壺、酒旋等物搶掠一空。（14 / 7564d）

　　元・戴桐《六書故》：「旋，溫器也，旋之湯中以溫酒。」「酒旋」亦見於《醒世恒言・李玉英獄中訟冤》：「少頃，丫頭將酒旋湯得飛滾，拿至桌邊。」〔註27〕《奇俠飛天豹》第三十回：「話說來貴、三元二人見禁子不肯放他去，只得將酒旋交與禁子提入監內，二人僅在外面打聽而已。」〔註28〕《末代狀元張謇傳奇》第十章：「喜兒從王二手裏拿過了酒鏇子，舀了大半鏇子道：『王師傅，夠你喝的了。』」〔註29〕

　　【披風】披在肩上的沒有袖子的外衣。後亦泛指斗篷。

　　　　藍花紬男夾襖、玄色布披風各壹件，花布門簾壹個，藍夏布裙

　　壹條，小銅面鑼、銅腳爐各壹件，無口錫注壹把。（8 / 4534a-b）起

　　出李三名下盜分金梅碗簪壹對……油綠布披風……銅錢貳千伍百

　　文。（23 / 12722d-12723b）

　　《醒世姻緣傳》第一回：「晁大舍說道：『你說的有理，你去越發覺得有興趣些！你明日把那一件石青色灑線披風尋出來，再取出一匹銀紅素綾做裏，叫陳裁縫來做了，那日馬上好穿。』」〔註30〕《蘭花夢奇傳》第四十三回：「寶珠傳鼓聚將，支派一番，著水軍上船，自己穿了大紅披風，緊身服飾，上船督軍。」〔註31〕亦其例。《大詞典》引《醒世恒言・吳衙內鄰舟赴約》：「若是不好，教丫鬟尋過一領披風，與他穿起。」該詞今天仍活躍在日常口語中。

　　　　2001 年，第 22～23 頁。

〔註26〕例如，《中華人民共和國刑事訴訟法》第 42 條第 2 款規定：「證據有下列七種（1）物證、書證；（2）證人證言；（3）被害人陳述；（4）犯罪嫌疑人、被告人供述與辯解；（5）鑒定結論；（6）勘驗、檢查筆錄；（7）視聽資料。」

〔註27〕明・馮夢龍：《醒世恒言》，人民文學出版社，1956 年，第 584 頁。

〔註28〕祝仁壽編著：《奇俠飛天豹》，哈爾濱出版社，1989 年，第 219 頁。

〔註29〕劉培林著：《末代狀元張謇傳奇》，光明日報出版社，2007 年，第 83 頁。

〔註30〕西周生撰：《醒世姻緣傳》，上海古籍出版社，1981 年，第 10 頁。

〔註31〕清・吟梅山人撰；李申點校：《蘭花夢奇傳》，嶽麓書社，1985 年，第 281 頁。

【腋肕】腋窩〔註32〕。

　　兩腋肕左右俱青色，兩肕髀左紫赤，斜傷二處，長各三寸，闊
一寸。（10／5652d-5653a）兩腋肕左紅傷壹處，長壹寸伍分，闊壹寸，
係棍打。（22／12613d）

《永樂大典》卷九百十四：「一、仰面：頂心……兩血盆骨、兩肩甲、兩腋
肕……」《清高宗實錄》：「各持鍬鋤及鑲鐵尖挑等器互毆，以致沈禹得戳傷詹上
誥胸膛，沈賢章戳傷詹上誠腋肕胸膛。」亦其例。

【剩議】對考慮不周之處再加討論。

　　本部查得李尚採向馬截劫，拒捕傷人，依律擬斬已無剩議。（24
／13511c）

明・張萱《西園聞見錄》卷七十三：「天啟元年，雲南道張新詔曰：遼臺有
事以來，徵兵、徵餉幾遍海內，主戰、主守幾無剩議。」〔註33〕《銅仁府志》卷
十七：「至條畫詳當的可施行，無剩議也。」〔註34〕亦其例。

【搊扶】攙扶。

　　趙林說：「我少你壹貳兩銀子，我且沒得與你。」（黃）玉又說：
「我不問你要銀子，你麻番甚麼。」玉就一手搊扶出門。（23／
12727c-d）

「搊」有「攙扶」義，如明・沈榜《宛署雜記・民風二》：「扶曰搊。」明曹
于汴《仰節堂集・劉孺人曹氏墓誌銘》：「既而劉君感恙，痀瘻不能屈伸，承事
搊扶。」《綠野仙蹤》第八十一回：「不意玉蘭同壺俱倒，那水便燙在玉蘭頭臉
上，燒得大哭大叫。落紅連忙搊扶他。」〔註35〕亦其例。

【調姦】挑逗並（希圖）私通。〔註36〕

　　（朱卿）於順治柒年拾壹月貳拾陸日夜撬開伊門，突入臥房調

〔註32〕謝觀主編：《中華醫學大辭典》，遼寧科學技術出版社，1994年，第1439頁。收有
　　　　詞條「腋肕」，釋為「即腋也。俗稱胳肢窩，易作麻癢。」可從。
〔註33〕明・張萱撰：《西園聞見錄》，參見周駿富輯：《明代傳記叢刊》607，明文書局，1991
　　　　年，第269頁。
〔註34〕中共貴州省銅仁地委檔案室、貴州省銅仁地區政治志編輯室整理：《銅仁府志》，貴
　　　　州民族出版社，1992年，第332頁。
〔註35〕清・李百川著；侯忠義整理：《綠野仙蹤》，北京大學出版社，1986年，第697頁。
〔註36〕魏啟君：《順治朝內閣大庫檔案詞語發微》，《寧夏大學學報》人文社會科學版2010
　　　　年第3期。

姦袁氏，比伊不允。（22／12151d）

《大詞典》「調姦」謂「和姦。」引清六十七《番社采風圖考·送花》:「番已娶者名暹，調姦有禁。」《大清律例·刑律·犯姦》:「凡調姦圖姦未成者，經本婦告知親族鄉保，實時稟明該地方官審訊。」〔註37〕再查《大詞典》「和姦」謂「男女雙方無夫妻關係而自願發生性行為。《唐律·雜律·和姦無婦女罪名》:「諸和姦，本條無婦女罪名者，與男子同。」長孫無忌等疏議:「和姦，謂彼此和同者。」依此，「調姦」即謂男女雙方無夫妻關係而自願發生性行為。

此處釋「調姦」為「和姦」欠妥，如果「和姦」是自願發生性行為，與例句「比伊不允」矛盾。我們認為本處應理解為「挑逗並（希圖）私通」。因為「調」有「挑逗」義，唐薛用弱《集異記補編·金友章》:「一日，女子復汲，友章躡屧企戶而調之曰:『誰家麗人，頻此汲耶?』」明祝允明《前聞記·南京姦僧》:「有娠人探親獨行，一僧遙尾以去，至迥寂處，乃迫娠人，調之。」清沈復《浮生六記·閨房記樂》:「芸初緘嘿，喜聽餘議論，余調其言，如蟋蟀之用纖草，漸能發議。」此外，「調姦」的「姦」亦不能理解為「強姦」，朱卿在調戲不成時，才進而採取暴力，「(朱)卿又不合輒逞強暴，將繩捆縛袁氏兩手，因伊咸〔喊〕〔註38〕驚地憐〔鄰〕〔註39〕，卿遂逃走出外。」（22／12151d）如果一開始即實施「強姦」，與下文「(朱)卿又不合輒逞強暴」於理難通。考「姦」有「私通」義，如《左傳·莊公二年》:「夫人姜氏會齊侯禚，書姦也。」《孔叢子·陳士義》:「或曰李由母姦，不知其父，不足貴也。」清蒲松齡《聊齋誌異·羅祖》:「官疑其因姦致殺，益械李及妻。」

「調姦」亦見於安遇時《包龍圖判百家公案·遺帕》:「次日飯後，取一錠銀子約有十兩，往其家調姦。二婦貞節不從，厲色罵詈，叫喊鄰人。」《包龍圖判百家公案·嚼舌吐血》:「程二即具狀告縣:『告為強姦殺命事:極惡張茂七，迷曲蘗為好友，指花柳為神仙。貪妻春香姿艾，乘身出外調姦，恣意橫行，往來無忌。本月某日潛入臥房，強抱主母行姦，主母發喊，剪喉殺命。身妻喊驚鄰甲共證。』」

〔註37〕本句「調姦」不能釋為和姦，既然「和姦」是男女雙方自願發生性行為，不可能「調姦未成」。
〔註38〕原文為「咸」，根據上下文，當為「喊」之訛，書手因字形相近而誤。
〔註39〕原文為「憐」，當為「鄰」之訛，書手因形近而誤。

4. 公文語體特點

張湧泉曾談到：某一特定體裁的文體在語言上往往有自己的特色。對體裁語言的研究不但可以更深入地把握這種文體語言的特點，也可為全面地描寫一個時代的詞彙系統打下堅實的基礎〔註40〕。檔案是經過承辦完畢後，為備日後查考而保存的文書，因此，文書與檔案實為「一樣東西的兩個過程」〔註41〕，我們可以視之為公文語體，在形式上具有以下特點。

（1）穩定的框架模式

《公牘通論》論述了公文的框架模式，「公文之結構，自其實質言之，除一二特殊性質之公文，如任免令、任免狀等文之外，雖名稱各異，詳簡互殊，總不外依據、引申、歸結三段結構而成。」〔註42〕「或據法令，或據前案，或據先例，或據理論，或據事實，或據來文，諸如之類，皆為本文引申論列之根據。」〔註43〕

內閣檔案是相對成熟的公文語體，一般包括本面、前銜、事由、正文、結束語、後書六個組成部分。本面居中偏上書寫「題」或「揭帖」或「塘報」或「啟」等字樣，以表示公文種類。前銜用以標明文件的作者及其職務，無論字數多少都用一行寫完，如「欽差巡撫直隸等府地方贊理軍務並關鎮海防兵部右侍郎即兼都察院右副都御史今降壹級調外用王來用。」（20／11427b）事由可稱述內容提要，也可述說文件的原因或性質，格式是「為……事」，如「為刑辟宜有定案以便稽查事。」（20／11427b）正文是文件的主體，隨文件的內容而千差萬別，為節約篇幅舉例從略。結束語根據文件的種類不同，用語有別，多由固定套語組成。以揭帖為例，如「為此，除具題外，理合具揭，須至揭帖者。」（20／11428b）後書標明時間、職銜，並蓋上印章。如「順治拾壹年玖月初捌日兵部右侍郎副都御史今降一級調外用王來用。」（20／11428b）

（2）森嚴的等級差別

從行文關係看，公文文種分為上行文，平行文，下行文。上行文多用「狀、詳、稟」，平行文多用「諮、照會、移會」，下行文多用「牌、票、箚、示」等。

〔註40〕參見張小豔：《敦煌書儀語言研究》，商務印書館，2007年，第257～258頁。
〔註41〕傅振倫、龍兆佛：《公文檔案管理法》，檔案出版社，1988年，第95頁。
〔註42〕徐望之：《公牘通論》，上海書店，1931年，第176頁。
〔註43〕徐望之：《公牘通論》，上海書店，1931年，第176頁。

這些文種在使用時，主要是按授受官署級別的高低來選擇，旨在彰顯發文者與受文者身份地位的差異，體現了等級森嚴的封建官僚制度。

以刑名案件為例，判案的開頭用語相對穩定，常用以下詞語總述案件的基本情況。

【～得】看得、問得、查得、照得、審得、議得、檢得

議得漢陽縣知縣吳衷一平昔踈防，致監犯殺傷禁卒，越獄逃走。（20／11109d）

該夏邑縣知縣祖業興帶領吏仵蔣桂臻等，於順治捌年柒月拾捌日親詣屍場眼同屍親閻氏初檢得：本屍問年陸拾壹歲，仰面額顱紅傷，圍圓壹寸捌分。（20／11167b）

該職看得：李春光因陰氏勒換潮銀微嫌，遂蓄死氏凶心，誘室鐮砍，喉顙俱斷。（37／20741a）

一、問得壹名畢進城，係平陽府解州夏縣人，充應平垣營拾壹隊兵丁。招稱：進城素不守分，專一合夥作歹為非，向未事犯。（37／20747b）

查得蔚奇言打死蔚鳴皋，既因打羵為戲，一時互毆，原無夙仇事。（32／18102c）

該本部會同院、寺，會查得張氏乃土娼也。（33／18615c）

此外，有時還使用「案查、竊照」等語：

案查：順治拾肆年柒月貳拾玖日，奉都察院勘箚，准刑部，諮江南清吏司，案呈奉本部，送刑科鈔出。（34／19341b）

初伍日據雷州副將先啟玉啟，前前事，內稱：竊照西賊自陸月內入踞化石，宣謠鼓惑，致愚頑搖動，率多附和，黨與日繁，中途阻塞，上下呼吸不通，水陸交訌愈迫。（20／11064d-11065a）

這幾個詞一般是可以通用的，其細微的區別在於：上級交議的案件多用「議得」；經上級批示覆審的用「複看得、複審得、複查得」；兩個或兩個以上衙門會稿的，用「會看得、會審得、會查得、會議得」〔註44〕。

───────────────

〔註44〕參見張我德等編著：《清代文書》，中國人民大學出版社，1996年，第123頁。

（3）豐富的謙敬用語

為體現尊卑關係，檔案公文用語中頻見謙辭、敬辭，以下各舉一例。

【叨任】、【叨列】謙稱有愧於所得到的職位。

> 職叨任地方之責，值茲異災，皆臣不職之罪。（1／383d）

> 職筮仕先朝，叨列言職，恭遇清朝不遺葑菲，此職俯竭涓埃之
> 日也。（2／411b）

《大詞典》「叨」謂：「猶忝。表示承受之意。常用作謙詞。」引三國蜀諸葛亮《街亭之敗戮馬謖上疏》：「臣以弱才，叨竊非據，親秉旄鉞以厲三軍，不能訓章明法，臨事而懼，至有街亭違命之闕。」《謙詞敬詞婉詞詞典》收同義的「叨位、叨據、叨踐、叨塵」等詞〔註45〕，失收「叨任、叨列」，當補。

【欽此】、【欽遵】敬詞，恭敬遵奉。臣子稱遵奉聖旨的套語。

> 如再有久不奏詳的察來，處治，刑部知道。欽此。欽遵。（20／
> 11417c）順治拾肆年柒月初肆日，奉旨：依議。欽此。欽遵。抄部
> 送司，案呈到部，移諮到院，備箚前來，依奉案行陝西按察司提問，
> 及屢催批駁，去後。（32／17960a）該巡按御史再行親審具奏，余
> 依議。欽此。欽遵。（33／18616a）

「欽」的表敬用法源於「恭敬」，《禮記·內則》：「欽有帥。」鄭玄注：「欽，敬也。」孔穎達疏：「當教之令其恭敬使有循善道。」《大詞典》首引書證為《清會典事例·宗人府·授官》：「著宗人府，即將此旨通諭各族長學長，一體欽遵。」稍晚。

此外，公文文種通過嚴格講究的書寫格式，表示尊敬。以「抬頭」為例，從已發現的史料來看，該制當始於秦代。在繕寫公文時，凡遇有皇帝或特定的尊貴字樣，均不得緊接上文，而須另起一行或空格後書寫。檔案所見的抬寫方式有空抬、平抬、單抬、雙抬、三抬、四抬諸形式。〔註46〕清代《科場條例》卷四一規定，凡「朝廷、國朝、國家、龍樓、鳳閣、玉墀、上苑、太液、各宮、殿、門名」字樣，都必須單抬。

在書寫時還有所謂「側書」，把「臣、職」等自稱用語不居中書寫，而是以

〔註45〕洪誠玉：《謙詞敬詞婉詞詞典》，商務印書館，2002 年，第 62 頁。
〔註46〕雷榮廣：《明清檔案中的抬頭與避諱》，《四川檔案》2006 年第 6 期。

小字書於該行右側，以示謙卑〔註47〕。

（4）習用的結構用語

　　鄒熾昌在《公文做法》中認為：「凡處理關於公眾社會之事的整個地表達意見的文字叫做公文。」〔註48〕作為事務語體的公文，為保證政令暢通，有一套嚴格的程序語言，以示森嚴的等級制度；為保證信息交流的順暢與準確，有一套簡明、精練的常用套語，以示行文的表意明確。自清以來，就有一系列的著作對公文及其用語進行了研究。清黃六鴻的《福惠全書》有治牘的心得文字，陳宏謀的《培遠堂偶存稿》彙集了清代主要的公文文種。民國時期，徐望之的《公牘通論》探討了公文的類別、體例、用語以及程序，可謂拓荒式的研究。吳江的《公文程序》側重研究了公文的體例，鄒熾昌的《公文做法》闡述了公文的定義、類別、結構、用語等，揭示了公文文體的若干特點。朱伯郊的《字處理程序》側重介紹了公文的收文、撰擬、核稿、發文、歸檔等流程，其中有精闢的關於公文用語之分別的論述。此間還出現了兩部解釋公文用語的專著：文公直的《公文用語大辭典》、吳瑞書的《公文用語辭典》。建國以後，殷仲琪的《清代文書工作述要》開創性地進行了公文的斷代研究。其後，張我德、楊若荷的《清代文書》以公文文種為中心，結合檔案原件研究，推動了公文研究的深入。雷榮廣、姚樂野的《清代文書綱要》結合巴縣源文件，全面闡述了公文的擬寫、程序、分類，並有專節選釋清代常用公文用語。

　　清代公文除詔書外，行文不使用標點符號。為彰顯文件的性質、類別，提示文件的句讀、結構，有一套專門的結構套語。清代公文大都採用裝敘法行文，即裝敘上級、平級或下級來文敘述情況。公文往來經過幾個衙門，每個衙門都要或詳或略地套引一番，形成複雜的結構，因此公文中需要交代各級衙門的文件從哪兒開始，到哪兒結束，本衙門的處理意見如何。〔註49〕對於這些結構套語前修時彥多有探討。較早對公文結構套語進行分類研究的是《公文做法》，以上行文、平行文、下行文用語為綱，再細分為呈文用語，咨文用語、公函用語，令文用語、指令用語、布告用語、批示用語，每一類型下列舉若干公文常用套語，如呈文用語分為起首語、引述來文語、收束來文語、承

〔註47〕曹喜琛主編：《檔案文獻編纂學》，中國人民大學出版社，1990 年，第 258 頁。

〔註48〕鄒熾昌：《公文做法》，世界書局，1933 年，第 4 頁。

〔註49〕張我德等編著：《清代文書》，中國人民大學出版社，1996 年，第 127 頁。

轉語、本文結束語、結尾語、除外語、期望字。其他咨文用語等分類與此大致相同。這種分類方法突出了各種公文文種的細微差別，揭示了上行文、平行文、下行文的用語差異，但概括性似嫌不夠。《公牘通論》將公文用語分為「術語、成語、約語」三大類，這種分類法側重關注公文用語的表現形式，但似乎沒有突出其作用。《清代文書》把公文常用套語稱為「交代語」，分為領述詞、引結詞、結轉詞、文件到達詞、命令詞、歸結詞、祈使詞七類。這種分類方法顯然充分吸收了《公文做法》的優點，但是命令詞與祈使詞似乎不屬於公文的結構套語，而且二者難免有交叉之處。而且以「詞」來表稱「交代語」，似乎模糊了「詞」與「語」的根本區別。《清代文書綱要》將文書用語分為等級關係語、標點替代語、特殊詞語三大類，突出了公文套語提示行文的句讀作用，但在等級關係語裏收入謙辭或敬辭，似乎與常識中的觀點存在出入，因為謙辭、敬辭在新聞語體、文藝語體中也不乏使用。此外，特殊詞語一說稍嫌籠統，未能體現公文用語的相應特點。

　　我們借鑒《公文用語大辭典》的分類方法，按照公文行文的基本框架，把常用公文套語分為起語、承語、轉語、合語四類。起承轉合本來是針對詩歌結構提出的，其後擴展到其他文體。清初袁若愚云：「時文講法，始能學步；詩不講法，即又安能學步乎？且起承轉合四字，原是詩家章法，時文反為借用。」〔註50〕鑒於公文用語的歷史傳承性較強，而且數量並不很多，故本節所討論的詞條不限於新詞，凡順治朝檔案中出現的公文套語，均在收錄之列。

　　第一、起語

　　起語指公文開頭的用語，大致包括看語和領述語〔註51〕。黃六鴻對看語的界定是：「看語即審單也，亦曰讞語。其法或先斷一語而後序事，或先序事而後斷，必須前後照應。」〔註52〕領述詞指事由的固定用語。檔案中有「為……事、（謹）題為……事、（謹）啟為……事、（謹）揭為……事、（謹）奏為……事、具為……事、竊、竊照、竊思、竊惟、臣、該臣、微臣、臣部、職、該職、該（後接各衙門名稱，如該府、該道）、該本（後接各衙門名稱，如該本府、

〔註50〕清‧袁若愚：《學詩初例》卷首，乾隆二年刊本，湖北省圖書館藏本。
〔註51〕此處的領述語比《清代文書》的「領述詞」範圍小，不包括裝述來文的相關用語。大致相當於《公文做法》的起首語。
〔註52〕黃六鴻：《福惠全書》卷十二。

該本道)、卑職、該卑職、本職、照、為照、照出、切照、案照、查照、查、伏查、遵查、為查、審得、會審得、複審得、看得、會看得、查得、照得、議得、會議得、問得、勘得、察得、今、茲」等。

第二、承語

承語指承接起語的用語,大致對應於引述來文的相關用語,包括《公文做法》的「引述來文語」和「收束來文語」。此外,我們把引用律例或皇上旨意的固定銜接語也歸入到承語這類之中。因為從一定意義上說,律例與聖旨也可看作是來文,前者為固定的來文,後者為封建時代最高級別的來文。檔案中所見該類用語有「謹開、內開、計開、單開、開載、款開、開報、前事、據……稱、案據、呈稱、詳稱、稟稱、狀招、狀稱、供稱、等由、等情、等語、各等因、各等情、各等語、在案、各在案、緣由、情由、依、遵、敬遵、遵依、遵照、遵奉、恪遵、照依、欽此、欽遵」等。

第三、轉語

轉語的主要作用是承上啟下,提示引敘來文的結束,《公文做法》將這類詞稱為「承轉語」,《清代文書》將其稱為「結轉詞」。轉語還包含一些用語,用以標明文件的流轉情況,《清代文書》將其稱為「文件到達詞」,《清代文書綱要》的「等級關係語」中有部分詞語亦屬此類。此外還包括一些現代漢語中仍然活躍的篇章關聯用語。檔案中所見該類用語有「蒙此、奉此、准此、據此、據此為照、為此、奉批、蒙批、到(後接各衙門名稱,如到府、到部、到院)、前來、去迄、去後、牌移、移會、除……外、即、遵即、隨、行(後接各衙門名稱,如行府)、轉(後接各衙門名稱,如轉道、轉府)、照准前因、擬合就行」等。

第四、合語

合語為公文的結尾用語,多出現在公文的最後一段,發文者向收文者提出具體要求或請求。大致對應於《公文做法》的「期望語、聲明語」等。檔案中所見該類用語有「理合、相應、合行、仰、祈、請、煩、希、著」等。

為了更直觀地表達,我們選取檔案中最常用、最有代表性的格式用語,按照起、承、轉、合的作用歸併為四類,茲列表說明如下:

類　別		意義或作用	上行文	平行文	下行文
起語	～得	看語	＋	＋	＋
	竊、竊惟、伏查、遵查	表示謙敬	＋＋	＋	－
	照出	專用於刑名案件	＋	＋	＋－
	照、為照	事實清楚的問題	＋	＋	＋－
	查、案查、為查、案照、案查	不限於刑名案件	＋	＋	＋
	案據，案……據	依據案卷	－	－	＋
	情	陳述情況	＋	＋－	－
	茲，今	發語詞	＋	＋	－
	為，為……事	表示事由	＋	＋	＋
承語	諮開、牌開、奉批、蒙批、牒復	徵引上級或平級來文	－	＋	＋
	內開、內稱、內	徵引各級來文	＋	＋	＋
	呈稱、稟稱、詳稱	徵引下級來文	＋	＋	＋
	狀稱、供稱	只用於原被告	＋	＋	＋
	等因	徵引來文結束	＋	－	－
	等由	徵引來文結束	－	＋	＋
	等情、等語	徵引來文結束	＋	－	＋
	在案、各在案	徵引來文結束	＋	＋	＋
	欽此、欽遵	徵引聖旨結束	＋	－	－
轉語	蒙此、奉此、准此、准批	裝敘上級或平級來文，轉入下文	－	＋－	＋－
	據此	轉入下文	＋	－	－
	去後、為此	徵引前案結束或文件到達	＋	＋	＋
合語	著	皇帝或攝政王的命令之辭	－	－	＋
	仰、勅	提出要求或命令	－	－	＋
	仰〔註53〕、乞、祈、請、煩	提出請求	＋	－＋	－
	理合、相應、合行、擬合	應該	＋	＋	＋

〔註53〕「仰」最初用在上行文中，如《北齊書·孝昭帝紀》:「詔曰:『但二王三恪，舊說不同，可議定是非，列名條奏，其禮儀體式亦仰議之。』」後來也可用於下行文，逐漸在書信和公文中運用，表示希望或命令。如宋歐陽修《與韓忠獻王書（治平年）》:「仰煩臺慈，特賜慰恤，豈任衰感之至。」順治檔案中的「仰」在上行文和下行文中都有使用。張我德等編著的《清代文書》（第137頁）只提及「（仰）在清代的下行文中，是上級衙門要求屬下辦事的命令詞。」不夠全面。

說明：

　　（一）表中符號表示公文文種適用程度的等級：＋＋〉＋〉＋－或－＋〉－。

　　（二）起語指用以領起下文的詞語，多用語公文的開頭；引語指徵引的提示語，可以裝敘來文內容，也可以徵引聖旨、律例等；轉語提示引語的結束，轉而陳述他事或處理意見；合語指提出要求或命令，多用於公文的最後一段。

（五）結　語

　　順治朝內閣大庫檔案作為官府正式公文，記述了 1644～1661 年間地方治安方面發生的大量事件，反映了清朝初年的社會萬象，真實可靠，在涉及社會下層俚俗人物的陳述稟白的內容中，往往直錄了大量的方俗口語，在社會歷史和語言研究方面具有彌足珍貴的文獻價值。其中出現的不少詞彙成分，對於漢語歷史詞彙的研究具有難以替代的作用。

　　正如蔣禮鴻在《敦煌變文字義通釋》序目中指出，研究古代語言要從縱橫兩方面做起。「所謂橫的方面是研究一代的語言，如元代；其中可以包括一種文學作品的，如元劇；也可以綜合這一時代的各種材料，如元劇之外，可以加上那時的小說、筆記、詔令等。當然後者的做法更能看出一個時代語言的全貌。」〔註54〕因此，全面梳理順治朝內閣大庫檔案，有助於揭示十七世紀前中期的語言面貌，為近代漢語的研究提供真實可靠的文獻材料。

二、順治朝內閣檔案詞語發微〔註55〕

　　本文選取的詞語來自《明清檔案》，全稱《中央研究院歷史語言研究所現存清代內閣大庫原藏明清檔案》，該書由臺灣張偉仁教授主持整理出版。這是一套旨在「為了確保檔案的內容不致湮滅」，也「為了便於學者利用」〔註56〕的規模弘大、內容豐富的歷史文獻。

　　王國維曾高度評價內閣檔案的語料價值：「自漢以來，中國學問上之最大發現有三：一為孔子壁中書；二為汲冢書；三則今之殷虛甲骨文字，敦煌塞上及西域各處之漢晉木簡，敦煌千佛洞之六朝及唐人寫本書卷，內閣大庫之元明以來書籍檔冊。此四者之一已足當孔壁、汲冢所出，而各地零星發見之金石書

〔註54〕蔣禮鴻：《敦煌變文字義通釋》，上海古籍出版社，1988 年，第 1～2 頁。
〔註55〕發表於《寧夏大學學報》人文社科版，2010 年第 3 期，有改動。
〔註56〕張偉仁：《明清檔案》，聯經出版事業公司，1986 年。

籍，於學術有大關係者，尚不與焉。故今日之時代可謂之『發見時代』，自來未有能比者。」〔註57〕

　　但據筆者陋見，對這批檔案內詞語的梳理工作，學界還關注不夠。為挖掘這批飽經磨難的珍貴史料的語言價值，我們選取了幾個「字面普通而義別」〔註58〕的詞語加以討論，大型辭書如《漢語大詞典》（為行文簡便分別簡稱為《大詞典》）、《近代漢語大詞典》對這些詞語有的失收，有的在釋義上似有以今律古之嫌。故不揣淺陋，略陳於下，以求正於方家。

【積玩】

　　　　臣衛周胤謹題為包收錢糧，違禁加耗，乞勅行嚴究，以警積玩人心事。（2／631b）（第一個數字表示《明清檔案》的冊數，第二個數字表示總頁數，英文字母表示單頁的欄數，a 表示右上欄，b 表示左上欄，c 表示右下欄，d 表示左下欄，下同）謹題為糾參匿盜各官，仰祈聖明從重嚴處，以儆積玩人心事。（19／10815b）

　　《大詞典》釋為：「積玩」亦作「積翫」。積久玩忽。引清侯方域《豫省試策五》：「天下惟積玩之後，循之難為功；亦惟積玩之後，反振之易為力。」

　　案：釋「積」為「積久」是望文生訓。《明史・劉綱列傳》：「臣聞五行之性，忌積喜暢。積者，災之伏也，請冒死而言積之狀。皇長子冠婚、冊立久未舉行，是曰積典。大小臣僚以職事請，強半不報，是曰積牘。外之司府有官無人，是曰積缺。罪斥諸臣，概不錄敘，是曰積才。闈外有揚帆之醜，中原起揭竿之徒，是曰積寇。守邊治河諸臣，虛詞罔上，恬不為怪，是曰積玩。」顯然，例句裏「積典、積牘、積缺、積才、積寇，積玩」的「積」釋為「積久」都於義未諧（「積典」中的「積」似乎與「積久」有關，從例句「皇長子冠婚、冊立久未舉行，是曰積典」可以看出「久未舉行」對應於「積」，「積」實際上是「積久未行」之義，因此釋為「積滯」更妥），「忌積喜暢」中「積」與「暢」相對成文，可知「積」為「不暢、不通」，即「積滯」。根據「守邊治河諸臣，虛詞罔上，恬不為怪，是曰積玩」，可以推論「積玩」並非「積久玩忽」，應釋為「積滯玩忽」，相當於「（長期）不行使（該行使的），玩忽職守」。

〔註57〕王國維：《最近二三十年中中國新發見之學問》，載王國維著；洪治綱主編：《王國維經典文存》，上海大學出版社，2003 年，第 223 頁。
〔註58〕張相：《詩詞曲語辭彙釋》，中華書局，1955 年，第 1 頁。

「積」的「積滯」義來源甚早,可上溯至戰國:「天道運而無所積,故萬物成。」(《莊子・天道》)唐陸德明《釋文》:「積,謂積滯不通。」

「積玩」釋為「積滯玩忽」,「積滯」謂「積聚滯留」,隱含「久」義,為了突顯語義,還可受「久」的修飾,更可資佐證「積久玩忽」的釋義不確。

> 惟是人情憚束而樂因循,積玩既久,一旦以法繩之,若見以為苛。而公持之益堅,爭之益力,以是遂與世齟齬。而又一、二非常之事,有眾人未易測識者,其跡不無似愎,似少容,似專權,似純任霸術。(明張居正《張太嶽集・序》)

> 一、上江所屬州縣積玩已久,如墩臺營汛等項坍卸者甚多,臣到任委員查看,限以三月之內修理完固。(《世宗憲皇帝朱批諭旨・程元章奏摺》)

> 非若後世之好兵喜事者流,亦非如後世之積玩久而倉卒莫措者比也。(清張英《書經衷論・康王之誥》)

> 該省積玩已久,並非始於今日,水陸官兵,幾不知有緝匪之事,奸徒地棍,無往非通盜之人,百齡力挽頹風,認真整頓,水米不能透漏。(舒國雄編《明清兩朝深圳檔案文獻演繹》第 2 卷)

檔案裏還有「積胥、積吏、積蠹、衙積」等詞。我們在上文提及「積滯玩忽」相當於「(長期)不行使(該行使的),玩忽職守」,「(長期)不行使(該行使的)」的進一步發展就是「(長期)行使(不該行使的)」,因此可引申為「積久成精的、狡猾的」。「積胥、積吏、積蠹、衙積」均可釋為「積久成精的或狡猾的吏役」。檔案中的用例如下:

> 一花戶也,而能四應諸差之魚肉乎?或包攬代納,或私加作弊。精明者猶能按赤曆而清核之,昏昧者竟不知徵多徵少,盡在此積胥籠絡中矣。(2 / 521c-d)

> 吳衰一沐猴而冠者也,偏嗜龍陽而成痼,怠政已失司牧之體,乃漫無覺察,任聽積胥楊壽齡等狐肆橫行。(22 / 12129c)

> 各衙門積蠹不時嚴挐重究,盡法處置。欽此,欽遵。(30 / 16701b)

> 內稱:本幫積蠹旗丁施英甫、沈祥勾引旗丁錢明奇等玖船,在

皇木廠地方盜賣漕糧百拾餘石，今買主、賣主人贓現獲，等情。（32 / 18309b）

　　一、本年伍月內大兵駐紮秦州，行文催辦糧草，本官聽信衙積王之彰何微撥置，假稱大糧急難徵湊。（4 / 2198b-c）

從上述引例來看，「積胥、積吏、積蠹、衙積」有共同的特徵——作奸犯科，這也從一定程度上體現了清代社會的毒瘤之一是吏治腐敗。吏役利用職務之便或「包攬代納」，或「私加作弊」，或「狐肆橫行」，或「盜賣漕糧」，或「撥置」上司，足見這一類人已經「積久成精」，狡猾至極。在傳世文獻裏還可以找到以下資料：

　　小民既入國儲，復徵莊課，一田兩稅，已不堪命，而奸書積吏多方掊克，又百倍於公家之徵。（明·王宗載《興都事宜疏》）

　　不知何年始生蠹獘，有水利，積胥奸宄百出。而又一種市棍刁猾，號曰「泥頭」，為之包攬，侵冒工食，遂與積胥朋謀通計，合為一家。（明·張國維《吳中水利全書》卷二十二）

　　但各縣銀解本府，府必兌足類齊，差官起解，恐奸史積胥，入既勒捐加耗，既病州縣；出則短少秤頭，又妨解官。（明·郭惟賢《改全書議香稅疏》）

　　李一鵬大同人，嘉靖乙卯舉人，性醇篤，初任無極知縣，調江寧，積胥猾吏追累逋糧，減額外征派。（《山西通志》卷一百十八《人物十八》）

「奸書積吏」「奸史積胥」中「奸、積」相對成文，「積胥猾吏」中「積、猾」相對成文。《吳中水利全書》中「積胥」與「奸宄」並稱，「積胥」還與刁猾的市棍「朋謀通計」，都可證明「積」有「積久成精的、狡猾的」意義。

【徵比】【比責】

　　一，本縣原額南米例應秋收徵比，順治柒年分南米係湯繼作經管，本年拾月內開徵起，至拾貳月貳拾日共收過南米玖千石。（22 / 12128b-c）

　　審據尉國平供：小的是府裏書辦，本府原屢次票催徵比不前。（22 / 12647b）

《大詞典》「徵比」謂:「稱徵收錢糧而比較其多寡之數。」引清梁章鉅《退庵隨筆·政事三》:「南方之吏,又日困於徵比之勞。」

案:此詞釋義欠妥,應釋為「徵收追比」。「比」在此處不能釋為「比較(其多寡之數)」《大詞典》「比較」謂「舊時官府徵收錢糧、緝拿人犯等,立有期限,至期不能完成,須受責罰,然後再限日完成,稱做『比較』。」引元無名氏《貨郎旦》第四折:「稟爺,這兩個名下,欺侵窩脫銀一百多兩,帶累小的們比較,不知替他打了多少。」這一釋義是準確的,但是「比較」的常用義是「根據一定標準,在兩種或兩種以上有某種聯繫的事物間,辨別高下、異同」。顯然,此處「比較(其多寡之數)」用的是「比較」的常用義,未體現「限期」意味。「比」有「追比」之義,如例句說順治柒年該縣的徵收期限為「本年拾月內開徵起,至拾貳月貳拾日」。《大詞典》釋「比」的一個義項為「舊時官府緝拿人犯或徵收租賦、額派人役等,定期催逼,謂之比。」與「追比」的釋義「舊時地方官嚴逼限期交稅、交差或交代問題,過期以杖責、監禁等方式繼續追逼,叫『追比』」類似。例如:

差四名民壯,鎖押張千、李萬二人,追尋沈襄,五日一比。(明馮夢龍《古今小說·沈小霞相會出師表》)

問明了各項內的餘利,不許欺隱,都派入官,三日五日一比。
(清吳敬梓《儒林外史》第八回)

其中的「比」相當於下例的「追比」。

明馮夢龍《醒世恒言·蔡瑞虹忍辱報仇》:「拿眾盜家屬追比,自然有個下落。」至糧完之日,掛欠追比,每比一次不過納銀幾兩,本色亦僅交數石。(4 / 1735d)

考「比」的本義,《說文》「比,密也。」段玉裁注:「比,要密義足以括之,其本義謂相親密也。余義備也、及也、次也、校也、例也、類也、頻也、擇善而從之也、阿黨也,皆其所引申。」「比」的「追比」義由「及」輾轉引申,並由空間域轉化為時間域。

與「徵比」近似的有「催比」,《大詞典》「催比」謂「舊時州縣長官責令吏役限期完成緊要公務,逾限不能完成,則予處罰。」引清黃六鴻《福惠全書·蒞任·馭衙役》:「正賦節年拖欠,催比無人。」此處解釋是中肯的,但與「徵

「比」的釋義大相徑庭。

在檔案中還出現了與此意義相近的詞語「比責」，該詞條《大詞典》未收。

　　至十二月初四日，安港司在官弓兵趙良等為因地方失事，比責
緝訪得尚敬潛住在家，從屋上跳下拿獲尚敬。（21／11531a-b）

案：《大詞典》「責比」謂：「立期限責令辦好某事或追查某案，若到期不完成則加重責。」引《石點頭·王本立天涯求父》：「這經催乃是催辦十甲錢糧，若十甲拖欠不完，責比經催，或存一甲未完，也還責比經催。」據此，「比責」為「責比」的同素逆序詞，二者意義相同。

此外，檔案中還有「比拷」一詞，為「拷問並限期交代」之義，施事者由「官府」擴大到有權威的人（如「主子」），例如：

　　後（李）復性知覺，令主母比拷，小貴隱藏不住，一一招出。
（20／11455c）

通過排比分析，「徵比」之「比」不能理解為「比較（其多寡之數）」，否則，自亂其例。

【調姦】
　　（朱卿）於順治柒年拾壹月貳拾陸日夜撬開伊門，突入臥房調
姦袁氏，比伊不允。（22／12151d）

《大詞典》「調姦」謂「和姦。」引清六十七《番社采風圖考·送花》：「番已娶者名暹，調姦有禁。」《大清律例·刑律·犯姦》：「凡調姦圖姦未成者，經本婦告知親族鄉保，實時稟明該地方官審訊。」（本句「調姦」不能釋為和姦，既然「和姦」是男女雙方自願發生性行為，不可能「調姦未成」）再查《大詞典》「和姦」謂「男女雙方無夫妻關係而自願發生性行為。」引《唐律·雜律·和姦無婦女罪名》：「諸和姦，本條無婦女罪名者，與男子同。」長孫無忌等疏議：「和姦，謂彼此和同者。」依此，「調姦」即謂男女雙方無夫妻關係而自願發生性行為。

案：此處釋「調姦」為「和姦」欠妥，因為「和姦」是自願發生性行為，與「比伊不允」矛盾，我們認為本處應理解為「挑逗並（希圖）私通」。因為「調」有「挑逗」義，唐薛用弱《集異記補編·金友章》：「一日，女子復汲，友章躡屣企戶而調之曰：『誰家麗人，頻此汲耶？』」元關漢卿《調風月》第三折：「大剛來主人有福牙推勝，不似這調風月媒人背廳。」《水滸全傳》第八十

一回:「李師師再與燕青把盞,又把言語來調他。」清沈復《浮生六記·閨房記樂》:「芸初緘嘿,喜聽餘議論,余調其言,如蟋蟀之用纖草,漸能發議。」

此外,此處「姦」不能理解為「強姦」,朱卿在調戲不成時,才進而採取暴力,「(朱)卿又不合輒逞強暴,將繩捆縛袁氏兩手,因伊咸〔喊〕(原文為「咸」,根據上下文,當為「喊」之訛,書手因形近而誤)驚地憐〔隣〕(原文為「憐」,當為「隣」之訛,書手因形近而誤),卿遂逃走出外。」(22 / 12151d)如果一開始即實施「強姦」,與下文「(朱)卿又不合輒逞強暴」於理難通。「姦」有「私通」義,如《左傳·莊公二年》:「夫人姜氏會齊侯於禚,書姦也。」《孔叢子·陳士義》:「或曰李由母姦,不知其父,不足貴也。」元孫仲章《勘頭巾》第四折:「明明是因姦殺死劉平遠,回頭而觀覷女嬋娟,早唬的來膽破心驚戰。」

又如語體近似的《包龍圖判百家公案》,其中「調姦」都應釋為「挑逗並(希圖)私通」。

次日飯後,取一錠銀子約有十兩,往其家調姦。二婦貞節不從,屬色罵詈,叫喊鄰人。(安遇時《包龍圖判百家公案·遺帕》)

瞰舅丘四遠出,來家贈銀調姦。舅婦曾氏,貞節不從,喊鄰逐出。(同上)

程二即具狀告縣:「告為強姦殺命事:極惡張茂七,迷曲蘗為好友,指花柳為神仙。貪妻春香姿艾,乘身出外調姦,恣意橫行,往來無忌。本月某日潛入臥房,強抱主母行姦,主母發喊,剪喉殺命。身妻喊驚鄰甲共證。」(安遇時《包龍圖判百家公案·嚼舌吐血》)

【肘鐐】

拾貳日夜間,有本州島在監賊犯貳名高栓、楊常小,不知何時將看監禁子劉進才打死,磕去肘鐐,將監內房門二門鎖子扭落,自西南角落破榧越牆迸走,不知去向。(3 / 1299b)

將王名徑上長枷肘鐐,牢固監侯間,順治拾年捌月內蒙按察司憲牌,為刑辟宜有定案,以便稽查事。(21 / 11745a)

《大詞典》未收「肘鐐」,只收「腳鐐」,釋為「套在犯人腳上的刑具。」書證為巴金《砂丁》四:「朋友,明白點!這回大家都要戴腳鐐的。」《大詞典》

對「鐐」的釋義是「帶在腳上的刑具。」引《金史・梁肅傳》:「自漢文除肉刑,罪至徒者帶鐐居役,歲滿釋之。」

案:「肘鐐」應釋為「戴在肘上的刑具」。《周禮・秋官・掌囚》:「凡囚者,上罪梏拲而桎。」鄭玄注引鄭司農曰:「拲者,兩手共一木也。」明章潢《圖書編》卷一百二十二作了進一步解釋:「在手曰梏,在足曰桎,拲者兩手共一木也,桎梏手足各一木也,此獄官督罪人上肘鐐之始。」因此我們認為,「梏」相當於「手銬」,「桎」相當於「腳鐐」,「拲」相當於「肘鐐」。「鐐」並不限於帶在腳上,我們在傳世文獻中還可以見到以下用例:

因教以不軌,使人藏利斧飯桶中,破肘鐐,越獄而出,凡十九人。商人亦逸去,不知所在。(清・阮元《廣東通志前事略》)

話說彭公吩咐帶上周應龍來,周應龍跪於階下,帶著肘鐐。
(清・貪夢道人《彭公案》)

(楊繼盛)刑後,釘肘鐐投入死牢,還不准外面的人送藥醫治。
(《古今冤海》古代卷十一)

「肘鐐」亦能用如動詞,指「在肘上戴上刑具」,如:

當差軍人劉月等,將吳四捉攫,及於伊家搜出原藏紅紅綢袍貳件,取具各略節口詞,當將各犯肘鐐。(明・翁萬達《翁萬達集》)

但上司公文緊急,老爺這裡須將賊人肘鐐鎖扭,差人解往上司審問,亦見老爺捉賊有功。(明・葛天民、吳沛泉彙編《廉明公案・諸司公案・明鏡公案》)

蠻兒等將迎恩等五門關閉,又將袁璘赤身,頭帶草圈,上插小旗,肘鐐,同(呂)經抬在車上,執旗吶喊,推遊五門。遊畢,仍送在監。(薄音湖等編《明代蒙古漢籍史料彙編》第一輯)

張希清、王秀梅譯《官典・嚴禁獄》「或內外關通,將錢賣放,或聽許財物,鬆其肘鐐。」中的「肘鐐」為「肘部的鐐銬」〔註59〕,近是。

《近代漢語大詞典》對「鐐」的釋義與《大詞典》近似,「鐐,刑具名,鎖腳的鐵鍊。」未收「肘鐐」,卻收有「鐐肘」,釋義為「腳鐐手銬」,引《豆棚閒話》第十二則:「翠兒監禁在獄,不出叁日,枷鎖鐐肘俱在,翠兒不知去

〔註59〕希清、王秀梅:《中國歷代從政名著全譯》,吉林人民出版社,1998年,第830頁。

向。」〔註60〕我們不贊同這種理解，「肘鐐」與「鐐肘」是一對同素逆序詞，二者意義相同，「鐐肘」也應釋為「戴在肘上的刑具」。

三、虛與實的藝術辯證法〔註61〕

（一）引　言

藝術創作的虛實是對立統一的，如果一部作品處處皆實，則顯得平庸少味，如果處處皆虛，又易流於誕妄。必須虛實並用，有虛有實，化實為虛，借虛見實，互相依存，互相補充，方能相得益彰。一切事物都充滿了辯證法，沒有矛盾就沒有世界，藝術隨著社會的產生而產生，也隨著社會的發展而發展。傳統藝術的一個重要特徵就是講究虛實相生，虛與實在藝術作品中始終是一對主要矛盾，二者相互作用，推動了藝術的創新和發展。正如馬克思說：「兩個矛盾方面的共存、鬥爭以及融合成一個新範疇，就是辯證運動的實質。」〔註62〕

恩格斯指出，「相互作用是事物的真正的終極原因。」〔註63〕這一原理切中肯綮地道出了虛與實的矛盾本質。列寧認為，「統一物之分解為兩個部分以及對其矛盾著的各部分的認識，是辯證法的實質（是辯證法的『本質』之一，是它的基本的特點或特徵之一，甚至可以說是它的基本的特點或特徵）。」〔註64〕

（二）古代哲人的虛實觀念

我國古代哲學家認為世界的自身是有陰有陽、有實有虛的，「虛」與「實」在我國古代哲學思想中源遠流長。《易》認為宇宙的根本規律是陰陽交替，「陰陽不測之謂神」，《易·說卦》「昔者聖人之作易也，幽贊於神明而生蓍，參天兩地而倚數。觀變於陰陽而立卦，發揮於剛柔而生爻」。在此基礎上提出：「書不盡言，言不盡意。然則聖人之意，其不可見乎。聖人立象以盡意，設卦以盡情偽，繫辭以盡其言，變而通之以盡利，鼓之舞之以盡神。」《老子》提出了

〔註60〕許少峰：《近代漢語大詞典》，中華書局，2008年，第1158頁。
〔註61〕發表於《當代文壇》，2012年第1期，有改動。
〔註62〕馬克思、恩格斯著；中共中央馬克思、恩格斯、列寧、斯大林著作編譯局譯：《馬克思恩格斯全集》第4卷，人民出版社，1958年，第146頁。
〔註63〕恩格斯：《自然辯證法》，載馬克思、恩格斯著；中共中央馬克思恩格斯列寧斯大林著作編譯局編：《馬克思恩格斯選集》第3卷，人民出版社，1972年，第552頁。
〔註64〕中共中央馬克思、恩格斯、列寧、斯大林著作編譯局編：《列寧選集》第2卷，人民出版社，1995年，第556頁。

「有無相生」的思想,「故有無相生,難易相成,長短相形,高下相傾,音聲相和,前後相隨。是以聖人處無為之事,行不言之教。萬物作而不辭,生而不有,為而不恃,成功不居。夫唯不居,是以不去。」他還以車輪、陶器、房子作比喻,說明「有」和「無」是相互依賴的關係,車輪、陶器、房屋之所以有其價值和作用,主要在於「無」或「虛」的作用。《莊子・天下》稱:「以本為精,以物為粗,以有積為不足,淡然獨與神明居。古之道術有在於是者,關尹、老聃聞其風而說之,建之以常無有,主之以太一,以濡弱謙下為表,以空虛不毀萬物為實。」對虛實思想進行了更深入的探索和思考。進而提出「得意忘言」的主張:「荃者所以在魚,得魚而忘荃;蹄者所以在兔,得兔而忘蹄;言者所以在意,得意而忘言。吾安得夫忘言之人而與之言哉!」魏晉時期還有「得意忘象」之說,玄學家王弼在論述言、象、意的關係時,一方面闡明「盡意莫若象,盡象莫若言」,另一方面指出言不等於象,象不等於意,必忘象才能得意,忘言才能得象。也就是說,言象都是有形的、有限的,而意則是無形的、無限的。追求言外之意才是藝術創作的終極目的,才是藝術追求的最高境界。

如果對虛實的產生作哲學上的考察,我們認為任何審美都離不開基本的物象、形象等形式。在對「境」的審美趣味形成之前,對「象」的審美代表了中國人審美的主要方式,正如古人所崇尚的「立象以盡意」。當「象」作為一審美範疇,「味象」「意象」都表達了一種審美體驗和審美結果,「象也者,像也」,這首先表達了「象」的象徵性意義,也就是說有意向性,要把內心所蘊藏的某種情感,用另一種具體可觀的審美具象加以表現現,在主體與客體之間,即心與物之間相互溝通而進入的藝術生成之域,通過心與物這種平行作用,物增添了心的「意」的蘊味,心擁有了物的「象」的內涵。對於心與物而言,彼此充實了對方缺失的、沒有的內容,通過「離形得似」「不似而似」的意象來把握對象生命本質。而在此過程中,虛與實常常體現為一種矛盾的運動,類似於「真做假時假亦真,無為有處有還無」,藝術作品因此而獲得嶄新的藝術魅力。

從上述分析可以看出,虛與實是一對矛盾,虛實的矛盾運動可以構成創作的巨大動力,甚至有時成為創作的源泉。但在藝術創作當中,我們必須妥善處理二者的辯證關係才能使藝術的光芒燦爛,使藝術為之生色。這便要求我們尊重虛與實本身存在的差異,「作為思維,辯證的邏輯尊重應被思考的東西,尊

重客體，儘管客體並不順從思維規則的意志。對客體的分析涉及到思維的規則。」〔註65〕可見，科學合理的認識虛實的差異，並妥善處理二者的矛盾，是藝術理應遵循的原則。

（三）虛實在藝術中的表現

虛實在詩歌創作中是表現得最集中的。中國文學是詩歌的國度，從先秦的四言詩到漢賦唐詩宋詞元曲，無不閃耀著詩歌的流光溢彩。所有體裁的詩歌創作，幾乎都在自然不自然地運用虛實的創作手法，虛與實的藝術辯證成就了詩歌的空靈意境。以李白的《玉階怨》「玉階生白露，夜久浸羅襪。卻下水晶簾，玲瓏望秋月」為例，這首詩從詞句本身來說，它寫出了一些具體事物的意象，如「玉階」「白露」「秋月」等，誠然，這些意象可用個別的感官知覺去領會，但對詩的內涵理解遠遠不夠。這些「實」景後蘊藏著一個「虛」，可以看成是一幕戲。戲裏的主角是一個女子，在這涼意襲人的秋夜，孤獨的明月下，女子放下水晶簾，卻無法入眠，只能望著窗外的秋月。再往深處琢磨一下，幕後顯然還有一位未出臺的男子。女子是因為想他感傷而無法入眠。這一切形成一個生動的意境，詩人正是要通過這意境傳達出「怨」的情感，即「景外之景」「象外之象」。李白成功地運用了虛實的辯證手法，才使得短短二十字包蘊了複雜的思想情感，從而極大地增強作品的藝術感染力。

「境生於象外」，這是劉禹錫對意境所作的最基本的規定。劉禹錫在《董氏武陵集紀》中提到，「詩者其文章之蘊耶，義得而言表，故微而難能。境生於象外，故精而割寡和」。「境」在表達形象層時，都還偏重在客體「物」的一方面，雖然這客體之物已進入藝術之境。

白居易《琵琶行》中的「曲終收撥當心畫，四絃一聲如裂帛，東舟西舫悄無言，唯見江心秋月白」。「無聲」比「有聲」更能充分地體現琵琶女的複雜感情。但是「無聲」的境界是以「有聲」的高潮烘托出來的。賈島的《尋隱者不遇》：「松下問童子，言師採藥去。只在此山中，雲深不知處。」這首詩的後兩句，出色的運用虛與實的表現手法，揭示宇宙間普遍存在的一種感慨：許多事情，它就在那兒，可你卻始終無法知道它的入口。這就是運用「雲深不見人」的「實」來表達一種「不遇」的「虛」的感受。溫庭筠的《商山早行》「雞聲茅

〔註65〕德阿多諾：《否定的辯證法》，重慶出版社，1993 年，第 362 頁。

店月，人跡板橋霜。」將旅客趕路的經歷刻畫得入絲入微，既有視覺的印象，又有聽覺的描繪。從字面上看不到路途辛苦的影子，但字裏行間蘊含的都是旅途的艱辛感受。之所以成為膾炙人口的名句，仍然是依賴虛實結合的手法。

孟浩然的《宿建德江》：「野曠天低樹，江清月近人。」也是虛實相生的神來之筆。在那寂靜而遼遠的月夜，作者滿腹愁緒，唯有一輪孤月與自己是如此親近。四野茫茫、江水悠悠、明月孤舟的景色，是作者面對的實景，羈旅之愁，故鄉之思，理想之破滅，人生之艱難是此刻縈繞不去的情感，隨著江水流入波浪起伏的大海。一實一虛，一隱一現，相互映襯，相互發明。給讀者帶入了心隨月移的空濛意境之中。

第二，虛實在小說中也必不可少，因為虛構，才促成了文史分野。真實與虛構以及二者之間的關係是小說理論中的重要問題，中國古代對小說「虛實」問題的探討注重從題材真假出發，到對於小說審美本質的發現與揭示，最後上升到創作風格的總結，由不自覺逐漸走向自覺，並不斷深入。

以創作成就很高的明清小說為例，寫實、奇幻等各種形式風格的小說相繼問世，《西遊記》《聊齋誌異》等奇幻小說引發了人們對於這類神魔虛構故事的虛與實的廣泛討論。有人從封建倫理要求出發對此進行排斥。《平妖傳序》的作者張無咎則對此類小說給予了「言真不如言幻」的肯定。甚至對歷史演義小說，也逐漸從藝術上認識其以虛寫實的價值。「正史以紀事，紀事者何？傳言也。遺史以搜逸，搜逸者何？傳奇也。傳信貴真……傳奇貴幻。」（袁于令《隋史逸文序》）並在此基礎上，總結出可行的創作方法，「從來創說者，不宜盡出於虛，亦不必盡處於實。苟事事皆虛，則過於誕妄，而無以服考古者之心，事事皆實，則失於平庸，而無以動一時之聽。故以言乎實，則有忠有奸有橫之可考；以言乎虛，則有起有伏有變之足觀。實者虛之，虛者實之，娓娓乎有令人聽之而忘倦矣。」（金豐《說岳全傳》序）

王蒙先生在《漫話小說創造》中的論述很有啟發意義。「結構小說的一個基本手段，是虛構。虛構這個詞我還不十分喜愛它，我非常喜歡的一個詞叫虛擬。小說是虛擬的生活。『虛』就是虛構，『擬』就是模擬，模擬生活。從這個意義上說，小說最大的特點恰恰在於它是『假』的……我還有一個看法：說真實，可以把這個『真』和『實』略加區別。小說應該『真』，但不一定太『實』。

『真』，就是說真實的感受，真實的感情。這個『真』和科學上的『真』意義並不完全一樣，因為它包含著主觀上的『真』，就是你感受的『真』。」〔註66〕借助於虛構（虛擬），才給了小說廣闊的創造天地，才為表現生活的「真實」提供了更富表現力的素材，從而達到「真作假時假亦真，無為有處有還無」的奇妙境界，為讀者閱讀鑒賞的再創造提供了一片肥沃的土壤。

第三，虛實在書法繪畫藝術中也佔據著比較重要的分量。中國傳統書寫繪畫經驗裏有句經典道白——「計白當黑」，就是非常重視對虛空間的利用，表達無為而有為的概念，只有把虛空間處理好，才能加強實體的效果，取得總體良好、全局皆佳的效果〔註67〕。

畫面的「虛實」與生活中的「虛實」既有聯繫又有區別，它是由無數的藝術家通過繪畫實踐獲得的經驗而形成的藝術手段及造型方法。如畫內與畫外的關係，畫內是「實」畫外是「虛」，並且通過畫中的某個物象聯想到畫外另一物，或從畫內的局部聯想到畫外的整體，這就是「虛實」相生，是藝術處理的一種手段。畫面形象感覺的產生必然與生活中相對應的物象感覺相呼應，因而畫面中的虛實與生活中的虛實一樣，都是以清晰、完整度來衡量，但繪畫因畫種、處理手段不同，虛實會有不同的內涵。「虛實」是一種繪畫語言，畫面處理的虛實程度、形象的虛實選擇、畫面的虛實比例等等，對畫面效果的形成至關重要〔註68〕。繪畫傳達中的「虛實」則是直接傳達為實，間接傳達為虛，是藝術處理的另一種手段。有些題材既可採用直接表現的手法，也可採用間接表現的手法，但畫面給人的感受是不一樣的，如以結婚為主題的繪畫，既可以直接表現喜慶熱鬧的場面，描繪婚禮的場景、人物。也可以通過「喜」字窗花、鸞鳳和鳴的圖案、飛濺的鞭炮、小孩的雀躍等予以暗示。

一般認為書法藝術中字體為實，布白為虛，有虛而成氣韻。然而書法中有一種筆法，把虛實的藝術辯證推向了極致。飛白亦稱飛白書，相傳東漢靈帝時修飾鴻都門，匠人用刷白粉的帚寫字，蔡邕見後，歸作「飛白書」。筆劃中絲絲露白，像枯筆所寫。唐・張懷瓘《書斷》對「飛白」的解釋是：「飛白者，後漢左中郎將蔡邕所作也。王隱、王愔並云：飛白變楷制也。本是宮殿題署，勢既

〔註66〕王蒙：《漫話小說創作》，上海文藝出版社，1983年，第77～90頁。
〔註67〕王南傑：《標誌正負形互換與虛實相生的魅力》，《裝飾》2006年第12期，第33頁。
〔註68〕唐鼎華：《「虛實」觀察》，《文藝研究》2005年第11期。

徑丈，字宜輕微不滿，名為飛白。」「字宜輕微不滿」揭示了飛白的尺度，強調筆劃中的留白。在本屬於實的字體裏創造虛，有利於盡情施展筆劃美，改變文字的書寫節奏，造就作品虛實相間的整體美感。

書畫同源，這種飛白藝術在中國畫裏也得到了廣泛運用。宋・歐陽修《歸田錄》卷一：「仁宗萬機之暇，無所玩好，惟親翰墨，而飛白尤為神妙。凡飛白以點畫象形物，而點最難工。」這種貌似最經濟的繪畫手段，足可表達更為豐富多彩的形象。運用成功的奧秘正在於對虛與實藝術辯證的巧妙訴求。

（四）虛實藝術的辯證法在當代的發展與深化

我們在前文提到過：任何審美都離不開基本的物象、形象等形式。虛與實這一矛盾的根源可以認為是現實與表現的對立統一，但是現實與表現是否完全對立呢？20 世紀西方哲學出現了一次重大的轉變，即哲學的「語言學轉向」。語言學對哲學的投射，使哲學家們認識到，哲學不僅僅是抽象的思辨，同時也是一種對語言符號的分析，因為語言符號是聯接客觀世界與主觀思維的橋樑。特別是當今的認知語言學家，他們認為沒有絕對客觀的現實，也沒有離開客觀現實而獨立存在的感知和思維，只有相對於一定環境（自然環境和社會環境）的認知。大腦不是像一面鏡子一樣一成不變地反映客觀世界，而是具有自身的認識的結構和規律〔註69〕。

原型與範疇理論是對虛與實問題的發展，這一理論源於維特根斯坦對於「Spiel」特徵的細緻考察。他指出：「……棋類遊戲，紙牌遊戲，球類遊戲，奧林匹克遊戲等，所有這些遊戲，什麼是共同的呢？請不要說：『一定有某種共同的東西，否則它們就不會都被叫做遊戲。請仔細看它們是否有共同的東西。如果你觀察它們，你將看不到什麼共同的東西，而只看到相似之處，看到親緣關係。再看一看紙牌遊戲；你會發現，這單與第一組遊戲有許多對應之處，但有許多共同的特徵丟失了，而一些其他的特徵卻出現了。當我們接著看球類遊戲時，許多共同的東西保留下來了，但也有許多消失了。我們可以用同樣的方法繼續考察許許多多其他種類的遊戲；可以從中看到許多相似之處出現而又消失的情況。這種考察的結果就是，我們看到一種錯綜複雜的互相重疊交叉的相似關係的網絡：有時是總體上的相似，有時是細節上的相似。……我想不

〔註69〕趙豔芳：《認知語言學概論》，上海外語教育出版社，2001 年，第 4 頁。

出比『家族相似性』更好的表達式來刻畫這種相似關係，因為一個家族成員之間的各種各樣的相似之處：體形、相貌、眼睛的顏色、步姿、性情等，也以同樣方式互相重疊和交叉。所以我要說：『遊戲』形成一個家族。」〔註70〕也就是說，語言的所指（相當於我們所說的實）與能指（相當於我們所說的虛）之間並不具有刻板的鮮明界限，從而體現在詞語與概念之間並不存在一一對應關係，試圖回答亞里士多德兩千年前提出的名實之爭。

這一理論後來經約翰遜、蘭蓋克、萊考夫深化，標誌著認知語言學形成。萊考夫把札德的模糊集合論稱為一種「模糊化的客觀主義」，認為客觀主義的認知觀無法很好地闡釋範疇的原型效應，範疇並不是客觀主義認知觀中所說的那種客觀地擺在客觀世界中，等著概念去反映。因此，他提出了「理想化認知模式」（ICMs），用於闡釋原型範疇模式〔註71〕。

（五）結　語

藝術是少不了對比的，通過對比呈現藝術的魅力，有時它甚至成為藝術是否成熟的重要標誌之一。「其特徵是使具有明顯差異、矛盾和對立的雙方，在一定的條件下共處於一個完整的藝術統一體中，形成相輔相成的呼應關係，顯示和突出被表現事物的本質特徵，以加強某種藝術效果和藝術感染力。」〔註72〕對比最終要實現和諧，完成藝術創造的巨大使命。

虛實的辯證法的表現，借用齊白石的話是很恰當的「妙在似與不似之間」，我們認為這也是正確處理矛盾同一性的必然結果。毛澤東在《關於正確處理人民內部矛盾的問題》中也指出：「矛盾著的對立面又統一，又鬥爭，由此推動事物的運動和變化。」〔註73〕虛與實也可以視為矛盾的兩個方面，即互相對立，又相互統一。科學地處理虛與實的關係，還應兼顧同一性與鬥爭性的關係。毛澤東在《矛盾論》中指出，「有條件的相對的同一性和無條件的絕對的鬥爭性相結合，構成了一切事物的矛盾運動。」〔註74〕

簡而言之，虛與實的辯證法貫穿於「藝術的真實」與「真實的藝術」之中。

〔註70〕維特根斯坦著；李步樓譯：《哲學研究》，商務印書館，1996年，第47～48頁。
〔註71〕CEORGE LAKOFF. 1987. *Woman, Fire, and Dangerous Things: What Categories Reveal about the Mind*. Chicago: Chica go University of Chicago Press.
〔註72〕張道一：《美術鑒賞》，高等教育出版社，1998年，第82頁。
〔註73〕毛澤東：《毛澤東選集》第5卷，人民出版社，1977年，第372頁。
〔註74〕毛澤東：《毛澤東選集》第1卷，人民出版社，1991年，第333頁。

無論是文學作品的詩歌還是小說，以及繪畫等造型藝術，都遵循著矛盾的辯證法觀念。對虛與實的認識不斷昇華，對名實的更深刻理解，是我們能夠更精確地描繪、表現現實，從而創造出更高水平的藝術作品。

第三章　俗語詞考源

俗語詞在口語及通俗文學作品中習用，由於字形或字音的歷史及地域演變，往往導致語源遮蔽，進而造成語源迷失。加之人們使用過程中往往對其語源未能清楚認識，並有意無意地傾向於文字表意，因此在文獻裏不可避免地出現各種異形寫法，給考源工作帶來更大的挑戰。本章收錄《「骨冗」考源》《「連連」的語義變遷》《「大鳥崖柴兩翅青」新解》《蒲松齡〈日用俗字〉注釋考辨》《「稠秫」小考》《「斤斤計較」考》《「不知所蹤」有蹤可尋》《「微言大義」解詁》等篇。

一、「骨冗」考源〔註1〕

「骨冗」活躍於江淮官話、東北官話、北京官話、中原官話等。「骨冗」在文獻中有諸多寫法，對於「骨冗」的來源，諸家仁者見仁。韓根東認為「固甬」一詞甬的本字，既可能是㨄，也可能是蝑。〔註2〕劉宏，趙褘缺認為「骨蛹」「骨

〔註1〕發表於《語言研究》，2018 年第 1 期，有改動。
〔註2〕《天津方言》認為，固甬的動義來自「甬」，此說之根據在《集韻》中有兩處可考。其一：平聲鍾韻，㨄，余封切，「《博雅》動也」。余封切音為 yong，正好與天津話固甬之甬音相合。其二：鍾韻，蝑，如容切，「蟲行貌」。如容切音為 rong，聲母雖與天津話有別，但天津話在語音上有個特點，即將許多 r 聲母字，念成齊齒呼的零聲母字，如把軟念成遠，然念成鹽等，按這種規律推導，蝑（rong）在天津話中也念成（yong）。所以，固甬一詞甬的本字，既可能是㨄，也可能是蝑，這就是這個方言詞的來歷。參見韓根東主編：《天津方言》，北京燕山出版社，1993 年，第 223 頁。

龗」「骨攏」均來源於蠱摍。〔註3〕此二說可疑，固然《類編·蟲部》：「蝨，蟲行貌。」《廣雅》：「摍，動也。」「蝨」「摍」儘管與「骨冗」的後字音義相近，但無法解釋單音節「骨冗」的前字與「固」「蠱」之間的語義關係。丁惟汾《俚語證古·蟲魚》：「蠕動謂之顧雍，顧雍為蜫（古音讀滾）動之音轉。」〔註4〕音轉一說，似難令人信服，有臆測之嫌。

我們不妨先全面考察「骨冗」的諸多字形。我們查考到的「骨冗」最早用例是明清文獻，《西遊記》第五十三回：「（唐僧、八戒）漸漸肚子大了。用手摸時，似有血團肉塊，不住的骨冗骨冗亂動。」還有「辜冗」「咕恿」「咕容」「骨湧」「鼓湧」「固甬」「咕湧」「蛄蚓」「沽膿」「告湧」「蛄隆」「咕嚷」「姑容」「咕攘」「固摍」「咕蝨」「蛄蠰」等字形。文獻用例如：

（1）猴兒哥不信你摸摸，長了肉塊，亂辜冗真真叫我好難捱。(《子母河》，車本 51 / 457a、俗本 387 / 122)

（2）小女孩兒下腰煨〔蹉〕腿都亮手，溜腿腳扭搭扭搭在臺上咕恿。(《女觔斗》，車本 54 / 249b、俗本 397 / 324)

（3）列位有所不知，這個羅鍋真是寶貝，羅鍋內有七十二把轉軸子，若一咕容，那計策就來了。(《羅鍋軼事》第五回)

（4）十一月裏冷清清，小妹身上不得勁，口裏想吐頭發暈，肚裏一陣直骨湧。(《張家口地區歌謠卷·五哥放羊》〔註5〕)

（5）嫚子不老實地在母親懷裏「鼓湧」，亂伸著兩隻小胳膊，大嚷大叫，希望戰士們多親幾下她的小臉蛋……(《苦菜花》第七章〔註6〕)

（6）在天津話中，有一個描寫動貌的方言詞，叫 gùyong，按照口語語音寫下來，就是固甬。如「瞧，那條蟲子沒死，它還固甬呢。」(《天津方言》〔註7〕)

〔註3〕劉宏、趙褘缺著：《河南方言詞語考釋》，河南人民出版社，2012 年，第 106～107 頁。
〔註4〕丁惟汾著：《俚語證古》，齊魯書社，1983 年，第 289 頁。
〔註5〕張家口地區「三套集成」辦公室編：《民間文學集成·張家口地區歌謠卷》，1987 年，第 43 頁。
〔註6〕馮德英著：《苦菜花》，解放軍文藝出版社，1978 年，第 145 頁。
〔註7〕韓根東主編：《天津方言》，北京燕山出版社，1993 年，第 222 頁。

（7）蠕動或動：洛陽曰骨蛹，讀［kuyŋ］；鄭州曰骨蠶，讀［kuʐuŋ］；玄武曰骨攏，讀［kuluŋ］。如「你看那個蟲該那，爬爬哩，還骨蛹著哩。」「你白骨蠶啦，骨蠶骨蠶哩給個蛆樣。」（《河南方言詞語考釋》〔註8〕）

（8）蛄蚖　（1）蠕動。火車蛄蚖了。／小貓兒在她懷裏直蛄蚖。（2）緩慢地咀嚼。老太太吃栗子，且得蛄蚖會子呢。（3）緩慢地行動。哪兒就蛄蚖到啦！○沽臁、告湧、蛄隆、咕容、咕嚷、姑容、咕攘、固搈、*咕蟬。（《北京方言詞典》〔註9〕）

（9）汩湧　來回湧動或蠕動。例：在大浪的汩湧下，堤壩眼看就要垮塌了。／本來大家按次序排隊，幾個加塞兒的人從中一汩湧，隊伍一下子亂套了。（《唐山方言俗語》〔註10〕）

　　例（1）子弟書《子母河》取材於西遊記，「亂辜冗」對應於《西遊記》「骨冗骨冗亂動」，「辜冗」猶「骨冗」，蠕動。例（2）「咕愚」就是「扭搭扭搭地動」，即一上一下地往前蠕動。例（3）「咕容」指（體內轉軸子）轉動。例（4）「骨湧」言肚子不舒服，胃似乎在亂動。例（5）「鼓湧」謂嫚子在母親懷裏調皮地亂動。〔註11〕例（6）「固甬」猶蠕動。例（7）「骨蛹」「骨蠶」「骨攏」均可釋為蠕動或動。例（8）「蛄蚖」有三個義項，共同特徵是「蠕動」。例（9）「汩湧」是來回湧動或蠕動。

　　撇開釋義的分歧，即便都釋為「蠕動」，在方志材料裏用字也千差萬別。經查考，《溫縣志》〔註12〕用「骨蛹」；《盱眙縣志》〔註13〕、《清河區志》〔註14〕用「骨冗」；《廣平縣志》〔註15〕用「骨湧」；《許昌縣志》〔註16〕、《容城縣志》

〔註8〕劉宏、趙褘缺著：《河南方言詞語考釋》，河南人民出版社，2012年，第106～107頁。

〔註9〕陳剛編：《北京方言詞典》，商務印書館，1985年，第104頁。

〔註10〕莊洪江主編：《唐山方言俗語》，河北大學出版社，2013年，第117頁。

〔註11〕作者釋「鼓湧」為「活動掙脫的意思。多用來形容小孩子在母親懷裏全身不停的活動著，急著尋求什麼的表示。」為語境義，缺乏概括性。參見馮德英著：《苦菜花》，解放軍文藝出版社，1978年，第145頁。

〔註12〕溫縣志編纂委員會編：《溫縣志》，光明日報出版社，1991年，第614頁。

〔註13〕盱眙縣縣志編纂委員會編：《盱眙縣志》，江蘇科學技術出版社，1993年，第770頁。

〔註14〕《清河區志》編纂委員會編著：《清河區志》，江蘇古籍出版社，2003年，第754頁。

〔註15〕李金國主編；河北省廣平縣地方志編纂委員會編：《廣平縣志》，文化藝術出版社，1995年，第620頁。

〔註16〕許昌縣志編纂委員會編：《許昌縣志》，南開大學出版社，1993年，第808頁。

〔註17〕、《南召縣志》〔註18〕、《鄆城縣志》〔註19〕用「咕容」;《臨沭縣志》
〔註20〕用「咕蛹」;《臨朐方言》〔註21〕用「顧蛹」;《安陽市北關區志 1991～
2002》〔註22〕用「蛄隆」;《寧晉縣志》〔註23〕用「枯容」;《赤峰市志》〔註24〕
用「鼓擁」。等等。此外,文獻中「骨冗」還有 ABAB 和 AABB 兩種重疊形
式,語義與原形同。如:

（10）四隻小貓是黑白花的,咕咕容容地在貓的懷裏亂擠,好像眼睛還

　　　沒有睜開,顯然是出生不久。（梁實秋《貓的故事》〔註25〕）

（11）（和尚）腹內暗著說「不好!」他只當,拿他二人走進門。只

　　　見他,咕容咕容爬不起,那人登時來到臨。（《劉公案》第九十

　　　二回〔註26〕）

　　從上引所有例句來看,「咕容」核心義項是蠕動,核心語義特徵是〔＋方
向變化＋幅度小＋連續＋位移＋動作〕。根據語義特徵對應,我們在文獻中找
到了單音節動詞「拱」。《漢語大字典》「拱」的第八個義項是「向上或向前頂
掀;向裏或向外鑽。」如唐·杜甫《北征》:「鴟鳥鳴黃桑,野鼠拱亂穴。」《兒
女英雄傳》第五回:「如今是你肥豬拱門。」

　　為了進一步驗證「拱」與「骨冗」的語義對應,我們不妨對上引例句「骨
冗」的義項進行歸納概括〔註27〕,大致可以分為四個義項:①蠕動;②緩慢地
行動;③亂動;④緩慢地咀嚼。「拱」的對應用例分別為:

〔註17〕《容城縣志》編輯委員會編:《容城縣志》,方志出版社,1999 年,第 503 頁。
〔註18〕南召縣史志編纂委員會編:《南召縣志》,中州古籍出版社,1995 年,第 1117 頁。
〔註19〕察和主編;山東省鄆城縣史志編纂委員會編:《鄆城縣志》,齊魯書社,1996 年,
　　　第 621 頁。
〔註20〕山東省臨沭縣史志編纂委員會編:《臨沭縣志》,齊魯書社,1993 年,第 592 頁。
〔註21〕林紹志著:《臨朐方言》,齊魯書社,2013 年,第 135 頁。
〔註22〕翟莉,彭書湘主編:《安陽市北關區志 1991～2002》,中州古籍出版社,2008 年,
　　　第 462 頁。
〔註23〕張楓林總;寧晉縣地方志編纂委員會編:《寧晉縣志》,中華書局,1999 年,第
　　　214 頁。
〔註24〕赤峰市地方志編纂委員會編:《赤峰市志》,內蒙古人民出版社,1996 年,第 3138
　　　頁。
〔註25〕梁實秋著:《雅舍小品》,天津教育出版社,2006 年,第 185 頁。
〔註26〕清·佚名著:《劉公案》,黑龍江美術出版社,2014 年,第 294 頁。
〔註27〕這裡的義項歸納是比較簡略的,正如羅竹鳳（1982:18）認為「『咕湧』含義非常
　　　豐富,可以領會,但說不出,很難表達。」

（12）冬天日出一點紅，月裏姣娘看芙蓉。肚裏孩童六個月，手腳團
團肚裏拱。（民歌《贖藥打胎》〔註28〕）

（13）偏偏今兒事情多，正在講交情，論過節，猛抬頭，見一個惡奴
在那邊站著，嘴兒一拱一拱的，意思要說話。（《七俠五義》第
七十五回）

（14）呆子慌了，往山坡下築了有三尺深，下面都是石腳石根，扛住
鈀齒，呆子丟了鈀，便把嘴拱，拱到軟處，一嘴有二尺五，兩
嘴有五尺深，把兩個賊屍埋了，盤作一個墳堆。（《西遊記》第
五十六回）

（15）誰知包公到了賢人懷內，天生的聰明，將頭亂拱，彷彿要乳食
吃的一般。（《七俠五義》第二回）

（16）臺上一雙美豔男女相撲，人人看得眼花心亂，頸如鳴雁長伸，
身似饞蛆亂拱，口呆的，目瞪的，出神的，發呆的，垂涎的，
癡笑的，失驚的，打怪的，各種情形不須細述。（《紅樓幻夢》
第五回）

（17）燕鴻淺笑著剝了糖紙塞到他嘴裏，看他把糖果在嘴裏拱來拱去，
臉上一會兒鼓一會兒消的，很是可愛，霎時將不速之客忘在了
腦後。（《天下第一萌夫》第五卷〔註29〕）

例（12）（13）「拱」「一拱一拱」都是蠕動的意思，與「骨冗」的第一個義
項對應。例（14）「拱」為慢慢地行動，對應第二個義項。例（15）（16）「拱」
為亂動，對應第三個義項。例（15）「拱」為緩慢地咀嚼，對應第四個義項。

據此，可以初步推論「骨冗」的來源當為「拱」，因為二者在語義上存在對
應關係，而且「拱」表示「蠕動」義比「骨冗」早，最早用例可以遠溯到唐代
杜甫的詩歌用例。

根據前面的分析，「骨冗」多分布在江淮官話、東北官話、北京官話、中原
官話等區域，我們又調查了其他方言點，發現表示「蠕動」義的方言詞彙使用
的正是「拱」，這種地域互補關係，進一步印證了我們的猜測。如：

〔註28〕張家港市文聯編：《中國·河陽山歌集》，華東師範大學出版社，2006年，第148頁。
〔註29〕悅薇編著：《天下第一萌夫》，二十一世紀出版社，2012年，第94頁。

（18）拱：蠕動身體以擠、撞等。〔俗〕槽中無食豬拱豬。／之娃兒
不肯睡，在被窩頭拱來拱去嘞。（《貴陽市志》〔註30〕）

（19）拱拱——指蛆。拱：音拱，意為蠕動。（《蔡甸區志，1980～
2000》〔註31〕）

（20）七拱八翹：不停地蠕動，不安分。（《青川民間語言語彙研究》
〔註32〕）

例（18）（19）（20）分別為貴州、武漢、四川方言，「拱」均有「蠕動」義。且在這些地域均未發現「骨冗」的使用，說明「骨冗」與「拱」之間存在地域分布的互補關係。我們在大量使用「骨冗」的山東地區還發現了「拱」與「蠕」同義連用的情況，更足佐證「拱」有「蠕動」義，如：

（21）拱蠕：①蠕動：小貓在窩裏拱蠕。②亂動：你好實坐著，拱蠕
開了！《文榮方言詞彙》〔註33〕）

「骨冗」與「拱」是否還存在語音關聯？宋人《容齋隨筆》關於「切腳語」的記述頗具啟發意義，「世人語音有以切腳而稱者，亦間見之於書史中，如以蓬為勃籠，巢為勃闌，鐸為突落，叵為不可，團為突欒，鉦為丁寧，頂為滴，角為矻落，蒲為勃盧，精為即零，螳為突郎、諸為之乎，旁為步廊，茨為蒺藜，圈為屈攣，錮為骨露，窠為窟駝是也。」切腳語構詞往往具有隱蔽性，一般人習焉不察，容易導致語源迷失。

「骨冗」是「拱」的切腳語，據此可以解釋「骨冗」的諸多字形。一般來說，切腳語的上字表示被切字的聲母，切腳語的下字表示被切字的韻母和聲調。「拱」的古音為「見母鍾韻上聲」，比較切腳語的聲韻調，可以發現：1. 與「拱」的切音完全吻合的有「骨冗」「辜冗」「咕愳」「骨湧」「鼓湧」「固甬」「咕湧」「咕虬」等，佔據異形字的絕大多數。2.「咕容」「姑容」「固搐」「咕蜡」與「拱」的切音聲調不同，蓋兩字連讀時變調所致。3.「蛄隆」與「拱」的切音韻母與聲

〔註30〕《貴陽市志》編委會編著：《貴陽市志社會志》，貴州人民出版社，2002 年，第 177
頁。

〔註31〕武漢市蔡甸區地方志編纂委員會編：《蔡甸區志 1980～2000》，武漢出版社，2008
年，第 572 頁。

〔註32〕武小軍著：《青川民間語言語彙研究》，巴蜀書社，2007 年，第 50 頁。

〔註33〕連慶江：《文榮方言詞彙》，《語言學通訊》1982 年第 5 期，第 165 頁。

調不一致。東韻與鍾韻音值相近，相混由來甚久。據李榮〔註34〕研究，《切韻》有東、冬、鍾三韻（舉平聲包括上聲去聲），根據反切，東韻有兩個韻母，現在用「東」和「中」分別表示，在上古音裏「東」類字（一等）和鍾韻字諧聲押韻，東韻「中」類字（二三四等，簡稱三等）和冬韻字諧聲押韻。4.「沽朧」「咕嚷」「咕攘」「蚣蠰」與「拱」的切音韻母與開合口不一致。原因是「拱」本身有音變，導致切語變化。《盱眙縣志》：「港——拱，鑽。」〔註35〕《漢語方言大詞典》記載，表示「點子、主意」的「拱兒」，山東牟平讀為〔kaŋr〕。〔註36〕據此，不同的異形字其實都是「拱」的切語記音字，其語源都是「拱」。

二、「連連」的語義變遷〔註37〕

（一）引　言

朱德熙先生把重疊分為三種類型：音節的重疊，如「蟈蟈、蛐蛐」；語素的重疊，如「爺爺、奶奶」；詞的重疊，如「個個、想想」〔註38〕。一般認為，前兩種為構詞重疊，後一種為構形重疊。「連」在現代漢語裏是詞，加以類推，似乎可以把「連連」看成是「連」的構形重疊。但是將無可避免的面對兩個問題：「連連」在現代辭書中的身份是詞，並不是構形重疊；此外，王黎先生發現，「剛」和「剛剛」、「『常」和「常常」、「白」和「白白」在語法意義上基本一樣，具有互換性。然而「連」和「連連」在任何情況下都不能替換使用，「連」與「連連」的語法意義和用法相差懸殊，甚至可以認為「連連」不是「連」的重疊〔註39〕。對於副詞重疊引發的此類問題，張誼生先生認為：現代漢語副詞重疊的特點，主要表現在兩個方面：嚴格意義上的構形重疊數量十分有限；副詞的構形重疊和構詞重疊界限相當模糊〔註40〕。

我們試圖通過對「連連」這一個案的歷時考察，梳理「連」與「漣」的本

〔註34〕李榮著：《音韻存稿》，商務印書館，1982 年，第 35～36 頁。

〔註35〕盱眙縣縣志編纂委員會編：《盱眙縣志》，江蘇科學技術出版社，1993 年，第 770 頁。

〔註36〕許寶華、宮田一郎主編：《漢語方言大詞典》，中華書局，1999 年，第 3993 頁。

〔註37〕發表於《銅仁學院學報》，2009 年第 1 期，有改動。

〔註38〕朱德熙：《語法講義》，商務印書館，1982 年。

〔註39〕王黎：《「連」和「連連」》，《漢語學習》2003 年第 2 期。

〔註40〕張誼生：《副詞的重疊形式與基礎形式》，《世界漢語教學》1997 年第 4 期。

義及彼此關係，揭示「連連」成詞的歷程和動因，並解釋「連連」與「連」為什麼存在較大差別。

（二）「連」與「漣」的本義及相互關係

「連」的本義指古代一種人拉的車。《說文・辵部》「連，負車也。」〔註41〕段玉裁注「連，即古文輦也，《周禮・（地官）・鄉師》『輦輦』鄭玄注：故書輦作連。」《管子・海王》：「行服連、軺、輂者，必有一斤一鋸一錐一鑿，若其事立。」尹知章注：「〔連〕輦名，所以載任器，人挽者。」車的行駛需要「人」與「車」的協作，因此引申為「聯合、聯絡、連接」，進一步引申為「連續」，《莊子・讓王》：「民相連而從之，遂成國於岐山之下。」成玄英疏：「民相連續，遂有國於岐陽。」《漢書・高帝紀下》：「上從晉陽連戰，乘勝逐北。」從意義上分析，「連」的對象（如例句的「人、車、民、戰」）是「單位」清晰的、有界的〔註42〕，我們以「可數有界」稱之，記為「連續1」，把表示「連續1」義的「連」記為「連1」。《孟子・梁惠王下》也較早關注了「連」的「可數有界」，認為「從流下而忘反謂之流，從流上而忘反謂之連」，趙岐注：「連，引也，使人徒引舟，船上行而忘反以為樂，故謂之連。」

「漣」在先秦與「瀾」同字，指大的波浪。《詩・魏風・伐檀》「河水清且漣漪」一句，《爾雅・釋水》作「河水清且瀾漪」。陸德明音義：「瀾，依《詩》作漣，音連。」邢昺疏：「瀾漣雖異而義同」《說文・水部》「漣，瀾，或從連。」「瀾，大波為瀾，從水闌聲。」《詩》毛傳「風行水上成文曰漣。」對此，段玉裁的解釋是「古闌、連同音，故瀾、漣同字。」「漣」的「大波」義一直延續到晉，如木華《海賦》：「噏波則洪漣踧踖，吹澇則百川倒流。」大約從南朝開始，「漣」的詞義發生轉移，由「大的波浪」到「微波」。如謝靈運《山居賦》：「拂青林而激波，揮白沙而生漣。」《太平廣記》卷四七一引唐李復言《續玄怪錄》：「遂下游於江畔，見江潭深浄，秋色可愛，輕漣不動，鏡涵遠虛。」

〔註41〕徐本《說文》「連，員連也，從辵，從車。」段玉裁注本作「連，負車也。」並注「負車，各本作『員連』，今正。」此處從段說。

〔註42〕參見沈家煊：《「有界」與「無界」》（《中國語文》1995 年第 5 期），文章認為，人們感知和認識事物，事物在空間有「有界」和「無界」的對立；人們感知和認識動作，動作在時間上有「有界」和「無界」的對立；人們感知和認識性狀，性狀在「量」或程度上也有「有界」「無界」的對立。本文討論的「連」、「連連」以及「漣漣」在動作和「量」上存在「有界」「無界」的對立。

　　「漣」在先秦還與「慂」同字，指淚流不斷貌〔註43〕。《易‧屯》「乘馬班如，泣血漣如。」《說文‧心部》作「泣涕慂如」，釋義為「慂，泣下也，從心，連聲。」後來「漣」行「慂」廢，「漣」沿用至今。如《後漢書》：「念我祖考，泣涕其漣。」《三國演義》第五十七回：「主為哀泣，友為淚漣。」

　　不管是「大波、微波」還是「淚流不止貌」，「漣」都隱含了「連續」義（確切地說應是「連續不斷」義），對象（波浪、淚水）間「單位」是模糊的、無界的，我們以「不可數無界」稱之，記為「連續2」，表示這一意義的「連」記為「連2」。「連」與「漣」在「連續」義上相互聯繫，而且語音相同，因此我們並不奇怪《釋名》的說法，「風吹水波成文曰瀾，瀾，連也，波體轉流相及，連也。」劉熙認為瀾的語源就是「連」，儘管還值得商榷，但早在漢代就隱約提及此種「詞義感染」現象，誠然難能可貴。

　　哈特曼、斯托克認為，感染（contagion）指兩個語義上有聯繫的詞形相互混淆的過程或結果。如 restive 本來有「inactive」（遲頓的），「persistent」（固執的）的意思，但和 restless（不安的）發生聯想，便產生了「fidgety（煩躁不安）的新意義」〔註44〕。根據這一理論，因為「連」與「漣」在「連續」義上聯繫，因此詞義感染的結果是「連」的「連續1」附加了新義「連續2」，由「可數有界」演變為「不可數無界」。「連2」類同於英語的「continual」而不是「continuous」。從文獻的用例來看，發生感染的時間至遲應在漢代。《戰國策‧齊策四》：「管燕連然流涕曰：『悲夫！士何其易得而難用也！』」鮑彪注：「連與漣同，泣下也。」劉淇《助字辨略》：「連，頻也，不絕之義。《漢書‧朱雲傳》：『連拄五鹿君』。」〔註45〕又如《西京雜記》卷一：「帝常擁夫人倚瑟而絃歌，畢，每泣下流漣。」唐元稹《鶯鶯傳》：「崔亦遽止之，投琴，泣下流連，趨歸鄭所，遂不復至。」可以看出，「流漣」與「流連」通用。「連2」進而引申出「滿、遍」義，多為範圍形容詞，間亦用作動詞。如〔註46〕：

〔註43〕《漢語大詞典》列「漣」的「淚流不斷貌」義項的最早書證為李白《玉壺吟》：「三杯拂劍舞秋月，忽然高詠涕泗漣。」我們認為例證過晚，根據此例，至遲當提前到漢代。

〔註44〕哈特曼（R.R.K.Hartmann）、斯托克（F.C.Stork）著；黃長春等譯：《語言與語言學詞典》，上海辭書出版社，1981年。

〔註45〕劉淇著：《助字辨略》，中華書局，1954年。

〔註46〕以下例句轉引自王瑛：《唐宋筆記語詞彙釋》，中華書局，2001年。

（1）國家丁口連四海，豈無農夫親未耜。（韓愈《寄盧仝》）

（2）軍人行旅，振革鳴金，連山叫噪，聲動溪谷（《太平廣記》卷二四一《王承休》）

（3）魴之為美，舊矣，今更與鱗魚連道以著。（陸佃《埤雅卷一‧釋魚》）

（4）烽火此時連海上，音書何日到山中？（貢師泰《風涇舟中》）

「滿、遍」含有「全部」之義，通過虛化演變為「包括」等義，是現代漢語介詞「連」的直接來源，遠源是表示「不可數無界」的「連續₂」。例如：連根拔；這次連我有十個人；連剛才那一筐，我們一共抬了四筐；連人帶馬都來了；連我都知道了，他當然知道〔註47〕。

接下來我們討論「連」的副詞用法的來源。副詞「連」「表示同一動作接連發生，同一情況接連出現，後邊常跟表示次數的數量詞」，〔註48〕呂叔湘先生亦認為副詞「連，連續，動詞後面常有數量短語」。例如：詞兒連寫；我們連發了三封信去催；這個劇連演了五六十場，很受歡迎。〔註49〕如果加以變換，上述例句可以理解為：詞兒<u>一個接一個</u>地寫；我們<u>一封接一封</u>地發了三封信去催；這個劇<u>一場接一場</u>地演了五六十場，很受歡迎。顯然，「連」相當於「一……接一……」，核心義是「連接」，對象是「可數有界」的。詞與詞、信與信、場與場間必須有或多或少的「距離」，界限清晰，個體間只強調「連續」並不是「連續不斷」。「連₁」類同於英語的「continuous」而不是「continual」。因此，我們認為副詞「連₁」是動詞「連₁」的虛化結果，意義來源與「連續₁」，這一意義未受到「漣」的詞義感染。

小結上述分析，我們認為「連」在演變過程中一分為二，「連₁」由動詞通過虛化分化出副詞「連」；「連₂」受「漣」的語義感染，演變為形容詞性「連」，繼而通過虛化分化出介詞「連」。

〔註47〕呂叔湘：《現代漢語八百詞》，商務印書館，1980 年。
〔註48〕北京大學中文系 1955、1957 級語言班：《現代漢語虛詞例釋》，商務印書館，1996 年。
〔註49〕呂叔湘：《現代漢語八百詞》，商務印書館，1980 年。

表一

		詞　性	語義特徵	感染情況	英語類如詞
連	連1	動詞、副詞	可數有界	無感染	continuous
	連2	形容詞、介詞	不可數無界	受「漣」語義感染	continual

（三）「連連1」的來源及使用分布

「連連」重疊形式有兩個來源，其中之一來源於「連」的重疊，意義源於「連續1」，為行文方便，我們記為「連連1」。《漢語大詞典》列的最早書證是《莊子‧駢拇》：「則仁義又奚連連如膠漆纆索，而遊乎道德之閒為哉！」成玄英疏：「連連，猶接續也。」此句的「連連1」指「仁」與「義」二者彼此相連，是界限明晰的。與同時期表「可數有界」的「連1」一脈相承，如《莊子‧馬蹄》：「伯樂曰：『我善治馬，燒之剔之，刻之雒之，連之以羈馽，編之以皁棧，馬之死者十二三矣。』」《莊子‧大宗師》：「謷乎其未可制也，連乎其似好閉也。」可以看出，「連連1」是「連續1」義的動詞重疊形式，「連1」與「連連1」可以互換。

我們發現「連連1」的另一較早用例見於《詩經‧大雅‧皇矣》：「臨衝閑閑，崇墉言言。執訊連連，攸馘安安。是類是禡，是致是附。」毛傳：「連連，徐也。」鄭玄箋：「執所生得者而言問之，及獻所馘皆徐徐以禮為之，不尚促速也。」「連連1」相當於「慢慢」，也就是一個接一個地審問，因此「不尚促速也」。可見「連連1」依然源於「連1」的「連續1」義，是「可數有界」的。

從先秦開始，「連連1」在文獻中的使用頻率不高，主要出現在整句中，有以下兩種分布情形：

第一，多用於句式整齊、講究平仄的詩賦等文體中。

（5）而州稍稍興役，連連不已。若排攄障風，探沙灌河，無所能御，徒自盡爾。（漢王符《潛夫論》卷五）

（6）長城何連連！連連三千里。（三國魏陳琳《飲馬長城窟行》）

（7）五帝內座後門是，華蓋並槓十六星。槓作柄象華蓋形，蓋上連連九個星。（北周庾季才《靈臺秘苑‧紫微垣》）

（8）槐陰陰，到潼關。騎連連，車遲遲（遲遲，一作連連）。（唐王維《送李睢陽》）

從「連連」的意義上看,例(5)指徭役一次接一次,例(6)指城牆一段接一段(中間間以塔樓,是「可數有序」的),例(7)指的是星星一個接一個,例(8)指車子一輛接一輛。「連連1」的意義來源是「連續1」,與「漣漣」尚無瓜葛,與現代漢語表「短時高頻」的副詞「連連」存在本質的區別。

第二,與其他重疊形式合用,構成韻律整齊的四字格形式。如

(9)俯而深惟,仰而泣下交頤,曰:「嗟乎。余國之不亡也,縣縣連連,殆哉,世之不絕也。」(《漢書·東方朔傳》)

(10)往者劉、石、符、姚,遞據三郡,司馬琅邪,保守揚、越,綿綿連連,綿歷年紀。(《宋書》)

例(9)(10)的「連連」,分別相當於危機一次接一次,據守者一個接一個。與上述的用例同出一轍。

我們認為,「連連1」的句法分布特點要求「連」重疊為雙音節,以構成標準音步來滿足句子的韻律要求。但是成詞過程是漫長的。大約在東漢,「連連1」的這種使用格局開始鬆動,逐漸突破音律齊整的限制,在散句裏偶而出現。

(11)本帝王所以連連相承負之過責,治常失天心,流災不絕。(漢《太平經》,案:連連指一次接一次)

(12)取濁者內飴,中攪火上煎,勿令堅。令連連服,如雞子大,漸漸吞之,日三夜二。(唐孫思邈《備急千金要方》卷五十四,案:連連指一丸接一丸)

自元末明初起,「連連1」的使用頻率劇增,在整句和散句中自由使用。以《水滸》為例,「連連」一共出現12次,其中散句中出現10次,整句中出現2次。例如:

(13)宋江被他勸不過,連飲了三五杯。婆子也連連吃了幾盞,再下樓去燙酒。(第二十一回,案:連連指一杯接一杯)

(14)盧俊義便向高阜處四下裏打一望,只見遠遠地山坡下一夥小嘍囉,把車仗頭口趕在前面,將李固一干人連連串串,縛在後面。

(第六十一回,案:連連指(人)一個接一個)

可以看出,「連連1」來源於「連1」的「連續1」義,其詞性最初為動詞,如例(5)~(12),逐漸虛化為副詞,如例(13)~(14)。「連連1」的迭用是

由於韻律的需要，〔註50〕可以認為是「短語—韻律詞」。馮勝利先生認為，這些形式（短語—韻律詞）之所以有固化跟詞化趨勢，是因為韻律詞要求其中的兩個成分必須同時出現。同時出現的次數多了，便成了熟語。熟用久了就導致凝固，凝固的結果就是詞化。可見韻律為它們的固化提供了物質條件——使二者被緊緊地套在音步這個模型裏，中間不能有停頓，而反覆地使用又為它們的固化創造了現實基礎。〔註51〕我們把從東漢時期出現的「連連1」處理為構形重疊與構詞重疊兩可的狀態。因為「連連1」有時還可以用為「連連連」或「連不連」，說明「連連1」的詞化程度並不完全，從而造成「副詞的構形重疊和構詞重疊界限相當模糊」〔註52〕的狀況。而且「連連1」在使用過程中，逐漸虛化，受「連連2」的誘化，「可數有界」的語義逐漸模糊。

（15）連連連覺著受苦苦苦識無窮，以欲我見取，善惡有識，初名生
　　　識，終名死識。（唐·不空譯《大乘瑜伽金剛性海曼殊室利千
　　　臂千鉢大教王經》卷九，T20／768／b〔註53〕）

（16）怎麼那眼皮兒連不連的只是跳，也不知是跳財，是跳災？
　　　（元·張國賓《合汗衫》第四折）

（17）我這幾日身子不快，怎麼連不連的眼跳，不知有甚事來？
　　　（元·石德玉《秋胡戲妻》）

例（15）的「連連連」指一次接一次，是「可數有界」的，相當於「連連1」。例（16）（17）的「連不連」指連續不斷，眼跳的界限不分明，是「不可數無界」的，是下文將要論及的「連連2」。

（四）「連連2」的來源及意義分析

「連連2」的來源有兩個，一個為「連2」的重疊形式，根據第一節的論述，「連2」出現的時代大約在漢代，語義為「不可數無界」。

（18）怯者無功，弱者先亡，離離馬目，連連雁行，踔度間置，……
　　　（漢·馬融《圍棋賦》）

〔註50〕在現代漢語裏，「連」的使用依然與音節相關。呂叔湘先生《現代漢語八百詞》指
　　　出：（連）只修飾單音節動詞，雙音節動詞前用「接連、連著、一連」。
〔註51〕馮勝利：《漢語的韻律、詞法與句法》，北京大學出版社，1997年。
〔註52〕張誼生：《副詞的重疊形式與基礎形式》，《世界漢語教學》1997年第4期。
〔註53〕阿拉伯數字及英文字母分別表示引文在《大正新修大藏經》中的冊數、頁碼、欄次。

（19）連連絕雁舉，渺渺青煙移。（南朝·齊·謝朓《謝宣城集·奉和隨王殿下其十一》）

（20）一曰陰寒，二曰陰痿，三曰裏急，四曰精連連，五曰精少陰下濕，六曰精清，七曰小便苦數。（隋·巢元方《虛勞病諸候·虛勞候》）

（21）陽氣微連連如蜘蛛絲，陰氣衰微而風邪入於腎經。（隋·巢元方《虛勞病諸候·虛勞陰痿候》）

（18）（19）的「連連」均指「雁的飛行連續不斷」，（20）指「液體排泄物連續不斷」，（21）指「細微的陽氣象蜘蛛絲一樣連續不斷」。「連連2」的語義是「不可數無界」，相當於「continual」。

「連連2」的另一來源相對較晚，至遲在唐代有「連連」與「漣漣」通用的文獻。如《全唐詩》卷八六二載《醉吟》：「一旦形羸又發白，舊遊空使淚連連。」《敦煌變文集·醜女緣起》：「珠淚連連怨復嗟，一種為人面貌差。」「連連」表示淚流不止的樣子，為形容詞。

（22）泣歎經意者謂空生聞上所說，喜極成悲，泣涕連連〔註54〕。
（宋·子璿錄《金剛經纂要刊定記》卷第五，T33／210／c）

（23）阮英窗外留神看，奸相妖僧把酒參。皆因相爺出無奈，合歡樓上淚連連。（清《小八義》）

（22）（23）的「連連」與「漣漣」同。我們在第一節指出，漣的本義指大的波浪或淚流不斷貌，隱含的核心義都有「連續不斷」，是「不可數無界」的，為「連續2」。「漣漣」是「漣」的重疊，其核心語義自然也是「連續2」。「連連2」是「漣漣」的假借，並感染「漣漣」的「連續不斷」義，從語義上看是「連續2」。

（24）初月十二日，羲之累書，至得去。月二十六日，書為慰，比可，不仵下，連連不斷。（唐張彥遠《法書要錄·右軍書記》）

（25）先儒以為像雲氣之出於山，連連不絕。（宋陸佃《埤雅》卷十一）

〔註54〕《詩·衛風·氓》：「不見復關，泣涕漣漣。」可以佐證「連連」即「漣漣」。

（26）「你說話呀！成心逗人家的火是怎麼著？你有嘴沒有？有嘴
　　　沒有？」她的話越說越快，越脆，像一掛小炮似的連連的響。
　　　（老舍《駱駝祥子》）

例（24）（25）分別在「連連」後綴以「不斷」「不絕」。（26）指響聲連續不斷。可見，「連連2」的語義類似於「continual」，而不是「continuous」。

此外，「漣漣」由淚流不止的樣子，進一步泛化。用於描述眼淚以外的情狀，引申為連續不止的樣子，但是這種用例較少。例如：

（27）果然，五道灣據點的黑馬隊的黑漢子逃不出他的計算，就在小
　　　雨漣漣的一個夜晚，他一下子收拾了兩個。（柳杞《好年勝景》）

（28）不管是赤日炎炎，還是冷雨漣漣，機艙、通道、走廊、候機
　　　廳、取行李處，經過的地方都是 20 攝氏度左右，毫無溫差之
　　　感。（袁晞《人民日報》2004-11-11）

（29）京城水漣漣 40 處滯水排除了（李惠敏《北京工人報》2000-7-6）

表示引申義的「漣漣」，偶而也可以用假借的「連連2」表示：

（30）初春時節，記者來到江西農村採訪，雖然陰雨連連，但一路感
　　　受到的都是這裡農民們學科技，用科技，投身社會主義新農村
　　　建設的熱情。（《人民日報》吳月輝 2006-3-30）

（五）小　結

綜合上述分析，「連連」的來源及意義演變路徑，我們可以直觀地表示如下：

圖一

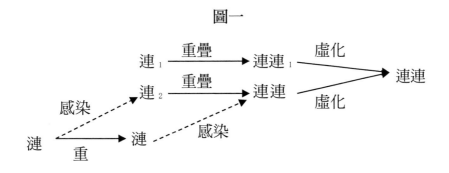

由上圖可以看出：現代漢語的「連連」的近源是「連連1」和「連連2」，遠源是「漣」和「漣漣」，「連連」與「連」藕斷絲連。「連連1」是動詞，「連連2」是形容詞。繼續演變過程中，大部分「連連1」和「連連2」虛化為副詞

性「連連」，小部分保持不變。因此在共時平面上「連連」具有動詞、形容詞〔註55〕、副詞特徵，從而表現為複雜的語法功能。例如：

（31）教室裏，掌聲不斷，笑聲連連，學生被分成兩組，互相搶答問題，回答正確，加分，這時學生就會擊掌以示祝賀。（葉輝《光明日報》2005-5-9）

（32）後來我們又遇到了各種難題（這年秋天氣候反常，暴雨連連），但都士氣高昂，齊心協力地克服了。（劉亦婷《光明日報》2004-10-1）

（33）小肥豬露出來，他手一捏，吱地一叫，任何人都會給這玩意逗得大笑，但這傢夥只是連連說：「嘿嘿，嘿嘿，太逗人了，逗極了。」（馮驥才《一百個人的十年》）

　　從「連連」這一個案的考察可以看出，「連連」的直接來源是「連連1」和「連連2」。「連連1」是「連1」的重疊，最初語義是「連續1」。「連連2」的產生途徑有二，一是「連2」的重疊形式，二是受「漣漣」的語義感染而生，最初語義都為「連續2」。「連」「漣」之間以及「連連」「漣漣」之間分別發生了兩個層面的語義感染，〔註56〕因此詞彙呈現複雜的面貌。共時的複雜表現往往是歷時的不斷沉積的結果，從而使詞語在語法功能上出現歷史層次的差別。古今習用的詞語，置身於龐大的詞彙系統中，「左鄰右舍」的影響無處不在、無時不存，〔註57〕我們更應加以關注。

三、「大鳥崖柴兩翅青」新解〔註58〕

　　「崖柴」一詞，首見於《三國志·魏志·曹爽傳》裴松之注引《魏略》：「故

〔註55〕應晨錦先生在《「連連」的動詞用法》（《語文學刊》2005 年第 5 期）中，重點討論了「X 連連」格式裏「連連」的動詞用法。我們認為還有形容詞性的用法，比如「陰雨連連」「喜事連連」中的「連連」視為形容詞更妥。

〔註56〕俞理明師《從「教化」到「告花子」》（《古漢語研究》2005 年第 4 期）認為：詞語層面的語義感染造成新的義項，語素層面的語義感染造成新的詞語形式。本文的「連連1」因語素層面的感染產生「短時高頻」義，因詞語層面的感染產生新的詞語形式「連連2」，而這一形式又與固有的「連」的重疊形式「連連1」恰好一致。

〔註57〕參伍鐵平先生《詞義的感染》（《語文研究》1984 年第 3 期），本文此處的「左鄰右舍」僅指聚合關係的感染而言。

〔註58〕發表於《漢語史研究集刊》，2012 年第 1 輯。

於時謗書，謂『臺中有三狗，二狗崖柴不可當，一狗憑默作疽囊。』三狗謂何、鄧、丁也。默者，爽小字也。其意言三狗皆欲齧人，而謚尤甚也。」〔註59〕海內外學者對《大目乾連冥間救母變文》：「長蛇咬咬三曾黑，大鳥崖柴兩翅青」〔註60〕中的「崖柴」，做了許多有益的訓詁研究，歸納起來大致有以下幾種解釋：①張開嘴巴，貪饞兇狠的樣子，讀為 áichái。蔣禮鴻先生還認為「崖柴」與「喱喋」「齜齻」「齜齜」聲近義同。〔註61〕②「崖柴」指張翼。〔註62〕③「崖柴」即「睚眥」，為瞋目之義。〔註63〕④張口露齒貌，亦作「喱喋」。〔註64〕⑤《漢語大詞典》列「喱喋」與「崖柴」兩個詞條。釋「喱喋」為犬鬥貌；釋「崖柴」為「形容張口欲咬人之狀」，以該句為第二書證。

　　上述意見似乎都有可取之處，但究竟孰是孰非？「喱喋」與「崖柴」等是何種關係？通過對《大藏經》的窮盡性檢索，筆者共得到「崖柴」的以下用例：

　　（1）問：「軍期急速時如何？」師云：「受降城下骨崖柴。」（宋・李遵編《天燈廣聖錄》卷十五，X78／492／a〔註65〕）

　　（2）師崖柴而笑曰：「龍象蹴踏，非驢所堪。」（明・圓悟著，真啟編《闢妄救略說》卷七，X65／161／a）

　　（3）紫栢老人試拈問麟郎。麟曰：「兩頭不著。」老人曰：「尚未信，汝再道看。」麟則崖柴笑而已。（明・德清《紫栢老人集》卷二十二，X73／333／c）

〔註59〕張舜徽：《三國志辭典》，山東教育出版社，1992年，第422頁。張舜徽先生認為「崖柴」通「喔口」（「口」代表「口＋榮，左右結構」），意義為「犬鬥」。我們認為，「犬鬥」義來源於「露出牙齒的樣子」，此外，「崖柴」為形容詞，釋「犬鬥皃」更貼切。

〔註60〕王重明等：《敦煌變文集》，人民文學出版社，1957年，第731頁。

〔註61〕蔣禮鴻：《敦煌變文字義通釋》，中華書局，1959年，第101頁；蔣禮鴻：《敦煌文獻語言詞典》，杭州大學出版社，1994年，第4頁。

〔註62〕吳小如：《讀蔣禮鴻〈敦煌變文字義通釋〉箚記》，《文獻》1980年第1輯

〔註63〕陳治文：《敦煌變文詞語校釋拾遺》，《中國語文》1982年第2期；黃徵、張湧泉：《敦煌變文校注》，中華書局，1997年，第1056頁；高文達：《新編聯綿詞典》，河南人民出版社，2001年。高文達先生認為「崖柴」為聯綿詞，與「睚眥」同，讀音為 yázǐ。我們認為讀音應以蔣禮鴻先生的意見為確，詳見蔣禮鴻：《敦煌變文字義通釋》，中華書局，1959年。

〔註64〕項楚：《敦煌變文選注》，巴蜀書社，1989年，第695頁。

〔註65〕阿拉伯數字及英文字母分別表示引文在《大正新修大藏經》中的冊數、頁數、上中下欄。

如果以前文列舉的五種解釋來解讀上述例句，似乎於文意都不通暢。例（1）是說受降之後，城牆下屍骨皚皚，令人悚然；例（2）（3）的「崖柴」意義相同，都是動詞「笑」的修飾語。一般說來，除非古代的淑女刻意講究「笑不露齒」，常人在發笑時牙齒難免會隨著面部的肌肉運動而露出。在現代漢語裏，我們形容人大笑時，常表述為「露齒而笑」。因此，這兩例的「崖柴」似乎可以理解為「（笑時）露齒的樣子」。「崖柴」還可以有重迭用法，如：

> （4）召大眾云：「還知枯椿和尚落處麼？一生列列別別，崖崖柴
> 柴。生鐵為面具，頑石作胸懷，逢春不變，有地難埋。」（住
> 顯、宗煥等編《石溪和尚語錄》卷下，X71／69／a）

「崖崖柴柴」指稱一生漂泊的枯椿和尚。從「逢春不變，有地難埋」可以看出，枯椿和尚的處境很不好，「崖崖柴柴」相當於「坎坎坷坷」。湯顯祖詩：「邑子久崖柴，長者亦搖簸」，「崖柴」與「搖簸」相對成文，也是「坎坷」的意思。

從表面上看，四個例句的「崖柴」居然有三個意義。如果深究，這三個意義其實都只是語境義，是可以歸併的。例（1）指稱城牆下白骨皚皚。死人化為白骨，肌肉將不復存在，但骨頭還在，牙齒露出。人死後露出牙齒的樣子，當然面目猙獰，使人驚懼；例（2）（3）以「崖柴」狀寫「笑」的情形。若持續發笑動作時，牙齒時而露出；例（4）的「崖崖柴柴」相當於「坎坎坷坷」。人生不順利如同牙齒露出在外一樣，得不到保護，這正如唇亡齒寒似的。因此，「崖柴」的核心義可以歸納為「露出牙齒的樣子」，在「大鳥崖柴兩翅青」和「二狗崖柴不可當」中是此義的引申義「兇狠」。由此引申義還可以繼續引申為「險峻」，如：

> （5）武朔既崖柴，崑崙絕排嶪。始蹈呂梁險，終成昆吾噪。（清·
> 王士禎《漁洋精華錄》）

「排嶪」指「剛勁有力，豪宕」，與「崖柴」意義相近。下文「始蹈呂梁險」也提示了「崖柴」有「險峻」之義〔註66〕。

顯然，「崖」與「柴」的本字是不可能衍生這些義項的，因此我們根據因聲求義的方法繼續討論「崖柴」的其他寫法，以揭示相互間的關係，確定「崖柴」

〔註66〕清·王士禎著；惠棟、金榮注：《漁洋精華錄集注》（下冊），於「崖柴」條下只注引《魏略》：「臺中有三狗，二狗崖柴不可當，一狗憑默作疽囊」，釋義欠詳細、明確。

的本字。《三國志·魏志》卷九考證，裴松之注引何焯曰：「崔柴《藝文》作喍喍。《玉篇》喍，狗欲齧也。《類篇》又作噻。則偏旁無口字者，或古人假借通用。」慧琳《一切經音義》卷二十七，妙法蓮花經音義：「喍喍（犬鬥也。《玉篇》犬相喍。《埤蒼》犬相喍，拒也。《說文》、《玉篇》作齜，謂開口見齒曰齜。喍，《切韻》齒不正曰齜，齔作齜。有云喍齜，騫唇露齒之皃。有作喍，不知所從）。」同卷「噻喍」〔註67〕條與此解釋同。可知「噻喍」「喍喍」「崔柴」「喍齜」通。同書卷十四，大寶積經第八十八卷音義：「噻喍嗥吠：並俗用字也，正體並從齒從柴省作齜，《說文》作齜，《集訓》云，齒相斷也，又云開口見齒也。《玉篇》云，齒相切也。《聲類》作齜齜。《考聲》云齜齜，狗鬥皃也，齒不齊皃也。齜字亦從齒從厓。」可知「噻喍」是俗用字，正字當為「齜齜」。同書卷五三，起世因本經卷第三音義：「齜齜，並從齒」。「齜齜」也可記作「齜齜」，同書卷七十六，贊觀世音菩薩頌經音義收「齜齜」詞條，釋義與「齜齜」同。相關文獻的用例是：

（6）譬如有狗，前至他家，見後狗來，心生瞋嫉，噻喍吠之。（唐
　　菩提流志譯《大寶積經》卷八十八，T11／504／a〔註68〕）

同句《法苑珠林》卷一百八引《摩訶迦葉經》作「譬如有狗，前至他家，見後狗來，心生瞋恚，齜齜吠之。」〔註69〕

我們在文獻中也發現了「噻齜、喍齜、齜喍」的用例，意義都與「崔柴」同。

（7）噻喍者，喍字亦作齜，聚唇露齒也。（唐湛然述《法華文句記》
　　卷六，T34／271／a）

（8）語起慢言，名喍齜嗥吠。聚露唇齒名喍齜，出聲大吼名嗥吠。
　　喍音五佳反，犬鬥也。齜音士佳反，齒不正作齜齜。開口見齒
　　作齜喍，又不知喍字所出。（唐窺基撰《妙法蓮華經玄贊》卷
　　六，T34／759／a）

〔註67〕「噻喍」還可以寫為「喍噻」，《集韻·佳韻》：「喍，喍噻，犬鬥貌」。
〔註68〕此例轉引自蔣禮鴻《敦煌變文字義通釋》。《大正藏》（T53／949／a）該句「齜齜」作「口齜」（「口」代表「齒＋厓，左右結構」）。
〔註69〕同句唐·不空譯為：「譬如有狗，前至他家，於是他家便作為主，見後來狗，心生瞋妬噻喍嗥吠」（《大乘瑜伽金剛性海曼殊室利千臂千缽大教王經》卷四，T20／740／b）

（9）鬥諍攎挈，喱齜食嗽，至曉更散。（唐僧詳撰《法華經傳記》

　　卷九，T51／91／c）

　　慧琳《一切經音義》引《集訓》云：「崖，從山厓聲，厓音同。」我們認為「厓柴」也是記音字的，例如：

（10）豈厓柴若世之獌狗？然哉！帝曰：「曉人不當，如是乎！」此

　　說客之所當知也。（《戰國策》卷四，宋·鮑彪注）

此例的「厓柴」就是「崖柴」，意義為「兇狠的樣子」，後文的「獌狗」指瘋狗，前後意思相涉。《太平御覽》卷九〇四引三國魏魚豢《魏略》：「故於時謗書，謂臺中三狗，喱喍不可當。」

　　尚有記作「齜齚」者，《諸經要集》卷十五《瞋恚緣第九·正報頌》：「愚人瞋恚重，地獄被燒然。犳狼諍圍繞，蚖毒競來前。齜齚怒自食，背脊縱橫穿。」《大正藏》注「齜齚＝喱喍（宋）（元）（明）」。從意義上看，《通俗文》：「咬嗽曰齚也。」語義與「喱喍」略有出入。從語音上看，「齚」在《廣韻》為崇母陌韻入聲，「柴」在《廣韻》為崇母佳韻平聲，語音相近。

　　蔣禮鴻先生在探求「崖柴」的語源時，認為「柴」的本字是「齜」；認為「崖」的本字是「喱」〔註70〕，似可商榷〔註71〕。有以下幾個方面的原因：第一，文獻中儘管有「喱齜」連用的用例，但是《一切經音義》認為「喱」並不是正字，正字為「齜」。而且從我們目前掌握的文獻來看，最早的寫法反而是更俗的記錄形式「崖柴」。第二，與牙齒相關的字並不一定要從齒表義。如「咬、嚼、咀、叮、噬、唒、吃」等字，從口表義而不從齒。「喍」與「齚」、「齜」，「喱」與「齜」具有同樣的表義功能。但從「崖柴」的種種記錄形式看，大都傾向於偏旁類似，如「喱喍」「喱喍」「齜齜」「齜齚」。這也是聯綿字的記錄特點之一。「崖柴」的眾多寫法，正反映了人們刻意由字形表達字義的主觀追求。但是

〔註70〕明·方以智《通雅·釋詁》卷十「喱喱牙牙也」條云：「管子齊人東郭謠曰：『東郭有犬喱喱，日夕欲嚙我狝，西郭北郭』。重言之，喱喱即牙牙，音義皆同。曹爽傳臺中三狗謠：『二狗崖柴不可當』。崖柴音牙義，司空圖文：『女則牙牙學語，男則雁雁成行』，此牙牙猶鴉鴉，言其聲也。」姑錄此說，以供參考。

〔註71〕蔣禮鴻：《敦煌文獻語言詞典》，杭州大學出版社，1994 年。蔣禮鴻先生認為「崖柴」的「柴」本字當為齜，與「喱」字同義連文。我們認為本字為「睚眥」，是聯綿字。「崖柴」至今還活躍在湘南土語中，如「做起那崖柴樣子，醜死了」，「你太愛吵事了，那手好崖柴，什麼東西都要摸下」。其引申義略有不同，分別為「難看、討厭」之義。

供選擇的形體之間難免存在模棱兩可的地方，這便很遺憾地走向了主觀追求的反面，導致語源的迷失與困惑。因此我們上面討論的「崖柴」的各種記錄形式都不宜作為「崖柴」的本字。

我們認為「崖柴」的語源是「睚眥」。從語音上看，中古時候「崖柴」與「睚眥」是相近的。慧琳《一切經音義》卷九八：「睚，崖懈反；眥，柴戒反。」「崖、柴」分別是「睚、眥」的反切上字，可以肯定「崖」與「睚」、「柴」與「眥」聲母相同。又卷三四「睚眥，上五賣反，下助賣反。」反切下字相同，可以肯定「睚」與「眥」韻母相同。《廣韻》「賣」為「佳韻二等去聲」，「崖」有兩讀，一為「佳韻二等平聲」，一為「之韻重紐三等平聲」，「柴」為「佳韻二等平聲」。因此，「崖柴」與「睚眥」聲韻相同，聲調略有不同，都是疊韻，可以認為都是聯綿字。從意義上看，「睚眥」指「瞋目怒視、瞪眼看人」，「崖柴」指「露出牙齒的樣子」。《史記·范雎傳》：「睚眥之怨必報。」《索隱》云：「睚眥，謂相瞋怒而見齒也。」以「怒目」與「見齒」相連釋義，「睚眥」與「崖柴」意義相通。音近義通，具有分化孳乳關係，是同源字。

值得一提的是，「崖柴」與「睚眥」分化後，產生各不相同的引申義，形成兩個系列的聯綿字群。「崖柴」引申義為「兇狠」、「犬鬥貌」、「險峻」、「坎坷」、「笑貌」等，與「崖柴」「厓柴」「嵯柴」「柴崖」「齜齘」「齹齜」「崖齜」「齜崖」「齹齼」等形成一個系列的聯綿字〔註72〕。

「睚眥」也有較多的記音字。「睚眥」與「睚眥」同，《漢書·杜周傳》「反因時信其邪辟，報睚眥怨。」顏師古注：「眥即眥字，謂目匡也。」「睚眥」可省作「厓眥」，《漢書·孔光傳》：「以太后指風光，令上之。厓眥莫不誅傷。」「睚眥」還可作「睚眜」，《晉書·王猛》「微時一餐之惠，睚眜之忿，靡不報焉，時論頗以此少之。」「睚眥」的引申義為「借指微小的怨恨」，與「睚眥」「厓眥」「睚眜」構成一個系列的聯綿字。

因此，我們的結論是，「崖柴」與「睚眥」存在同源關係。「崖柴」是聯綿字，詞性為形容詞，本義是「露出牙齒的樣子」，有「兇狠」等引申義，讀為áichái。

〔註72〕參《辭通》，在「睚眥」條目下收有「睚眥、厓眥、睚眜、崖柴、疧眥、疧疵、眜睚」等詞語。我們認為列作兩目，另一目以「崖柴」為詞頭，收「嵯柴、崖柴、齹齼、齹齜」等詞語。

四、蒲松齡《日用俗字》注釋考辨 [註73]

蒲松齡的《日用俗字》，以七言歌韻記錄了清初山東淄博一帶的方俗用語，旨在幫助鄉親識文認字，用當地方音記錄活躍在口語的常用字條，並儘量以方言本字記之。因此，在方言史上具有極高的文獻價值。該書「涉及到了『身體』『莊農』『養蠶』『飲食』『器皿』『雜貨』、飛禽走獸、花鳥魚蟲、百工技藝等多方面的內容，所以在識字、正音之餘，又兼有豐富的知識性」[註74]。張樹錚先生苦心孤詣，積數年之功，撰寫的《蒲松齡〈日用俗字〉注》[註75]一書，堪稱集大成之作。筆者拜讀之餘，頗受啟發，仍發現有幾處注釋存可商之處，今不揣譾陋，就正於方家與張先生。

【鑽針、扚指】

鑽針扚指為生計，縫連補綻有功勞。（裁縫章第十五，181）

◎鑽：不詳。似指納鞋底的錐子之類工具。

◎扚指：夾持在指尖。

◎扚，《字彙》：「竹洽切，因札。挈也。又子答切，音匝。持也。」《正字通》以為「俗字」，「舊注」「誤」。《漢語大詞典》：「同『挾』。夾持。」（181）

案：鑽針為舊時一種納鞋底的日用器具，不應有疑。「鑽針」中的「鑽」亦非語義不詳，鑽針為偏正式構詞，從字面上可理解為用以鑽穿鞋底等的一種錐狀物，因此，鑽為動詞，語義甚明。

要確切理解鑽針的詞義，我們不妨從千層底談起。鞋底比較厚，一般約2cm，需經過數道工藝反覆加工。把穿壞了的舊衣服，撕扯成補丁布塊，在案板上用漿糊黏成大塊，三層布厚的袼褙，曬乾。而後，依照腳的尺寸做鞋樣，按鞋樣刻袼褙。鞋底是多層袼褙，用麻繩上下針錐密密麻麻定結實。[註76]由於經過多次袼褙，鞋底特別堅硬。為防止鞋底變形且使鞋子經久耐穿，納底也有嚴格講究。以清咸豐三年開業的北京老字號「內聯陞」為例，僅千層底布鞋鞋底的製作，就要經過七道工序。納底，要求每平方寸用麻繩納 81 針以上，

〔註73〕發表於《蒲松齡研究》，2020 年第 1 期，有改動。

〔註74〕袁世碩、徐仲偉：《蒲松齡評傳》，南京大學出版社，2000 年，第 267 頁。

〔註75〕張樹錚：《蒲松齡〈日用俗字〉注》，山東大學出版社，2015 年。

〔註76〕平谷區非物質文化遺產保護工作辦公室編：《北京市非物質文化遺產普查項目彙編（平谷卷）》上，平谷區非物質文化遺產保護工作辦公室，2007 年，第 237 頁。

針孔細，針碼分布均勻。〔註77〕

圖二　千層底的布鞋底

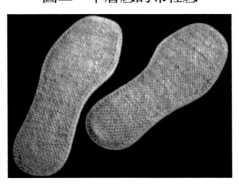

圖三　鑽針　　　　　　　　　　圖四　抵針棍

　　因此，納底需要相對專業的工具，普通的小針顯然無法滿足要求。為了鑽透千層底，且保證針腳分布均勻，需先用鑽針在鞋底上鑽出小孔，再用穿著麻線的日用小針從小孔裏穿過去，周而復始，一針一針地納製。

　　今萬榮、太原、忻州、黑龍江等地呼「納布鞋底用的錐子」為針錐（子），猶《日用俗字》裏的「鑽針」。亦作「針鑽（兒）」，如金華、婁底方言等。〔註78〕又作「布針鑽」，如績溪方言等。〔註79〕又作「針紮」，如梁彥熊塞聲《巧媳婦》：「嘿，真俊哪，大襟兒上還有個小針紮！」呆向真《媽媽割麥去了》：「他把金光閃閃的頂針套在自己的大拇指上，把一縷花線掛在自己的脖子上，又順手抓起了『針紮』。」

　　再來看扨指。從句式上看，「鑽針扨指為生計，縫連補綻有功勞」對仗，「縫連」「補綻」並列，可以推論「鑽針」「扨指」亦為並列，故「扨指」當為名詞。

〔註77〕曹子西主編：《北京史志文化備要》，中國文史出版社，2008年，第625頁。

〔註78〕李榮主編：《現代漢語方言大詞典》，江蘇教育出版社，2002年，第3299頁。

〔註79〕李榮主編：《現代漢語方言大詞典》，江蘇教育出版社，2002年，第906頁。

今考「扺」為「抵」的形近訛字,「抵」,明・董其昌作「**扺**」,〔註80〕明・文徵明《跋經伏波神祠詩》作「**抵**」,〔註81〕很容易與「扺」相混。

據此,「扺指」當作「抵指」。抵指即頂針或頂針箍,做針線活時戴在手指上的金屬工具,使針容易穿透厚底而避免手指受傷。這與我們前文討論的千層底相對應,由於鞋底很硬很厚,納底時需要輔助性工具幫助穿過鞋底。今仙居話裏呼「頂針」為「抵指」,〔註82〕可謂確證。

「抵指」這一器物稱謂名,在今下江官話區、中原官話區等地亦見使用,可資參證。詳見下表:

地域	金華〔註83〕	桐廬〔註84〕	橫店〔註85〕	徽州〔註86〕	德興〔註87〕	南充〔註88〕	縉雲〔註89〕
字形	抵指兒	抵指箍	抵指	抵指	抵指	抵指	抵指
釋義	頂針	頂針	戒指形頂針	頂針	頂針	頂針	頂針圈兒

亦作抵手,構詞理據與「抵指」同。以「手」替換「指」,擴大指稱範圍而成。在湘南土語的東安、寧遠、雙牌、零陵等地使用,亦見於廣西全州、資源城關、資源新化、興安城關、興安湘漓等方言點。〔註90〕

趙日新先生在調查浙江績溪方言民俗時發現,抵針棍作用同抵針箍,用來抵住針鼻兒,將針穿過鞋底或衣料。抵針棍多用硬木製成。〔註91〕見圖三。

【倄】

　　十年五載無佳地,倄(邱)的牆塌(他)屋又崩。(堪輿章第二

〔註80〕田其湜編:《六體書法大字典》,湖南人民出版社,2004年,第843頁。

〔註81〕范韌庵、李志賢編著:《中國行書大字典》,上海書畫出版社,1990年,第460頁。

〔註82〕顧素青、項軍美主編:《仙居話拾遺》,浙江少年兒童出版社,2012年,第14頁。

〔註83〕李榮主編:《現代漢語方言大詞典》,江蘇教育出版社,2002年,2056頁。

〔註84〕浙江省桐廬縣縣志編纂委員會、北京師範學院中文系方言調查組著:《桐廬方言志》,語文出版社,1992年,第111頁。

〔註85〕郭立新編著:《橫店土話》,浙江工商大學出版社,2015年,第30頁。

〔註86〕孟慶惠著:《徽州方言》,安徽人民出版社,2005年,第387頁。

〔註87〕何遠東主編;德興市地方志編纂委員會編:《德興縣志》,光明日報出版社,1993年,第916頁。

〔註88〕曾曉舸著:《南充方言研究》,四川人民出版社,2009年,第212頁。

〔註89〕吳越、樓與娟編著:《縉雲縣方言志》,中西書局,2012年,第28頁。

〔註90〕羅昕如著:《湘語在廣西境內的接觸與演變研究》,湖南師範大學出版社,2017年,第353頁。

〔註91〕趙日新著:《績溪方言民俗圖典》,語文出版社,2014年,第165頁。

十，224）

◎從文意來看，「傃」當即聊齋俚曲中的「坵」，指將棺材在地上用土坯等搭蓋起來暫時厝放。……《寒森曲》第二回：「三官說：『依我，把爹爹暫且坵起來，打聽著有了好官再講。』二位都說：『妹妹說的極是。』就依著他的言語，坵起來了。」（224-225）

案：「傃」「邱」「坵」均應視為記音字。大致相同的語境，蒲松齡在《日用俗字》裏使用「傃」，在《寒森曲》裏使用「坵」，說明他其實是矛盾的。《字彙》：「傃，其久切，求上聲。毀也。」《字彙》：「坵，去鳩切，音丘。聚也，空也，大也。」均與暫時安厝靈柩之義不合，當另有來源。

今考本字為「菆」。《禮記·檀弓上》「天子之殯也」唐·孔穎達疏：「菆，叢也，謂用木菆棺而四面塗之。」清·全祖望《奉方望溪前輩書》：「迨舉屍而下於棺，舉棺而載諸輀，菆則周之，屋則塗之，是曰殯禮。」以上諸例的「菆」，表示「聚集、叢積」，據《集韻·桓韻》：「菆，積木以殯。或作桟，通作欑。」而《集韻·桓韻》：「欑，徂丸切」。「菆」由「聚集、叢積」義引申為暫時安厝靈柩，如宋·洪邁《夷堅乙志·莫小儒人》：「使人致其柩，欲菆諸境內僧舍中。」宋·陸游《山陰陸氏女墓銘》：「得疾，以八月丙子卒，菆於城東北澄谿院。」元·許有壬《丁文苑哀辭》：「卒於舟中。……郡大夫率其國人菆之。予既為位哭，遣人省其墓，告其家。」與《寒森曲》「暫且坵起來」語境吻合，「坵」即「菆」。

但我們不禁疑問，「坵」音去鳩切，表示「暫時安厝靈柩」義的「菆」音徂丸切，聲韻相去甚遠，斷非語音演變使然。

「菆」與表「麻秸、好箭、草席」義的「菆」為同形字。《儀禮·既夕禮》：「御以蒲菆。」鄭玄注：「蒲菆，牡蒲莖也。」《左傳·宣公十二年》：「吾聞致師者，左射以菆。」杜預注：「菆，矢之善者。」《說文·艸部》：「菆，麻蒸也，從艸，取聲。一曰蓐也，側鳩切。」《廣雅·釋器》：「蓐謂之菆。」《字彙》記錄了「菆」的兩種讀音，「祖官切，音攢，叢也。」「又側鳩切，音鄒，矢之善者。……又草叢生。又與廇同，麻秸也。」其中讀為「祖官切」的「菆」猶「暫時安厝靈柩」，但由於同形字的干擾，當地方言誤讀為「菆」另一語義的「側鳩切」，故與「去鳩切」相近，從而導致語源的迷失，以至於大文豪蒲松齡也受到遮蔽，印證了方言本字考究之不易，「每需一物，苦不能書其名。舊有《莊農雜

字》，村童多誦之。無論其脫漏甚多，而即其所有者，考其點畫，率皆杜撰。故立意詳查《字彙》，編為此書。」〔註92〕

　　當然，這種因同形字而致的語音誤讀往往具有隱蔽性，且同類錯誤不乏出現，我們大可不必對蒲松齡先生責備求全，尚有把「暫時安厝靈柩」記以「丘」的，《三俠五義》第五十回：「這寺中有個後院，是一塊空地，並丘著一口棺材，牆卻倒塌不整。」〔註93〕又如：

> 明朝前期，蘭州軍民雜處不下一萬家，凡遇喪事送終卜地而葬者只有十之二三。有的無力土葬，火葬後收拾餘燼，安頓在荒山野溝裏。有的迷信陰陽關於風水福禍的謬論，什麼山向不好，時辰不吉，避什麼年煞、月煞，或因財力不逮，就把靈柩寄放在寺廟道院裏，棺材累累，山岩洞塹中，用胡墼砌住，稱「丘」，也即暫厝的意思，以從容擇牛眠地，選吉辰，隆重安葬。〔註94〕

這裡記錄的蘭州城關方言，說明在口語裏亦把「祖官切」的「蔟」誤讀為「側鳩切」，與《日用俗字》記錄的民俗相若，暫厝靈柩是為了「從容擇牛眠地，選吉辰」，以滿足迷信需求。若兒女先於父母早亡，或夫妻雙方有一人先去世了，為了遵循長幼之儀或希圖「百年好合」而暫時安厝，如：

> 他們（泰洛等人）把劉、張二人帶到了村外的一條深溝裏。在溝壁上，有許多被土坯封起來的窯洞，這些窯洞裏停放的都是些死人。這是當地的一種喪葬習俗，古人叫做「厝」，當地人稱做「丘」，也就是停棺待葬的意思。比如父母健在，兒女早亡，則先將亡者「丘」起來，等父母百年之後，方可入土隨葬，這也叫長幼有序。或者兩口子之中有一個先走了，也暫且「丘」起來，等另一位也不在了，這才合葬入土，圖個百年好合。那平原地帶的丘，俱是用青磚壘起的浮厝。這嶺區卻是因地制宜，挖孔窯洞暫寄亡靈，倒也省便。〔註95〕

〔註92〕蒲松齡：《日用俗字·序言》。

〔註93〕石玉昆：《中國古典小說名著典藏·三俠五義》注釋本，湖北辭書出版社，2018年，第251頁。

〔註94〕鄧明：《良風美俗：城關民俗散記》，甘肅文化出版社，2017年，第57～58頁。

〔註95〕孟州市老區建設促進會編；周立仁主編：《河陽烽火：孟州老區人民革命鬥爭故事集》，孟州市老區建設促進會，2004年，第372頁。

這說明河南孟州方言亦混讀同形字「菆」。甚至為了彌補死者生前的遺憾，還有特意暫厝靈柩的情況，如：

> 哭也哭了，拜也拜了，該出殯下葬了，嬸子卻又不准下葬，說大仇未報，叔死不瞑目。她自作主張，在西園平地壘了個長方形無門無窗的青磚框子，把棺材壘在了裏面，頂上用磚拱起來。嬸子說，這叫「丘起來」。等報了仇再正式出殯下葬。這個加了蓋的長方形的建築，就叫「丘子」。分家後偶思過曾揚言，等他功成名就，天下也太平了，他要在西園大興土木，蓋一處讓全古州城人都羨慕的洋房。也許是嬸子記得叔的遺願，叔生前未能住進西園，死後暫且「丘」在西園，以圖將來？〔註96〕

《血脈》的作者陳沛為山東人，作品描述了古州偶家見、賢、思、齊四代人的成長和命運，古州城亦在山東，因此可以把該則材料視為山東方言。此外，亦有出於「扶柩回籍」的考慮，而不得已為之的情形，在北京方言裏亦作「丘」，如：

> 過去老北京人都有世襲的祖塋，死了人即可埋到自家的祖塋裏。但有些外鄉人到北京來作官或經商，稱之為「客居」。這些人有「公館」宅第，有一定的財產、人情交往，但不見得都要在京置辦塋地。這種門第一旦有了喪事，就要擇吉「扶柩回籍」安葬祖塋。有的由於時局、交通或其他某種原因，不能辦完喪事馬上回籍安葬的，就須找個廟宇停靈或「丘」起來（把坑內四壁砌上磚，棺木放下不沾土。上面砌一圓頂，謂之「丘」起來）。〔註97〕

為了便於以後查案取證，暫時把靈柩安厝，在青島方言裏亦讀為「丘」，如：

> 縣官覺得這殺人的案奇特、難斷，只好叫人把兩具屍體，分別裝進兩口棺材中，暫且丘起來，把案情報給府裏的官來斷。（《奇道破奇案》）〔註98〕

總之，通過以上材料的佐證，我們認為「俖」「邱」「坵」「丘」均為「菆」的記音字，因為「菆」為同形字，方言裏誤讀為「側鳩切」。

〔註96〕陳沛著：《血脈》，安徽文藝出版社，2015年，第474頁。
〔註97〕常人春著：《老北京的風俗》，北京燕山出版社，1990年，第269～270頁。
〔註98〕張崇剛搜集整理；青島市李滄區文化局編：《嶗山道士》，1999年，第125頁。

五、「穊秫」小考〔註99〕

《漢語大字典》釋「穊秫」為「也作『蜀黍』，即玉米。」並引《醒世姻緣傳》第二十六回：「該與他的工糧，定住了要那麥子綠豆……若要搭些穊秫、黑豆在內，他說：『這些喂畜生的東西怎麼把與人吃？』」《漢語大詞典》釋「秫秫」為「即蜀黍。」釋「蜀黍」為「一種高粱。一年生草本植物。」高粱與玉米當是截然不同的兩種作物，以上兩種訓釋究竟孰是孰非？

《說文・禾部》：「秫，稷之黏者。」清・吳其濬《植物名實圖考長編》卷二引清程瑤田《九穀考》：「稷，齋大名也，黏者為秫，北方謂之高粱，通謂之秫秫，又謂之蜀黍，高大似蘆。」〔註100〕清・張爾岐《蒿庵閒話》卷一：「別有一種蜀秫，乃高至丈餘，北人謂之高粱。得無秫黍二字聲相近，致此誤也？」〔註101〕依此可知「秫」雙音化為「蜀秫」或者「蜀黍」，其所指為高粱而不是玉米。

對於「蜀黍」的得名之由，明・李時珍《本草綱目・穀之二・蜀黍》：「時珍曰：蜀黍不甚經見，而今北方最多。按《廣雅》：『荻粱，木稷也。』蓋此亦黍稷之類，而高大如蘆荻者，故俗有諸名。種始自蜀，故謂之蜀黍。」〔註102〕「蜀黍」異名甚夥，明・王象晉纂輯的《群芳譜》云：「蜀黍一名高粱，一名蜀秫，一名蘆穄，一名蘆栗，一名木稷，一名荻粱，以種來自蜀，形類黍稷，故有諸名。種不宜卑下地，春月早種得子多。」〔註103〕

「蜀秫」因偏旁類化而為「穊秫」。《明清檔案》第八本：「順治貳年玖月拾三日未時分，（王）進元撞遇陳孝身背穊秫壹口袋從場往家，進元搇住要將穊秫奪下，壹抵前借粟谷，陳孝不肯放捨，因此互相爭嚷。」〔註104〕其中「穊秫」當為「穊秫」之訛，亦指高粱。

六、「斤斤計較」考〔註105〕

《漢語大詞典》「斤斤計較」謂「過分計較無關緊要的小事」，首引魯迅《彷

〔註99〕發表於《西南民族大學學報》人文社科版，2009年第11期，有改動。
〔註100〕清・吳其濬：《植物名實圖考長編》，商務印書館，1959年，第164頁。
〔註101〕清・張爾岐：《蒿庵閒話》，中華書局，1985年，第4頁。
〔註102〕明・李時珍：《本草綱目》，中國中醫藥出版社，1998年，第631頁。
〔註103〕明・王象晉纂輯；伊欽恒詮釋：《群芳譜詮釋》，農業出版社，1985年，第21頁。
〔註104〕張偉仁：《明清檔案》，聯經出版事業公司，1986年，第4497頁。
〔註105〕發表於《現代語文》，2021年第11期，有改動。

徨·弟兄》：「我真不解自家的弟兄何必這樣斤斤計較，豈不是橫豎都一樣？」〔註106〕書證過晚。「斤斤較量」，《漢語大詞典》釋為「在瑣細的小事上過分計較」，首引清·錢泳《履園叢話·雜記上·算盡錙銖》：「蘇州人奢華靡麗，寧費數萬錢為一日之歡，而與肩挑貿易之輩，必斤斤較量，算盡錙銖，至於面紅厲聲而後已。」〔註107〕書證亦嫌稍晚。「斤斤計較」「斤斤較量」語義相近，據此可以系聯二者。對於「斤斤」的含義，是正確理解「斤斤計較」語義的關鍵，各家見仁見智，眾說紛紜，因此值得繼續探討。

（一）「斤斤」的釋義分歧

觀點一，以「斤」為量詞。「斤」算不得一個很大的重量單位，所以，成語「斤斤計較」也就用來指過分計較無關緊要的事物了。〔註108〕鄭春蘭〔註109〕等與此近似。

觀點二，認為「斤斤」為明察貌的引申義。《中華成語探源》釋「斤斤」為「明察的樣子，引申為苛刻、煩瑣。」〔註110〕認為為「斤斤」的出處為《詩·周頌·執敬》：「自彼成康，奄有四方，斤斤其明，鍾鼓喤喤。」吳桐禎〔註111〕，閆秀文〔註112〕，郤祿和、黃英妮〔註113〕，葉子雄〔註114〕，賀銘華〔註115〕，魯歌〔註116〕等，亦均持此說。

觀點三，《中華成語大詞典》釋「斤斤」為「注意計較細小的事」，〔註117〕這一說法可以追溯到《漢語成語小詞典》〔註118〕，「斤斤」謂「注意小的利害」。

〔註106〕漢語大詞典編輯委員會、漢語大詞典編纂處：《漢語大詞典》第1卷，上海辭書出版社，1986年，第1052頁。

〔註107〕漢語大詞典編輯委員會、漢語大詞典編纂處：《漢語大詞典》第1卷，上海辭書出版社，1986年，第1052頁。

〔註108〕逯宏著：《漢字的智慧》，哈爾濱出版社，2015年，第240頁。

〔註109〕鄭春蘭：《精彩漢字》，四川辭書出版社，2018年，第261頁。

〔註110〕閆秀文編著：《中華成語探源》，北方婦女兒童出版社，2014年，第46頁。

〔註111〕吳桐禎編著：《成語糾正誤解三百例》，復旦大學出版社，2015年，第330頁。

〔註112〕閆秀文編著：《中華成語探源》，北方婦女兒童出版社，2014年，第43頁。

〔註113〕郤祿和、黃英妮主編：《新華萬能成語辭典》，吉林人民出版社，2001年，第549頁。

〔註114〕葉子雄主編：《漢語成語分類詞典》，復旦大學出版社，1992年，第470頁。

〔註115〕賀銘華主編：《多功用成語典故辭典》，南海出版公司，1991年，第153頁。

〔註116〕魯歌等著：《漢語常用成語手冊》，內蒙古人民出版社，1978年，第224頁。

〔註117〕程志強編著：《中華成語大詞典》，中國大百科全書出版社，2003年，第347頁。

〔註118〕《漢語成語小詞典》修訂小組編：《漢語成語小詞典》，商務印書館，1972年，第112頁。

但均未解釋語義來源。

第一種觀點顯然過分拘泥於「斤」的常用義，大概是受到了「掂斤播兩」〔註119〕「分斤掰（劈）兩」的影響，但「斤」與「斤斤」不可等量齊觀。《大詞典》分「斤」為「斤1」「斤2」，其中量詞義歸屬「斤1」，「斤2」見「斤2斤」，有「明察；拘謹，謹慎；過分著意」三個義項。《大詞典》將「斤斤計較」標為「斤2斤計較」，基本正確，摒棄了「斤1」用法，因此，釋「斤斤計較」之「斤」為量詞，誤甚。再者，「斤」儘管算不得一個很大的重量單位，與「絲」「毫」等計量單位相比，並不見得少。成語「錙銖必較」「錙銖較量」均指對很少的錢或很小的事，都十分計較，其中的「錙銖」指稱數量少，一般據《說文》，錙謂六銖，即一兩的四分之一。《淮南子·說山訓》：「有千金之璧而無錙錘之礛諸。」漢高誘注：「六銖曰錙。」「銖」比「錙」指稱數量更少，為一兩的二十四分之一。《孫子·形》：「故勝兵若以鎰稱銖，敗兵若以銖稱鎰。」郭化若注：「古代二十四兩為一『鎰』，二十四分之一兩為一『銖』。」

第二種觀點，佔據的比例最大。未能釐清「斤2斤」三個義項間的關係，下文將詳述。「明察」感情色彩為褒義，似乎很難引申出貶義的「苛刻、煩瑣」，而且引申的線索說不清道不明，有強加關聯之嫌，因為「明察」的對象完全可以是客觀上需要關注的，與「無關緊要的小事」相去甚遠。如「明察」的三個義項「謂觀察入微，不受蒙蔽；嚴明苛察；明白清楚」，要麼側重於動作行為過程，要麼側重於動作行為結果，演變軌跡一目了然。

第三種觀點，基本接近語言事實真相，且已為大型辭書接受。但釋義並不完全妥當，「斤斤計較」並不一定只是計較小的對象，亦可計較大的對象。且語焉未詳，未能進一步闡釋「斤斤」為何有計較義。

（二）「斤斤計較」的指稱對象

為了探究「斤斤」的準確含義，我們不妨先對「斤斤計較」所指對象加以梳理。為了行文簡潔，我們把「斤斤計較」與語義相近的「斤斤較量」歸併在一起考察，均稱之以「斤斤計較」。

1. 表示應當著意的對象。

（1）而必斤斤較量於拜摺衣冠儀節之間，遽指為忘親不敬，正所謂

〔註119〕亦作「掂斤估兩」「搬斤播兩」。

吹毛求疵，於國家政務，有何裨益？（清·昆岡等纂《欽定大清會典事例》卷一百三十八）

（2）至於文理浮泛些，或是用的典故不的當，他老人家卻也不甚斤斤較量。（清·李伯元《官場現形記》第四十二回）

（3）緣坐轎，則轎夫四人必備兩班三班替換，尚有大板車跟隨於後，且前有引馬，後有跟騾，計一年所費，至省非八百金不辦。若坐車，則一車之外，前一馬，後或兩三馬足矣，計一年所費，至奢不過四百金。相差一倍，京官量入為出，不能不斤斤計較也。（清·何剛德《春明夢錄》卷下）

（4）凡欲以其所有易其所無者，必握算而計之，其所斤斤計較者，莫非數也。（清·華蘅芳《代數術·序》，《皇朝經世文續編》卷八）

　　例（1）指稱的對象是「拜摺衣冠儀節」，是起碼的禮節，即使遭遇丁憂，亦不應有廢，更不能「指為忘親不敬」。前文云「若其人適遇丁憂事故，一切經手案件及交代印篆日期，不得不具摺奏聞，乃情理所應有」，肯定了「斤斤計較」的合理性。例（2）「文理浮泛」「用的典故不的當」，本來是寫「四六信」的基本要求，因為制臺只在意「對仗既要工整，聲調又要鏗鏘」等形式要求，「一班書啟相公、文案老爺，曉得制臺講究這個，便一個個在這上頭用心思」，而對內容卻不講究，以迎合制臺需求。例（3）比較「坐轎」與「坐車」的開支，相差四百金，是一筆較大的數目，是必須考慮的對象。例（4）強調了算術的重要性，「觀夫市廛貿易之區百貨羅列，精粗美惡貴賤之不同，則其數殊焉；多寡長短大小之不同，則其數又殊焉」之中的「數」猶言價格，是買賣過程中必須考慮的重要因素。

2. 表示可有可無的對象。

（5）佛教的主旨，不外乎警世與勸善兩途。至於菩薩的是否有此相示世，佛家雖如此說，我們正也不必斤斤計較它的有無。

（清·曼陀羅室主人著《觀音菩薩傳奇》第三十一回）

（6）即有罷癃殘疾，老弱婦女，安坐而食，數亦無幾，富者亦可作功德想，不必斤斤計較。（清·吳文鎔《通飭各屬力行保甲簡》，

《皇朝經世文續編》卷八十）

（7）辦賑之道，總在周施博濟，寧濫無遺。若期不濫，則必有遺。
即有一二冒領之人，皆係窮苦百姓，又何忍斤斤較量耶？（中
央研究院歷史語言研究所編《仁宗實錄》卷八十四）

例（5）「菩薩是否有此相示世」是可有可無的，無關緊要，因為在意的是
「警世與勸善」，故下文稱「菩薩不必真有此相，說的人不妨如此說，塑的人
不妨如此塑，那說的人，塑的人，就具有菩薩心腸」。例（6）「斤斤計較」的
對象是「安坐而食」者，因為人數不多，可以當成是做善事積功德，因此無關
緊要，考慮與否都不重要。例（7）言不必計較一兩個冒領的窮苦百姓，因為
賑災旨在周濟百姓，務求「寧濫無遺」，所以冒領一事可管不可管，無傷大雅。

3. 表示本可忽略的對象。

（8）夫進士虛名也，而民受其福則朝廷實利也，與人以虛名而收
其實利，而猶斤斤較量於數十名之增減，以為愛惜名器，夫
世有以名器與為國造福之人而猶為冗濫者乎？（明·趙維寰
《擬疏廣額》，《雪廬焚餘稿》卷四〔註120〕）

（9）欠項款目自不必說，都要一一斤斤較量，至於細頭關目，下至
一張板凳，一盞洋燈，也叫前任開帳點收，缺一不可。（清·
李伯元《官場現形記》第四十一回）

（10）蘇州人奢華靡麗，寧費數萬錢為一日之歡，而與肩挑貿易之
輩，必斤斤較量，算盡錙銖，至於面紅聲厲而後已。（清·錢
泳《履園叢話》卷二十三）

（11）況每科會試，動用官帑甚多，豈在此些微卷價，斤斤計較耶。
（清·昆岡等纂《欽定大清會典事例》卷三百四十三）

例（8）指稱的對象為「（進士數量）數十名之增減」，前文稱「進士虛名
也」，既為虛名，則其數量增減本可忽略不計。例（9）指稱的對象為「欠項款
目」，本無關緊要，出於私憤而故意挑剔使然，前文「於是一腔怒氣，仍復勾
起。自己從這日起，便與前任不再見面，逐日督率著師爺們去算交代」，可資

〔註120〕明·趙維寰撰：《雪廬焚餘稿》，明崇禎間刻本。

參證。例（10）「斤斤較量」與「算盡錙銖」連用，下文「然所便宜者，不過一二文之間耳，真不可解也」亦言本可不必計較。例（11）「些微卷價」為微不足道的開支，不必加以考慮。

准此，則「斤斤計較」的對象涉及應當著意者、可有可無者和本可忽略者，所關乎的事情可大可小，並非僅限於「無關緊要的小事」「瑣碎的小事」。

（三）「斤斤」源於「兢兢」

今考「斤斤計較」為並列結構，「斤斤」本作「兢兢」，音近借用所致。

前文我們提及「斤₂斤」有三個義項「明察；拘謹，謹慎；過分（格外）著意」，若細加揣摩，可以把「明察」記為「斤₂斤」，把「拘謹，謹慎；過分著意」記為「斤₃斤」。而「斤₃斤」的產生，受到了「兢兢」的誘化，其語義演變網絡如下：

圖五　「斤斤」語義網絡圖

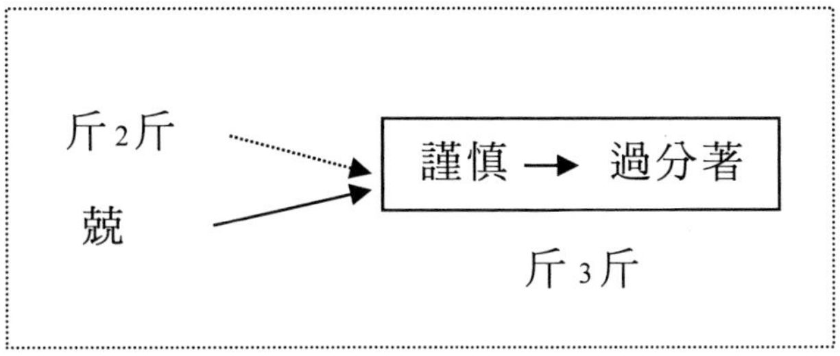

如圖所示，「斤₂斤」的「謹慎」義是由於「兢兢」的誘化所致。據前文分析，「斤₂斤」的「明察」義很難直接引申出「謹慎」義，但「兢兢」有小心謹慎貌之義。《詩·小雅·小旻》：「戰戰兢兢，如臨深淵，如履薄冰。」毛傳：「兢兢，戒也。」《詩·大雅·召旻》：「兢兢業業，孔填不寧，我位孔貶。」鄭玄箋：「兢兢，戒也。」《書·皋陶謨》「兢兢業業」孔安國傳「兢兢，戒慎也。」《論語·泰伯》「戰戰兢兢」皇侃義疏「兢兢，戒慎也。」

由於「兢兢」「斤斤」古音相近，使得「斤₂斤」亦具有了「謹慎」義，這一演變至遲在漢代已經發生。

（12）《後漢書·吳漢傳》：「及在朝廷，斤斤謹質，形於體貌。」
李賢注引《爾雅》李巡注：「斤斤，精詳之察也。」「斤斤」「謹質」連用，且表現在容貌上，應該不是思想意識層面的「精詳之察」，而是《大詞典》所釋的「拘謹、謹慎」。李賢注引的偏誤反映出「斤₂斤」的明察義無法直接引申出「斤₃

斤」的謹慎義，亦反映出「斤2斤」與「斤3斤」之間的語義糾纏，以致於前文持觀點二的很多學者都認為「斤斤計較」之「斤斤」來源於「明察」，可謂李賢注引的濫觴。又如出土文獻：

（13）漢太昌元年《楊侃墓誌》：「翼翼奉主，斤斤從政。」〔註121〕

「翼翼」「斤斤」對文，「謹慎」之義甚明。

北京圖書館藏紅格抄本《明神宗實錄》「始尤斤斤焉」，廣本、抱本、《起居注》「斤斤」作「兢兢」。〔註122〕亦可資參證。

再回到語義網絡，由「謹慎」義引申出「過分（格外）著意」，順理成章，視角變化所致。「謹慎」側重於當事者，「過分著意」側重於對當事者謹慎行為的外在評價。「斤斤」具有「過分著意」義，至遲發生在宋代，如李清照《〈金石錄〉後序》：「抑亦死者有知，猶斤斤愛惜，不肯留在人間邪？」

「兢兢」由「謹慎」引申出「過分（格外）著意」，至遲不晚於唐代，如

（14）朕猥惟涼德，肇啟丕圖，矻矻覽於萬機，未能廣其庶績，兢兢念於百姓，何以致之小康？（唐·周太祖《求言詔》，《全唐文新編》〔註123〕）

（15）優人之情，惜人之命，常兢兢而慎之，豈可肆汝心胸，法外加罰，苦毒捶楚，害及於人。（宋·張君房《雲笈七籤》卷一百二十一）

（16）豈獨筮仕，初官而歷久任，一命而至三公，不可一日而不兢兢於懷也。（明·蓮池大師著《蓮池大師文集·〈刑戒〉跋》〔註124〕）

（17）我非常想念。我總希望母親也能看穿些，快活些；不必兢兢於一切，不必過分憂愁憂思呀！（凌岳《高文華獄中給父親的信》〔註125〕）

〔註121〕毛遠明著：《漢魏六朝碑刻異體字典》，中華書局，2014年，第426頁。
〔註122〕黃彰健著：《明實錄校勘記》23，中央研究院歷史語言研究所，1967年，第178頁。
〔註123〕周紹良主編：《全唐文新編》第1部第2冊，吉林文史出版社，2000年，第1372頁。
〔註124〕明·蓮池大師著；張景崗點校：《蓮池大師文集》，九州出版社，2013年，第493頁。
〔註125〕凌岳主編：《最打動人心的革命烈士書信》，灕江出版社，2012年，第33頁。

例（14）「兢兢」「念」同義連用，當視為動詞，指稱對象為百姓，從儒家民本思想來看，事關重大；例（15）「兢兢」與「慎」並列，且帶有賓語「之」，故亦為動詞；例（16）兢兢於懷猶言在心裏格外在意。例（17）「兢兢」對應於「過分憂愁憂思」，故可釋為「過分著意」。

我們還查檢到了「斤斤計較」來源於「兢兢」的更直接證據，如：

（18）何況褿教妖異，《約書》鄙陋，兢兢計較，何關損益？臣所謂不必論者二也。（清・王閻運《陳夷務疏》）

（19）怯弱者唯唯聽從，狡點者則兢兢較量，甚至釀成互訟。（李亦民編譯《世界說苑・德意志皇帝》，《紅藏・進步期刊總匯 1915～1949 新青年》〔註126〕）

（20）此亦吾人兢兢較量之餘，所願重言申明。（盛灼三《關稅改徵國幣問題平議》，《中國今日之貨幣問題》〔註127〕）

（21）學使者錄取遺才，府縣學生當十擯其三，太學生當十擯其四，去取尤兢兢較毫釐矣。（《禮部左侍郎張公行狀》，《石遺室文集》卷二〔註128〕）

以上諸例「兢兢」均可釋為「過分著意」，同「斤斤計較」，指稱對象亦可大可小。例（18）出自《湘綺樓全集》，為光緒三十三年墨莊劉氏長沙刻本。「褿教、《約書》」無關損益，可以忽略不計，是不值得計較的微末小事；例（19）指狡點者對於「帝於諸人工作時，好為任情之指使，往往不中法度」一事，本無可厚非卻刻意考究，故「甚至釀成互訟」；例（20）兢兢較量的指稱對象是「經濟政策上的問題」，事關重大。例（21）言學使者在錄取時十分慎重，篩選排除了將近百分之三四十學生，格外著意學生才華的細微差別，故「兢兢較毫釐」猶言斤斤計較。

（四）小　結

總之，「斤斤計較」從指稱對象來看，可為大事亦可為小事，後來使用範圍縮少才多用於表示無關緊要的小事。「斤2斤」當一分為二，「斤3斤」源於

〔註126〕陳獨秀主編：《紅藏・進步期刊總匯 1915～1949 新青年》1，湘潭大學出版社，2014年，第 99 頁。

〔註127〕銀行週報社編：《中國今日之貨幣問題》，銀行週報社，1921 年，第 162 頁。

〔註128〕清・陳衍：《石遺室文集》，清光緒間刻本。

「兢兢」，語音相近誘化所致，猶過分（格外）著意之義，斤斤計較為並列結構，而非偏正組合。

七、「不知所蹤」有蹤可尋〔註129〕

《語文建設》2008 年 12 期刊載的《「不知所蹤」應是「不知所終」》一文，認為「現在報刊上常把不知道結局或下落表述為『不知所蹤』，……『終』有動詞的用法，而『蹤』顯然是名詞，不能作動詞用，故不能寫為『不知所蹤』。」筆者對此頗感懷疑，經過查閱相關文獻，發現語言事實並非如此。故略述陋見，以就正於方家與作者。

其實，早在 2001 年周安通先生就發表過相似觀點。《寫作修煉——字詞句篇訓練例解》有《「不知所蹤」還是「不知所終」》一文，〔註130〕認為「所」後必須加動詞，而「蹤」明明是名詞，因此「『不知所蹤』是不『合法』的」，並建議改為「不知其蹤」。

「蹤」真的不能作動詞用？還是看看權威辭書的解釋。《漢語大字典》「踪」謂「同蹤」。〔註131〕《漢語大字典》「蹤」的第二個義項為追隨。引《晉書·劉曜載記》：「義孫年長明德，又先世子也，朕欲遠適周文，近蹤光武，使宗廟有太山之安。」《隋書·后妃傳·煬帝蕭皇后》，「質菲薄而難蹤，心恬愉而去惑。」《新唐書·桓彥範傳》：「如普思等方伎猥下，安足繼蹤前烈。」〔註132〕

此外，《漢語大詞典》《中文大辭典》等都收有「蹤」的動詞義項，均釋為「追隨」。值得注意的是，「不知所蹤」的「蹤」並不是動詞義「追隨」，而是名詞義「蹤跡」。因此，有必要繼續考察「所 X」結構的組成成分。王力先生《古代漢語》稱：「『所』字也是一個特別的指示代詞，它通常用在及物動詞的前面和動詞組成一個名詞性的詞組，表示『所……的人』『所……的事物』。『所』字所指代的一般是行為的對象。」〔註133〕令人遺憾的是，上述二文似乎曲解了王力先生的觀點，把「所」後加動詞予以絕對化，視「通常」的限定

〔註129〕發表於《華章》，2011 年第 22 期，有改動。

〔註130〕周安通編著：《寫作修煉：字詞句篇訓練例解》，上海大學出版社，2001 年，第 66 ～67 頁

〔註131〕漢語大字典編輯委員會編纂：《漢語大字典》第二版，崇文書局，2010 年，第 3963 頁。

〔註132〕漢語大字典編輯委員會編纂：《漢語大字典》第二版，崇文書局，2010 年，第 3981 頁。

〔註133〕王力主編：《古代漢語》，中華書局，1999 年，第 365 頁。

語於不顧，以致於出現偏差。

「所 X」結構有為數不少的成員可以視為「所＋名詞」，整體意義大致相當於「所」後的名詞義。例如《漢語大詞典》收錄以下詞條：

【所體】謂事物的本體。《墨子・大取》：「於所體之中而權輕重之謂權。」譚戒甫釋：「後世論學，多言體、用或事、理。此所體者體也，理也。」

【所職】所任的職務。晉殷仲文《解尚書表》：「乞解所職，待罪私門。」

【所業】所操的職業；所作。晉陶潛《雜詩》之八：「代耕本非望，所業在田桑。」唐・許棠，《將歸江南留別友人》詩：「連春不得意，所業已疑非。」

【所部】管轄的部門或管領的部屬。《漢書・何並傳》：「並下車求勇猛曉文法吏且十人，使文吏治三人獄，武吏往捕之，各有所部。」

【所子】謂養以為子。《史記・呂不韋列傳》：「夫在則重尊，夫百歲之後，所子者為王，終不失勢。」《漢書・宣帝紀》：「封賀所子弟子侍中中郎將彭祖為陽都侯。」顏師古注：「所子者，言養弟子以為子。」

【所天】舊稱所依靠的人。指君主或儲君。《後漢書・梁竦傳》：「乃敢昧死自陳所天。」李賢注：「臣以君為天，故云『所天』。」

我們認為這些「所 X」結構中的「所」相當於「的」，「X」為名詞，二者之間蘊含了並未呈現的動詞，「所 X」的語義表達式為「所（動詞）的 X」。因此，上例的「所體、所職、所業、所部、所子、所天」可以理解為「所（代表）的體、所（擔任）的職、所（操）的業、所（管轄）的部、所（養育）的子、所（依賴）的天」。同理，「所蹤」可以理解為「所（留下）的蹤跡」。

袁毓林先生在研究帶「的」偏正結構名詞性詞組時，發現了「謂詞隱含」（implying predicate）現象，許多名—名組合的詞語中，名—名之間在意義的聯繫上，是通過行為作為紐帶的，這些沒有出現在詞語表層的行為意義，蘊含在詞語之中，他稱之為謂詞隱含。〔註134〕據此，可以解釋「所 X」存在的謂詞隱含現象，從而證明「所蹤」得以存在的合理性。

「不知所蹤」的文獻用例可以追溯到宋代，僅見一例：

（1）靖康初，遣使監溫州伐墓，不知所蹤，但見亂石縱橫，強進

〔註134〕袁毓林：《謂詞隱含及其句法後果——「的」字結構的稱代規則和「的」的語法、語義功能》，《中國語文》1995 年 4 期。

多死，遂已。（宋趙與時《賓退錄‧靈素傳》）

但在其後的元明兩朝，我們未能發現文獻用例，因此頗為懷疑該例的可靠程度。但至遲在清代及民國時期，用例漸多：

（2）鄰里已有準備，便皆云馮雲顯不願為官，不耐應酬，已帶領
　　　全家隱居深山，不知所蹤。（無名氏《定國志》十三回）

（3）混亂之中，清秋不知去向。燕西母親帶著全家遷往西山，依
　　　稀尋見過清秋的蹤跡。燕西也終於去尋找那不知所蹤的夢幻
　　　了。（張恨水《金粉世家》）

建國以後，「不知所蹤」的用例顯著增多，在流行於八九十年代的武俠小說中，均有出現，略舉兩例：

（4）杜筠笑笑：「金銀雙使早些時的消息，幽冥突然不知所蹤，以
　　　常理推測，他又是有所行動，但我們這邊，沒有人知道，一些
　　　消息也沒有。」（古龍《雷霆千里》）

（5）那日他（韋小寶）帶同水師出海，從此不知所蹤，朝廷數次
　　　派人去查，都說大海茫茫，不見蹤跡，竟無一艘兵船、一名
　　　士兵回來。《金庸《鹿鼎記》第三十七回》

此外，我們統計了《江南時報》、《京華時報》、《人民日報》、《人民日報海外版》從 2000 年 1 月至 2008 年 12 月「不知所蹤」與「不知所終」的用例情況，詳見下表：

表二

	江南時報	京華時報	人民日報	人民日報海外版	合計
不知所蹤	74 次	62 次	5 次	6 次	147 次
不知所終	34 次	28 次	17 次	18 次	97 次

截至 2008 年 12 月 27 日，我們在百度裏以「不知所蹤」為關鍵詞搜索，得到相關網頁約 733,000 篇；以「不知所終」為關鍵詞搜索，得到相關網頁約 381,000 篇。可見，在當代漢語中，「不知所蹤」的使用頻次已經超過「不知所終」。

「不知所蹤」在語言生活中產生並逐漸佔據優勢，我們認為大概有以下幾個方面的原因。

第一，「不知所蹤」也許受「不知所終」的影響而產生。因為「不知所終」

資歷更老，語本《國語‧越語下》：「（范蠡）遂乘輕舟，以浮於五湖，莫知其所終極。」根據《廣韻》，「蹤」，即容切，精母鍾韻；「終」，職戎切，章母東韻。二者聲韻均不同，因此我們在宋代只發現《賓退錄》一處孤例。在現代漢語裏，「蹤」與「終」韻母相同，聲母略有差別，在南方方言裏，相對應的捲舌音與平舌音不加區分，為自由變體。加之港臺武俠小說的盛行，為「不知所蹤」的流行推波助瀾。

第二，「不知所蹤」只是局部侵入「不知所終」的使用語境。當側重指不知道下落時，人們傾向於使用「不知所蹤」，例如上引五例都是這一意義。另外，「蹤」的常用義為「蹤跡」，更接近「不知所終」的語義「不知道結局和下落」，而「終」的常用義為「結束」，如果使用者不明「不知所終」語源，也會導致選擇「蹤」而不是「終」。這一現象正如索緒爾所言：「我們有時會歪曲形式和意義不大熟悉的詞，而這種歪曲有時又得到慣用法的承認。」

因此，從語言事實來看，不能草率地認定「不知所蹤」不合語法，甚至強改「不知所蹤」為「不知所終」。正如索緒爾所言：「事實上，一個社會所接受的任何表達手段，原則上都是以集體習慣，或者同樣可以說，以約定俗成為基礎的。」〔註135〕我們相信社會的集體語言使用習慣，將會對「不知所蹤」的合法性作出最後裁決。

八、「微言大義」解詁〔註136〕

《現代漢語詞典》對「微言大義」的解釋是：精微的語言和深奧的道理。這種解釋代表了大多數成語詞（辭）典的觀點，如《古今成語大詞典》解釋為：論述精微，意義深刻〔註137〕。也有不同的解釋，如《最新活用成語辭典》：微言，隱含深義的言論；大義，合乎正道的義理。〔註138〕《應用漢語詞典》釋為：本指精深微妙的言辭和儒家經典的要義，後泛指含蓄的語言中所包含的深遠意義。〔註139〕解釋對「微言大義」的分歧之處在於對「微」的不同理解，一為精

〔註135〕（瑞士）費爾迪南‧德‧索緒爾（Ferdinand de Saussure）著；高名凱譯：《普通語言學教程》，商務印書館，1980 年，第 103 頁。

〔註136〕發表於《重慶教育學院學報》，2011 年第 4 期。

〔註137〕楊任之：《古今成語大詞典》，北京工業大學出版社，2004 年，第 1199 頁。

〔註138〕《最新活用成語辭典》編輯委員會編：《最新活用成語辭典》，知識產權出版社，2006 年，第 740 頁。

〔註139〕商務印書館辭書研究中心編：《應用漢語詞典》，商務印書館，2002 年，第 1301 頁。

微，一為含蓄。

「微言大義」來自劉歆《移書讓太常博士》「及夫子沒而微言絕，七十子卒而大義乖」。解讀的分歧可以遠溯到李奇與顏師古對漢代班固《漢書・藝文志》：「昔仲尼沒而微言絕，七十子喪而大義乖」一句的不同理解。唐顏師古注：李奇曰隱微不顯之言也，師古曰精微要妙之言耳。

儘管多數辭書選擇了顏師古的觀點，但筆者認為李奇的解釋值得重視。

「微言」在《漢書》裏一共出現五次，兩次大同小異，為「昔仲尼沒而微言絕，七十子喪而大義乖」。其餘三例為：

(1)《漢書・藝文志》：古者諸侯卿大夫交接鄰國，以微言相感，當揖讓之時，必稱《詩》以諭其志，蓋以別賢不肖而觀盛衰焉。故孔子曰：「不學詩，無以言」也。

(2)《漢書・竇田灌韓傳》：蚡乃微言太后風上，於是乃以嬰為丞相，蚡為太尉。

(3)《漢書・眭兩夏侯京翼李傳》：熒惑厥弛〔註140〕，佞巧依勢，微言毀譽，進類蔽善。

例（1）的「微言」處在介詞「以」的賓語位置上，並與「以」組合成介賓短語作狀語修飾動詞「感」，因此「微言」為名詞或名詞性短語。從下文的「必稱《詩》以諭其志，蓋以別賢不肖而觀盛衰焉」可以看出，這種解讀習慣與先秦時的「斷章取義」做法是吻合的。要表達自己的觀點，並不直接陳述，而是借用《詩經》的相關語句來隱晦、曲折地表達。南朝・梁・劉勰《文心雕龍・章句》：「尋詩人擬喻，雖斷章取義，然章句在篇，如蠒〔註141〕之抽緒，原始要終，體必鱗次。」因此，「微言」可釋為「隱晦、含蓄的話語」。

例（2）的「微言」為動詞性短語，其後的「太后」為兼語，充當「微言」的賓語和「風」的主語。顏師古注曰：「風讀曰諷」，「諷」指委婉地暗示或勸告，如《史記・滑稽列傳》：「常以談笑諷諫」。根據語境，「微言」可釋為「含蓄地說」。

例（3）的「微言」也為動詞性短語，修飾「毀譽」。我們認為「毀譽」是

〔註140〕「厥弛」，動搖之義。
〔註141〕蠒，同「繭」。《廣韻・銑韻》：「蠒」，「繭」的俗字。

「毀善譽惡」的省略，「佞巧依勢」指姦佞狡詐之人依仗權勢，從而達到「進類蔽善」的目的。姦佞狡詐之人毀善譽惡，當然是見不得人的醜事，因此充當狀語的「微言」可釋為「偷偷地說、暗中說」。

從以上三例的分析可以看出，「微言」既可以作名詞性短語也可以作動詞性短語，在具體的語言環境裏，「微」有「隱晦、含蓄、偷偷、暗中」等意義。但這些意義是相通的，都有「隱、匿」基本義。

《爾雅·釋詁》：「隱、匿，微也」，用「微」來解釋「隱、匿」，表明在秦漢時，「微」是通語、常用字，「隱、匿」是它的常用義。例如：

（4）《易·繫辭下》：君子知微知彰，知柔知剛。

案：柔、剛相對，微、彰也應相對，微在此處有隱義〔註142〕。

（5）《漢書·景十三王傳》：淮南王謀反時，寄微聞其事。

案：微聞，暗中偷聽。

（6）《漢書·元帝紀》：宣帝微時生民間，年二歲宣帝即位，八歲立
　　　　為太子。

案：微時指未顯達時，微有隱義。

（7）《史記·魏公子傳》：侯生下見其客朱亥，俾倪故久立，與其客
　　　　語，微察公子。

案：微察，暗暗地觀察。

《史記·太史公自序》云：「夫《詩》《書》隱約者，欲遂其志之思也。」司馬貞索隱：「謂其意隱微而言約也。」張守節正義：「《詩》《書》隱微而約省者，遷深惟欲依其隱約而成其意志也。」司馬貞、張守節都以「隱微」釋「隱」，亦足資佐證「微」有「隱」之義。

此外，在一些詞語中，微的隱匿義也得到了保留。比如《辭源》收錄的：微文，隱約諷喻之文；微旨（指），隱微的旨意；微服，為隱蔽身份而更換服裝，使人不識；微辭，隱晦的批評；微驗，暗中觀察；微茫，隱約模糊。

追溯「微言」的淵源，可以幫助我們進一步澄清若干事實。「微言」連用，最早見於《呂氏春秋·精諭》：「白公問於孔子曰：『人可與微言乎？』孔子不應。」高誘注：「微言，陰謀密事也。」可以看出，在孔子看來「人可與微言」，

〔註142〕《辭源》認為是幽深、精妙之義，欠妥。

只不過聽者應闡發、釋讀說話者的旨趣。當然，這些旨趣是隱含在話語之中的，也就是我們日常所說的「意在言外」。在《呂氏春秋‧精諭》裏，「微言」為動詞性短語，可以理解為隱晦、含蓄地說。

其實，孔子的「微言」觀也是有秉承的。《周易‧說卦》云：「昔者聖人之作《易》也，幽贊於神明而生蓍……」幽贊指隱微地告訴，「微言」與「幽贊」異曲同工。

因此，我們認為「微言大義」的「微言」可以作兩種結構理解，一為狀中式動詞性短語，有「隱晦、含蓄地說」之意；一為定中式名詞性短語，有「隱晦、含蓄的話語」之意。根據語言的轉喻原理，我們不難理解「隱晦、含蓄的話語」正是「隱晦、含蓄地說」的必然結果。〔註143〕同理，「微言大義」也可以作兩種理解：一為述賓短語，我們記為「微言大義1」，釋為「用隱晦、含蓄的方式闡述深刻道理」；一為聯合短語，我們記為「微言大義2」，釋為「含蓄的語言和深奧的道理」。

報刊語料的用例進一步證明了我們的觀點，以《光明日報》為例：

（8）一類是學者大師，寫的就是自己的研究成果，對來龍去脈爛熟於胸，總能引經據典、高屋建瓴、微言大義，卻常常對凡塵俗世少幾分眷顧。（孫志崗，2005 年 7 月 20 日）

（9）……80 名家談這些問題，不是正襟危坐，照本宣科，而是完全結合個人創作的體會和研究的心得，微言大義，妙趣橫生，思想活潑，靈動幽默，視野寬闊，見解深刻，博聞廣識，文采風流。（陳遼，2003 年 2 月 19 日）

（10）德瑞克對風險問題的論述深得微言大義的要領，讀者在細細品味過程中，會產生禪宗所說的「頓悟」般的感覺。（張建華，2004 年 9 月 29 日）

（11）這個小說有點微言大義的味道，把手機寫得如此淋漓盡致，又能夠有所嘲笑和批判，並且非常生活。（2004 年 1 月 14 日）

〔註143〕參見董秀芳《「不」與所修飾的中心詞的黏合現象》一文（刊載於《當代語言學》2003 年第 1 期）。文中認為：構成轉喻的相關概念間的關係有兩種，共存型和相繼型。相繼型關係指兩個概念之間具有時間上的先後順序，如狀態、活動或過程與它們的目的、原因、前提、結果、以前或以後的狀態之間的關係就是相繼型關係。「隱晦、含蓄地說」是動作、行為，「隱晦、含蓄的話語」是結果。

（12）其實，一部小說如何命名本無微言大義之說，關鍵還要看與
其內容的主體是否貼切。（2003 年 7 月 9 日）

例（8）（9）的「微言大義」充當謂語，例（10）（11）（12）的「微言大義」
充當定語。以上五例相當於我們所說的「微言大義1」，都可以釋為「用隱晦、
含蓄的方式闡述深刻道理」。

「微言大義2」比「微言大義1」的用例多得多，可以充當主語、賓語（含
介詞賓語）、定語等句子成分。例如：

（13）在這樣的語境下，作者認為「傳播學作為一個獨立學科誕生
於美國，但其思想根源卻在歐洲」，其中的微言大義是不難領
會的。（馬凌 2005 年 6 月 15 日）

（14）一些研究現代文學的人總愛對作家的筆名尋根究底，其實並
非每一個作家的筆名都有什麼微言大義，寄寓著什麼深刻內
涵。（王泉根 2005 年 11 月 23 日）

（15）舉凡精當的《莊子》版本、大家小家注釋、相關著作和論文，
都得竭盡全力搜羅，逐字逐句推敲，對《莊子》微言大義反
覆咀嚼，對各家注釋和評論仔細甄別，力求在莊學的河谷中
披沙揀金，沿波討源。（欒棟 2006 年 3 月 31 日）

（16）每條格言後面均附有白話文解釋。文白對照，既保留了格言
微言大義的本色，也照顧到了古文水平欠佳的普通讀者。
（1999 年 11 月 7 日）

第四章　俗文學詞語考辨

　　俗文學作品主要涉及小說、戲曲、話本等文學體裁，文本形態呈現各異，諸如寫本、刻本等等。由於寫手眾多，難免出現文字變異，使得其中的俗語詞或語義扞格難通或語義大相徑庭，需要綜合運用形訓、聲訓方法，兼顧語法與辭例，結合方言、民族語等加以考辨。本章收錄《大理國寫經〈護國司南抄〉俗字校釋》《說「約薄」》《乾隆〈麗江府志略·方言〉異文考》《〈醒世姻緣傳〉詞語拾零》《〈徐霞客遊記〉詞語箚記》《「二反」語義探源》等篇。

一、大理國寫經《護國司南抄》俗字校釋〔註1〕

　　大理國寫經《護國司南抄》於 1956 年 8 月在雲南大理鳳儀北湯天董氏宗祠裏發現，現存寫經為疏釋一卷，由釋道常抄寫於大理國保安八年（公元 1052 年），纂集者為沙門玄鑒，撰寫於安國聖治六載甲寅歲朱夏之季月。原寫卷分為三段，其中首尾兩段現藏雲南省社會科學院圖書館，中間一段現藏雲南省圖書館，《大理叢書·大藏經篇》第一卷影印了綴合完整的寫經原卷以嘉惠學人。該寫經旁徵博引，注釋了唐·良賁《仁王經疏》中的若干字詞，對管窺大理國時期佛教發展狀況有著不可替代的作用。寫經正文用正楷、疏文用草書寫就，頗得晉人筆法，加之歷時久遠，多處字跡漫漶不清，釋讀難度很大，刊

〔註1〕發表於《中國文字研究》，2020 年第 32 輯，有改動。

於《藏外佛教文獻》第 7 輯〔註2〕的整理本是學界首次全文校錄，有開創之功。

作為雲南現存最早有明確寫作年代的佛經寫本，《護國司南抄》在學術上無疑有巨大價值。首先，《護國司南抄》保存了大量較為珍貴的資料，至少在音韻學、佛典校勘、佛經版本學及唐代年號的考訂等方面有較高的學術價值；其次，《護國司南抄》可以幫助我們認識和理解佛教的「義學」；最重要的一點，《護國司南抄》是研究南詔佛教、正確認識南詔佛教的第一手材料。〔註3〕寫經呈現的大量俗字，尤其值得關注。然誠如整理者所言，「還有不少語義不通之處」（ZW7p1〔註4〕）。今不揣譾陋，姑擇取數則俗字予以敷演，就正於整理者及方家。

【盡】

初時者，為佛涅槃，大地六種震動，江河倒流，暴風卒起，百獸哮吼命盡，諸天人神號咷悲泣哽咽，法大聖人亦皆滅度。（ZW7p104）

「盡」，原寫本作「𣋎」（1-66〔註5〕），當錄為「喚」，簡體作「唤」。如《世說新語》作「喚」，唐高宗作「喚」，宋·黃庭堅作「唤」，宋·朱熹作「唤」。〔註6〕據《護國司南抄》書寫體例，形符「口」常草化為「丶丶」，位於左上角。聲符「奐」常草為「夂」（《草書韻辨》）。如「渙」，唐·孫過庭寫為「渙」，〔註7〕經比較，「渙」「𣋎」的右邊部件在筆勢上相似。《護國司南抄》中「盡」常書為「盡」（1-5）、「盡」（1-70）、「盡」（1-72），字形亦與「𣋎」相去甚遠。

錄「𣋎」為「盡」，蓋不明「命」的含義而致誤。《大戴禮記·夏小正》「言始相命也」王聘珍解詁引《廣雅·釋詁二》：「命，呼也。」《文選·左思〈蜀都賦〉》「其深則有白黿命鱉」李善注：「命，呼也。」《禮記·玉藻》「父命呼」孔穎達疏：「命，謂遣人呼，非謂自喚也。」「命」猶「呼」，故「命喚」猶「呼喚」。

〔註2〕方廣錩主編：《藏外佛教文獻》第 7 輯，宗教文化出版社，2000 年，第 68～113 頁。
〔註3〕侯沖：《大理國寫經〈護國司南抄〉及其學術價值》，《雲南社會科學》1999 年第 4 期。
〔註4〕ZW 表示《藏外佛教文獻》，其後數字表示輯數，P 表示頁碼，餘仿此。
〔註5〕「-」前的數字表示《大理叢書·大藏經篇》的卷數，「-」後的數字表示頁碼，餘仿此。
〔註6〕二玄社編：《大書源》，二玄社，2007 年，第 512 頁。
〔註7〕孫雋主編：《中國書法大字典·草書卷》，江西美術出版社，2012 年，第 421 頁。

　　該段文字是說佛涅槃時出現的六種震動，即如《新華嚴經》卷一六、《廣博嚴淨不退轉輪經》卷一等舉出動、起、湧、震、吼、擊（搖）等六相。佛經中類似的描寫不少，如《大智度初品總說如是我聞釋論》第三：「佛入涅槃時，地六種動，諸河反流，疾風暴發，黑雲四起，惡雷掣電，雹雨驟墮，處處星流，師子惡獸哮吼喚呼，諸天、世人皆大號咷。」（T25p67a〔註8〕）又如《大乘法苑義林章》卷二：「佛入滅時，地六種振動，諸河返流，暴風黑雲，雷電雹雨，星流處處，師子惡獸，哮吼呼喚，天人號咷，諸天人等皆發此言。」（T45p268b）再如《四分律開宗記》卷一：「佛入涅槃，地六振動，諸河返流，疾風暴發，黑雲四起，惡雷掣電，雹雨驟墮，處處星流，師子惡獸，哮吼呼喚，諸天女人，皆大號咷，而大人等，皆發是言。」（X42p336a、Z1p337b、R66p673b）與「命𠼝」對應的文字皆「喚呼」或「呼喚」，可證「𠼝」當釋讀為「喚」。

　　「命喚」同義連用，佛經文獻用例甚夥，如《大乘百法明門論開宗義決》：「又問：『昨夜何唱苦哉？』彼矯答言：『我呼聖道，謂有聖道若不至誠稱苦命喚終不現前，故我昨夜喚聖道耳。』」（T85p1071c）《百喻經》卷四：「雄鴿見已，方生悔恨：『彼實不食，我妄殺他。』即悲鳴命喚〔註9〕雌鴿，『汝何處去？』」（T4p557b）《佛本行集經》卷二十五：「樹上復有鸜鵒鸚鵡，及拘翅羅，或諸孔雀，迦羅頻伽命命鳥等，自相娛樂，或覆命喚作微妙聲。」（T3p768a）

　　此外，《護國司南抄》「就命時到」條，釋曰：「命，盡也。又《賢愚經》云：就死時至也。」（ZW7p108）「盡」寫本作「𤅐」（1-74），與前揭「𠼝」字形相仿，根據上文的分析，「命喚」同義，故亦應釋讀為「喚」。

　　《護國司南抄》「乃命太子」條，疏曰：「即阿闍世知東宮之事。命，囑也。」整理本注曰：「此字不清，疑為『囑』。」（ZW7p97）「囑」寫本作「𡄣」（1-53），與「𠼝」字形相仿，亦應釋錄為「喚」。

　　「憍梵現在忉利天上，應可囑之。」（ZW7p97）「囑」寫本作「𡄣」（1-70），亦當釋為「喚」。該句為轉述《大智度初品總說如是我聞釋論》的內容，所對應的原文為「舍利弗是第二佛，有好弟子，字憍梵波提，柔軟和雅，常處閒居，

〔註8〕 T 表示《大藏經》，其後數字表示冊數，P 表示頁碼，a 表示上欄，b 表示中欄，c 表示下欄，餘仿此。參見 CEBTA 電子佛典。
〔註9〕 注「命喚」為「形容極力呼喚」，似乎釋「命」為「拼命、極力」，不妥。參王月清、范贇注譯：《百喻經》，中州古籍出版社，2007 年，第 219 頁。

住心寂燕，能知毘尼法藏；今在天上尸利沙樹園中住，遣使請來。」（T25p68b）
「遣使請來」猶言派遣使者叫他來，足證「嗖」當作「喚」。

《護國司南抄》出現多處「囑」，如「囑累品」作「厊」（1-15），「故囑付非余」作「嚅」（1-47），等等，字形與「嗖」相去甚遠。

【證得】

時大迦葉心大如海，證得不動，默然受請。（ZW7p105）

「證得」文意扞格不通，經查原寫本作「陀吗」（1-67），當校錄為「澄靜」。草書「言」與「氵」易混，錄「陀」為「證」，顯然違背了草體常識「有點方為水，空挑卻是言」〔註10〕。如「波」「清」「流」分別草為「波」「清」「流」（1-10），甚至「氵」亦可草寫為空挑，如「波」「海」「清」「流」分別寫為「波」「海」「清」「流」（1-10）。而本篇從「言」的系列漢字多草化為「言」，為後世言字旁簡化之濫觴，如「諸」「謂」「詞」「記」「說」分別寫為「諸」「謂」「詞」（1-7）、「記」「說」（1-44）。故「陀」不能錄為「證」，當作「澄」。

再來看「吗」。「得」的草書，晉·王羲之《漢時帖》作「得」，唐·孫過庭《書譜》作「得」，唐·賀知章《孝經》作「得」，唐·懷素《自敘帖》作「得」等，〔註11〕雖頗相似，但仍可辨細微。錄為「得」不僅文義不通，形體上也不相符。當改為「淨」。「淨」，日本平安·空海《金剛般若経開題》作「淨」，〔註12〕元·陸居仁《苔之水》作「淨」〔註13〕。「淨」用同「靜」。《素問·四氣調神大論篇》：「天氣，清淨光明者也，藏德不止，故不下也。」〔註14〕《秦並六國平話》卷上：「休萌戰攻侵伐之謀，共享安淨和平之福。」《水滸傳》第六六回：「再調公孫勝先生……直去北京城內淨處守待，只看號火起時施放。」從該句的出處可以得到證明：

爾時，大迦葉心如大海，澄靜不動，良久而答：「汝等善說！實如所言，世間不久，無智盲冥。」於是大迦葉默然受請。（後秦·鳩摩羅什《大智度初品總

〔註10〕（明）韓道亨：《草訣百韻歌》，上海書畫出版社，2008年，第2頁。
〔註11〕二玄社編：《大書源》，二玄社，第975～976頁。
〔註12〕二玄社編：《大書源》，二玄社，第1601頁。
〔註13〕孫雋主編：《中國書法大字典·草書卷》，第118頁。
〔註14〕周海平等：《黃帝內經大詞典》，中醫古籍出版社，2008年，第553頁。

說如是我聞釋論》卷二，T25p67b）

後世引文，亦大同小異，可資比勘：

梁·僧佑《出三藏記集》卷一：「爾時迦葉心大如海，澄靜不動，良久而答：『汝等所說實如所言，世間不久無智盲冥。』於是大迦葉默然受請。」（T55p2a）唐·窺基《大乘法苑義林章》卷二：「時大迦葉，心如大海，澄靜不動，良久而答：『實如汝言。』默受其請。」（T45p268b）唐·懷素《四分律開宗記》卷一：「爾時迦葉心如大海，澄靜不動，良久而答：『汝等善說，實如所言，世間不久無智盲冥。』迦葉受請。」（X42p336b）

「淨」「得」相混之例，佛經並不乏見。《別譯雜阿含經》卷第五：「究竟於無邊，調伏得極淨。」（T2p410c）【宋】【元】【明】本作「得」。《大般涅槃經》卷第二十二：「若有書寫、讀誦解說、思惟其義，必得阿耨多羅三藐三菩提，淨見佛性，如彼聖王得甘露味。」（T12p496c）【元】【明】【宮】本作「得」。《摩訶僧祇律》卷第三：「是諸寶物得觸不得著故，名淨不淨物。」（T22p245a）【宮】本作「得」。《四分比丘尼羯磨法·受戒法第二》：「不得行淫慾法。」（T22p1066b）【宋】【元】【明】【宮】本作「淨」。《大方廣佛華嚴經》卷第六：「若見帝王，當願眾生，逮得法王，轉無礙輪。」（T9p432a）【宋】【元】【明】【宮】【聖】作「淨」。等等。

准此，則「得土穢土迴護品指之間」，整理者注云「『得』，疑為『淨』之誤」。（ZW7p105）查寫經「得」作「✓」（1-28），不誤，本可釋讀為「淨」。「淨土」與「穢土」對文，佛經習見，如《仁王護國般若波羅蜜多經疏·第一上》：「遂得淨土穢土密布慈雲，聖眾凡眾皆沾法雨。」（T33p429a）《圓覺道場修證禮懺廣文》卷第十六：「淨土穢土，亦無別性。」（X74p492c）

【摧】

揚摧（音崔）。《莊子音義》云：粗略法門也。又云：摧，略也。

而揚，顯之也。（ZW7p91）

「摧」，形近訛字，原寫本作「摧」「摧」（1-43），當據錄為「摧」。「音崔」中的「崔」，蓋整理者承「摧」而誤，原寫本作「角」（1-43），當錄為「角」，清晰可辨。「門」，原寫本作「度」（1-43），當校錄為「度」。如「上下端度妙無比」的「度」寫為「度」（1-67），可資比對。

　　唐・良賁《仁王護國般若波羅蜜多經疏》卷一：「今依言教無倒希求為，欲了知諸宗旨趣，故揚搉矣。」（T33p430c）寫為「揚搉」，非，蓋整理者承襲了這一錯誤。但是我們可以根據《護國司南抄》引用的《莊子音義》尋找線索。

　　「揚搉」最早見於《莊子・徐无鬼》：「頡滑有實，古今不代，而不可以虧，則不可謂有大揚搉乎？」《日藏宋本莊子音義》：「揚搉。音角，又苦學反。《三蒼》云：『搉，敲也。』許云：『揚搉，粗略法度。』王云：『搉，略。而揚，顯之。』」〔註15〕北圖藏宋元遞修本成書稍晚於日本天理大學圖書館藏本〔註16〕，該條除「許云」作「許慎云」外，文字相同，更為常見的通志堂〔註17〕（1983：394）本該條與北圖本完全一致。

　　我們還可通過以下材料加以佐證。《文選・左思〈魏都賦〉》「搉惟庸蜀與鴝鵲同窠」李善注引許慎《淮南子注》：「搉，揚搉，略也。」《慧琳音義》卷八十一「商搉」注引《考聲》：「搉，略也。」《廣韻・覺韻》：「搉，揚搉，大舉也。」

【頹】

> 說偈贊已，白迦葉言：人者不知，法城已頹，法海已竭，法幢已
>
> 倒，法燈已滅，行道者少，惡人轉盛。（ZW7p105）

　　「頹」，原寫本作「**頹**」（1-67），當錄為「頹」，同「頹」，整理本錄為「頹」，蓋替換「頹」的聲符所致，誤。

　　從句式上看，「法城已**頹**，法海已竭，法幢已倒，法燈已滅」為整句，均為主謂短語，則「**頹**」與「竭」「倒」「滅」同類，均表示衰敗。《集韻》：「隤，下墜也，或作頹。」「頵」義與「頹」無涉，《說文》：「頵，頭閒習也。從頁，危聲。」徐鍇繫傳：「閒習謂低仰便也。」

　　失譯《迦丁比丘說當來變經》：「法炬已滅，法輪已倒，十二部經已散解；法輪已折，法水已止，法海已竭，法山已崩，諸山谷間無復精進坐禪比丘。」（T49p9b）其中「法山已崩」與「法城已頹」相類。

　　明・寶成編集的《釋迦如來應化錄・迦葉入定》，對該段文字做了轉敘，可資參證：

〔註15〕（唐）陸德明撰；黃華珍編校：《日藏宋本莊子音義》，上海古籍出版社，1996年，第219頁。

〔註16〕（唐）陸德明撰：《經典釋文》，上海古籍出版社，1985年，第1546頁。

〔註17〕（唐）陸德明撰：《經典釋文》，中華書局，1983年，第394頁。

見迦葉入滅，作如是言：「今日法嶽崩壞，法船已沒，法樹已摧，法海已竭，今日諸魔得大歡喜，一切天人哀戀悲泣。」（X75p103）

【燃】

第三七日棺在香臺，人天共燒，不能令燃。（ZW7p104）

「燃」，原寫本作「𤊀」（1-66），當錄為「燸」。蓋因該字《漢語大字典》《漢語大詞典》《中文大辭典》等辭書均未見收錄，故整理本徑改為「燃」。

今考「燸」亦作「煑」「㸒」，並同「㸒」，意為「燃燒」。《重訂直音篇》：「㸒，音著，火㸒。燸，同上。」《龍龕手鏡·火部》：「煑，俗，音著。」〔註18〕《字彙·火部》：「㸒，火㸒。」宋元以後，該字被「著」替換，如《蘇軾文集編年箋注附錄八·文房》：「櫟炭灰成花燒之，有墨處著，無墨處不著。」〔註19〕馬歡《瀛涯勝覽·蒲剌加國》：「打麻兒香本是一等樹脂，流出入土，掘出如松香瀝青之樣，火燒即著。」〔註20〕馬南邨《燕山夜話·發現「火井」以後》：「這種氣體聚集的地方，只要打一口井，它就會自然地噴出來。在噴口上一點就著，火力很強。」

「㸒」為「著」的分化字。北魏·賈思勰《齊民要術·大小麥》：「火既著，即以掃帚撲滅之，仍打之。」唐·佛陀多羅譯《大方廣圓覺修多羅了義經》：「如取螢火燒須彌山，終不能著。」（T17p915c）《一切經音義》卷第四十三：「能著：鵬略反，經本作㸒，非。」（T54p596b）可以推論，至遲在慧琳生活的南朝，「㸒」已產生，則《護國司南抄》中的「𤊀」為民間俗字，具有延遲性特點。杜甫《初冬》詩：「漁舟上急水，獵火著高林。」王嗣奭釋：「著，直略切，火炎起謂之著，俗語猶然。」

【粗】

粗惡：謂惡口也。（ZW7p111）

「粗」，原寫本作「麁」（1-81），當錄為「麁」。「麁」為「麤」的俗字，《玉

〔註18〕（遼）釋行均：《龍龕手鏡》，中華書局據高麗本影印，1985年。
〔註19〕（宋）蘇軾著；李之亮箋注：《蘇軾文集編年箋注　詩詞附》，巴蜀書社，2011年，第510頁。明·周履靖《群物奇製·文房》原文照抄該條，參上海古籍出版社編：《飲食起居編》，上海古籍出版社，1993年，第390頁。《漢語大詞典》引用《群物奇製·文房》作為「著」的書證，失考，當追溯至原作者蘇軾。
〔註20〕（元）汪大淵原著；蘇繼廎校釋：《島夷志略校釋》，中華書局，1981年，第98頁。

篇·鹿部》:「麤,疎也。本作麤。」字形作「麤」或「麤」,《龍龕手鏡·鹿部》釋曰:「蒼胡反,疎也,大也,物不精也,又不善也。」

「粗」與「麤」均見於《說文》,二者本義迥然有別。《說文·米部》:「粗,疏也,從米且聲。」《說文·鹿部》:「麤,行超遠也,從三鹿。」「麤」的引申義與「粗」耦合,《說文》段注:「鹿善驚躍,故從三鹿,引申之為鹵莽之稱,《篇韻》云『不精也,大也,疏也』,皆今義也。俗作麤,今人概用粗,粗行而麤廢矣。」《漢語大詞典》分立詞條「粗惡」和「麤惡」,甚是,清晰地展示了「粗」與「麤」的歷史差別。但《大詞典》「麤惡」謂「亦作『麤惡』」,欠妥,還應系聯「麤惡」。

《護國司南抄》是對《仁王護國般若波羅蜜多經疏》的解釋,其中《護國品第五》:「麤惡二果,常聞惡聲言多諍訟。」(T33p503b)字作「麤」而非「粗」,可資比勘。且整理本全文使用繁體,亦不宜混同「粗」與「麤」。

【仚】

> 自受用身者,能令自他受用種種法樂□。自即是自受用身,受用力無畏等,種種法即樂故。唯佛即佛,乃能知之。菩薩二千子,非可知也。他即他受用身,為十地仚便令他菩薩受用法樂故也。(《護國司南抄》,ZW7p110)

「仚」,整理本未釋讀,未見任何辭書收錄。當錄為「伙」,同「眾」。

「伙」,甲骨文字形作「彵」,金文作「彿」。《說文·伙部》:「伙,眾立也,從三人。凡伙之屬皆從伙,讀若欽崟。」《玉篇》作「眾也」,《國語》曰「獸三為群,人三為眾。」無著道忠《禪林象器箋·大眾》:「記家謂三人曰眾,眾字從三人故(泉湧寺,南山為疏家,大智為記家)。」(B19p193a)因此,「伙」除了眾立之義外,還有眾義。「仚」當為「伙」的俗字,通過移位和變形綜合而成。下部構件「仁」取說文所分析的會意「從二人」,而不取說文之釋義「親」。

「眾」亦為「伙」的俗字。儘管字形「眾」獨立成字出現的時間較晚,但是作為造字構件至遲在遼代已現,如「閦」「閜」「關」「閟」和「闖」,分別是正字「闖」的俗體和今體。《龍龕手鏡》謂「闖,正,初六反,眾也。正從三人,如眾字下從三人是也,余皆變體,六。」據此,「伙」的變體字形可類比「眾、行、㐺、巛、㐺、巫」等。此外,字形「閦」,我們可以遠溯至北

朝，北魏《金光明經序品第一》作「🈳」〔註21〕，北齊《高叡造阿閦像記》
作「🈳」〔註22〕，北周《十六佛名號》作「閦」〔註23〕。均可佐證俗字「仺」
的形變本有所自。

　　唐・窺基《大乘法苑義林章》卷第七：「自受用身，恒自受用廣大法樂；他
受用身，為十地眾現通說法。」（T45p359a）唐・法崇述《佛頂尊勝陀羅尼經疏
並釋真言義》卷下：「自受用身，將自受用廣大法樂；他受用身，為十地眾現通
說法。」（T39p1029a）語義與《護國司南抄》該句近似，均作「為十地眾」，可
資參證。

二、說「約薄」〔註24〕

　　白維國先生《白話小說語詞詞典》收詞條「約薄」，釋為「刻薄」，引《綠
野仙蹤》第七十一回：「好約薄話兒，笑話我們內官不識字，你自試試瞧。」
〔註25〕最近出版的《近代漢語詞典》為近代漢語詞彙研究的集大成之作，影響
深遠，但「約薄」釋義仍之。〔註26〕《宋元明清百部小說語詞大辭典》釋義、
書證與其均同。〔註27〕該詞《中文大辭典》《漢語大詞典》等大型辭書均未見
收錄。

　　釋「約薄」為「刻薄」，甚疑。此處為應龍因忽遇大雨冒昧去太監家避雨時
的一段對話，應龍貴為「狀元御史」，所以太監對其特別客氣，「快請到裏面去
坐」，「我還要請教你的文墨和學問」，應龍笑道「被老公公考倒了，那時反難藏
拙」，那太監大笑道：「好約薄話兒……」〔註28〕根據語境，二人相見甚歡，彼
此客套，因此太監不可能認為應龍對自己說「刻薄話」，與常理似乎不合。分析
其致誤之因，一是孤例，缺乏足夠的語料支撐；二是釋義時受「薄」的影響，

〔註21〕二玄社：《大書源》，二玄社，第 2784 頁。

〔註22〕毛遠明著：《漢魏六朝碑刻異體字典》，中華書局，2014 年，第 114 頁。

〔註23〕臧克和主編；郭瑞、劉元春、李海燕等編：《漢魏六朝隋唐五代字形表》，南方日報
　　　　出版社，2011 年，第 1680 頁。

〔註24〕發表於《辭書研究》，2018 年第 3 期，有改動。

〔註25〕白維國主編：《白話小說語言詞典》，商務印書館，2011 年，第 1920 頁。

〔註26〕白維國主編：《近代漢語詞典》，上海世紀出版股份有限公司，上海教育出版社，2015
　　　　年，第 2557 頁。

〔註27〕吳士勳、王東明主編：《宋元明清百部小說語詞大辭典》，陝西人民出版社，1992 年，
　　　　第 1226 頁。

〔註28〕清・李百川著；李國慶點校：《綠野仙蹤》，中華書局，2001 年，第 715～716 頁。

組成了雙音詞「刻薄」。但是遍查辭書，「約」與「刻薄」義無涉。

我們認為「好約薄話兒」猶「使人感到很好玩發笑的話兒」，與上下文的「大笑」「笑話」語義呼應。在子弟書文獻裏檢索到「約薄」的較多用例，且尚有「約薄」的諸多異形寫法，可資佐證。如：

(1) 那喜珠兒滴溜溜的圍著身子轉，喜鵲兒喳喳叫的約薄。（《借靴》第二回，俗 400 / 8）

(2) 先生說：「此鳥性幽，喜在河洲之上。」春香說：「師傅講的到也喲博。」（《鬧學》頭回，車 53 / 251b）

(3) 老爺到底因何故，多大的女孩兒也不管鬧喲博。（《連理枝》頭回，車 55 / 98b）

(4) 一個個盡誇賢慧說「天氣好」，一句句都鬧喲撥嘔鬥〔慪逗〕二爺。（《鴛鴦扣》第三回，車 55 / 139a）

(5) 早去早回，別叫我心中牽掛，大奶奶接口又鬧喲撥。（《鴛鴦扣》第五回，車 55 / 142b）

(6) 喲撥的只說櫃中有錢響，離戲的嚷配鑰匙鬧雁兒孤。（《鴛鴦扣》第八回，車 55 / 149a）

(7) 細留神，復又瞧他的臉旦子，模樣兒是萬人見笑，實在的喲薄。（《下河南》第四回，車 53 / 453a）

概括其語義，均可釋為「玩笑、戲謔」，亦可用如使動詞。例（1）（2）（6）（7）中的「約薄」均謂「使人感到好玩發笑」。例（3）（4）（5）「鬧約薄」中的「鬧」與「約薄」語義疊架，可直接釋為「戲謔」。那麼其語義來源何處？為何有眾多異形寫法？

清·奕賡《括談·上》云：「常談之語有以清漢兼用者，談者不覺聽者不知，亦時習也。……又如俗以戲言之峻者曰岳伯，不知岳伯清語也，漢語即戲謔耳。」〔註29〕奕賡本為滿人，且熟稔漢語，其說應當可信度較高。「岳伯」語音同「約薄」，均為滿語的記音。我們在相關辭書裏亦可得到證明：

〔註29〕清·奕賡撰：《括談》，載《續修四庫全書》編纂委員會編：《續修四庫全書》1181，上海古籍出版社，1996 年，第 108 頁。

（8）yobodombi：說笑話，開玩笑。（《新滿漢大詞典》〔註30〕）

（9）YOBODOMBI：to have fun，to joke，to make sport of.（《A Concise Manchu-English Lexicon》〔註31〕）

「-mbi」是滿語裏的動詞時態後綴，P. G. Von Mollendorff 把滿語中動詞的時態和語態後綴進行了分類，其中「-mbi」為第 2 類，表示現在時。該時綴在譯音時往往略去不譯。〔註32〕如：

（10）滿語詞「baicambi、hendumbi、bahambi、yangdumbi」在北京話裏的讀音分別為「bāichɑ、hēnde、bǎhɑ、yāngge」，〔註33〕均省略了語法後綴。

（11）滿語詞「bezhilembi」在譯音時寫為「撤斜」，省略「-le，-mbi」不譯。（《「撤斜」語義考辨》〔註34〕）

再加上「-do」譯音時亦省略，因此滿語「yobodombi」在譯音時只譯出音節「yobo」，故漢語記以「岳伯」「約薄」「喲博」「喲撥」「喲薄」等字形。

今北京香山健銳營土語還以「腰撥」記之。據張嘉鼎先生〔註35〕調查，其祖居地北京香山健銳營——正黃旗，遠避市囂，是一個獨立的小聚落。兩百多年來，滿語、漢語混用，形成一種新的「北京語」。這種「北京語」無論從語音和語辭上，都不同於漢語語音和語辭，也不同於原來的滿語，更不同於北京的「土話」。這種「北京語」的特點是語音純正，裏邊溶進許多滿語語辭，是區別於任何一地漢語的特殊語言。其中 yobo（腰拔〔撥〕）——戲耍。就數他能耍腰撥子了。

准此，「約薄」在辭書裏當釋為「〔外來詞〕滿語 yobodombi 的音譯，玩笑、戲謔，常用如使動詞，亦作『喲博』『喲薄』『喲撥』『腰撥』『岳伯』等。」

〔註30〕胡增益主編：《新滿漢大詞典》，新疆人民出版社，1994 年，第 833 頁。
〔註31〕Jerry Norman. 1978. *A Concise Manchu-English Lexicon*. Washington: University of Washington Press.P315.
〔註32〕P. G. Von Mollendorff. 1892. *A Manchu Grammar: With Analyzed Texts*. Shanghai: Printed At The American Presbyterian Mission Press.P8-9.
〔註33〕愛新覺羅・瀛生：《滿語雜識》，學苑出版社，2004 年，第 830～831 頁。
〔註34〕魏啟君：《「撤斜」語義考辨》，《中央民族大學學報》哲學社會科學版 2017 年第 2 期，第 174 頁。
〔註35〕張嘉鼎：《說說北京現存的「滿語」》，載中國人民政治協商會議北京市海淀區委員會編：《海淀文史選編》第 14 輯，2007 年，第 266～275 頁。

　　近代漢語裏的一些外來詞，受語言接觸和語音演變的影響，為適應漢語固有的詞彙系統而發生種種變形，或字形或字音或兼而有之。加之人們使用過程中往往對其語源未能清楚認識，並有意無意地傾向於文字表意，因此在文獻裏不可避免地出現各種異形寫法。特別是在俗文學作品裏，這種異形現象更為普遍，給語義索解帶來更大的麻煩與挑戰。透徹理解該類詞語的語義，明瞭其語義所自，對漢語詞彙史研究亦有一定的促進作用。

三、乾隆《麗江府志略·方言》異文考 〔註36〕

　　《麗江府志略》纂修於乾隆八年（1743），是麗江府第一部官修志書。共計十略，分上下兩卷，上卷依次為圖像略、建置略、山川略、財用略、官師略，下卷依次為學校略、人物略、兵防略、禮俗略、藝文略。本文討論的方言屬於下卷的禮俗略，共收 308 個納西語詞，分別以漢字注音，是彌足珍貴的納西語史料，對研究清代納西語、雲南方言具有不可替代的作用。

（一）《麗江府志略·方言》版本概述

　　關於《麗江府志略·方言》的版本，學界一般認為有如下幾種：

　　1. 雪山堂刻本。乾隆八年（1743）刊刻，木刻本。書版原存於麗江雪山堂，後毀於兵燹。刻本罕見，僅存一部完整刻本，寬 16.5cm，高 23cm，現藏於上海圖書館。此外，雲南省圖書館藏有刻本上卷，下卷不完整，禮俗略闕如。

　　2. 鈔本。筆者所見有兩種，一為完本，文字內容與刻本大體相同，當據刻本抄錄而成，原鈔本寬 14cm，高 20cm，版心寬 11cm，高 17.5cm，收入《西南稀見方志文獻》第 25 卷，蘭州大學出版社 2003 年版。該鈔本亦被《中國地方志集成·雲南府縣志輯41》收錄，鳳凰出版社 2009 年版，均為鈔本影印本。一為殘本，從文字書寫來看，筆跡與完本差別較大，當屬另一系列，現藏國家圖書館。雲南省圖書館亦藏該種鈔本，均缺下卷兵防略、禮俗略和部分藝文略。

　　3. 翻印校點本。1988 年麗江縣志辦公室從上海圖書館複印木刻本，加以標點整理，基本上保持了原刻本的面貌，於 1992 年出版。

　　4. 光緒《麗江府志稿》，刊刻於光緒二十一年（1895），卷一地理志基本照錄了乾隆《麗江府志略·方言》內容。現藏於國家圖書館。

〔註36〕發表於《現代語文》，2020 年第 7 期。

（二）兩本抄錄《麗江府志略·方言》的古籍

除以上四種版本外，筆者發現尚有兩本古籍均抄錄了《麗江府志略·方言》的詞條，因學界幾乎未加提及，姑略述於下。

1.《滇南雜誌·夷雅》。《滇南雜誌》於嘉慶十五年（1810）完稿於昆明五華山館，全書共二十四卷，《夷雅》為清代中期雲南少數民族語言的集錄，作者曹樹翹〔註37〕將其編入《滇南雜誌·種人·附方言》裏，敘其創作旨趣：

　　　　五方之風氣不齊，嗜欲不同，言語亦因之而異。滇為西南夷，

　　昔重譯來朝，夷言莫解，今雖薄海同風，而各種方言仍難臆揣。爰

　　就〔舊〕志乘所載者，依類訓釋，得十一篇，都為《夷雅》一篇，

　　附於種人之後，以補周官、土訓、象胥之未備。遊是地者亦可按譜

　　而求矣。

由此可知《夷雅》屬於語言總編類，對雲南多地民族語言聚集在一起加以訓釋，為分類詞典，冠以「雅」名，蓋承襲《爾雅》之意。

《夷雅》將所收集的民族語分為十一類，分別是「釋天第一、釋地第二、釋親第三、釋身第四、釋宮第五、釋器第六、釋食第七、釋用第八、釋植第九、釋動第十、釋雜第十一」。

其中釋天第一共 20 條，訓釋詞語 27 個；釋地第二共 27 條，訓釋詞語 46 個；釋親第三共 20 條，訓釋詞語 43 個；釋身第四共 36 條，訓釋詞語 48 個；釋宮第五共 12 條，訓釋詞語 13 個；釋器第六共 15 條，訓釋詞語 30 個；釋食第七共 8 條，訓釋詞語 17 個；釋用第八共 14 條，訓釋詞語 26 個；釋植第九共 24 條，訓釋詞語 37 個；釋動第十共 17 條，訓釋詞語 26 個；釋雜第十一共 14 條，訓釋詞語 39 個。累計 207 條，訓釋詞語 362 個。一般來說，每條的第一個詞語記錄《麗江府志略·方言》，根據這一編撰體例，我們可以對《滇南雜誌·夷雅》收錄的民族語詞條加以析出。

2.《鴻泥雜誌》卷二。作者馬毓林，字西園，號雪漁。該書是作者 1824 年離京赴滇沿途所見及入滇後的見聞記錄，1825 年始任麗江知府，次年書成。《鴻泥雜誌·自敘》云：

　　　　余於甲申冬季（道光四年 1824 年）奉命出守滇南，渡黃河、涉

〔註37〕曹樹翹（1775～1818），號春林，上海人，曾幕遊雲南長達八年。參見曹浩續纂修：
　　　《上海曹氏族譜》，曹氏崇孝堂，1925 年版。

湘漢、過洞庭，由灘河抵鎮遠，自鎮遠而南。日日山行，所見奇峰峭壁、密菁深林，苗夷之詭異，花鳥之離奇，不一而足。至乙酉六月（1825 年）始抵滇省，旋補麗郡。麗郡居會城之西，相距一千三百餘里，界連川藏，漢夷雜處，其山川人物更有前人所弗及考核者。幸其地僻，事簡公餘之暇，輒取道途所經及聞諸友人者抄錄成帙，非敢藉此以問世也。異日萬里歸來，重逢舊雨，話邊疆之風景，敘別後之遊跡，則於聯床剪燭之時以此編代吾口焉，亦奚不可？

可見《鴻泥雜誌》亦不乏對雲南歷史掌故的搜集及考證，「事簡公餘之暇，輒取道途所經及聞諸友人者抄錄成帙」，大抵可信。其中卷二抄錄了《麗江府志略·方言》的絕大部分詞條。

滇南言語不甚難解，惟各郡土人夷人土語方言，侏離難辨。即一名一物，其稱謂皆離奇詭異。茲將方言摘錄於左。

（三）《麗江府志略·方言》諸版本異文考實

為全面梳理《麗江府志略·方言》，有必要對輾轉傳抄的諸版本加以考證，以再現清代納西語真實面貌，並為後續研究提供更為可靠的語料。為行文簡便，我們將雪山堂刻本、鈔本完本、麗江縣志辦翻印校點本、光緒《麗江府志稿》、《滇南雜誌·夷雅》、《鴻泥雜誌》卷二分別簡稱上圖本、鈔本、翻印本、光緒本、曹本、馬本。納西語的現代擬音主要依據方國瑜、和志武《納西象形文字譜》〔註38〕，並參考《藏緬語語音和詞彙》〔註39〕、黃布凡主編的《藏緬語族語言詞彙》〔註40〕、孫堂茂的《納西—漢—英詞彙》〔註41〕、喻遂生的《乾隆〈麗江府志略·方言〉記略》〔註42〕等論著。

1. 被釋詞訛誤

按乾隆《麗江府志略·方言》編撰體例，被釋詞為漢語，居前；釋詞為納西語，居後，字體比被釋詞小一號左右，分兩行排列。據考察，被釋詞相對釋

〔註38〕方國瑜編撰；和志武參訂：《納西象形文字譜》，雲南人民出版社，1981 年。

〔註39〕《藏緬語語音和詞彙》編寫組編著：《藏緬語語音和詞彙》，中國社會科學出版社，1991 年。

〔註40〕黃布凡主編：《藏緬語族語言詞典》，中央民族學院出版社，1992 年。

〔註41〕孫堂茂：《納西—漢—英詞彙》，（美國）世界少數民族語文研究院東亞部，1998 年。

〔註42〕喻遂生：《乾隆〈麗江府志略·方言〉記略》，載喻遂生：《納西東巴文研究叢稿》，巴蜀書社，2003 年。

詞稍微易懂，該類訛誤數量較少。

（1）犂田：恩里。

案：諸本同。惟鈔本「犂田」作「租田」，蓋形近而誤。「恩里」對應納西語今讀音 $\gamma\text{u}^{33}\text{lu}^{21}$，納西語稱「犂」為「恩」，亦可佐證。

（2）天井：戝改。

案：諸本同。惟鈔本「天井」作「矢井」，形誤，添加筆劃所致。「戝改」對應納西語今讀音 $\text{dʑi}^{21}\text{kæ}^{33}$，漢語義為「天井」。

（3）取火：弨子。

案：「取火」，諸本同，惟馬本作「耿火」，形誤。「弨子」，諸本同，惟曹本作「彈子」，形誤。「弨子」對應納西語今讀 $\text{mi}^{33}\text{tsʅ}^{33}$，漢語義為「取火」。

（4）早：酧。

案：上圖本、光緒本、馬本均如字。鈔本「早」作「是」，形近致誤。曹本「早」作「蚤」，係同音假借。翻印本「酧」作「酬」，《正字通·酉部》：「酧，俗酬字。」在清代「酧」為正字，翻印本誤，不煩改。「酧」對應納西語今讀音 tʂʰu^{21}，漢語義為「早」。

（5）小管：犀寡。

案：諸本同。惟曹本「小管」作「小官」，蓋承上一詞條「長官」誤改所致。「小管」對應納西語今讀音 $\text{ɕi}^{33}\text{kua}^{33}$，《永寧見聞錄》「頭人」作 $\text{kua}^{33}\text{ɕi}^{33}$，[註43]可參。

（6）梁：古魯。

案：諸本同。惟曹本「梁」作「樓」，蓋承上一條「磋戞、我何，樓也」而誤。「古魯」對應納西語今讀音 $\text{ku}^{33}\text{lu}^{33}$，漢語義為「梁」。

（7）飯：哈。

案：諸本同。惟鈔本「飯」作「敊」。「哈」對應納西語今讀音 ha^{33}，漢語義為「飯」。

（8）點火把：弨造。

案：上圖本、翻印本、光緒本、馬本如字。「點火把」，鈔本作「拈火把」，形誤。曹本作「點火炬」，此處當為有意改之。如前文所述，曹本為民族語集

〔註43〕周汝誠：《永寧見聞錄》，載國家民委《民族問題五種叢書》編委會編：《〈民族問題五種叢書〉及其檔案集成》第 5 輯，中央民族大學出版社，2005 年，第 415 頁。

錄，該條還涉及東川彝語「點火炬：都是督」，為使條目統一，曹本做了些微改動。與此類似的還有「萊菔」，諸本均作蘿葡。

（9）𥶿：昧趨。

案：上圖本、整理本如字。馬本該條無。「𥶿」鈔本、光緒本均作「棚」，形誤。「𥶿」未見辭書收錄，曹本《夷雅·釋用第八》：「火炬謂之松明，昧趨、什補，松明也。」「𥶿」猶「火炬、松明」，「昧趨」對應納西語今讀音 $mu^{55}ts^hy^{33}$。

（10）騍馬：繞每。

案：諸本同。騍馬，猶母馬，鈔本作「騾馬」，形誤，相去甚遠。「繞每」對應納西語今讀音 $\textipa{z}ua^{33}me^{21}$，漢語義為母馬。

2. 釋詞訛誤

由於釋詞為納西語的漢字記音，抄錄者往往不懂民族語言，導致的訛誤甚多，不乏魯魚亥豕之例，給閱讀與整理帶來極大不便。

（1）下：梅苔。

案：諸本同，惟鈔本「梅苔」作「梅臺」，蓋形近音近而誤。「梅苔」納西語今讀音為 $mu^{21}t^hæ^{33}$。

（2）晚：何。

案：諸本同。鈔本「何」作「荷」，形音相近致誤。「何」納西語今讀音為 hu^{21}。

（3）歲豐：巴埋。

案：上圖本、翻印本、光緒本、馬本均如字。鈔本「巴埋」作「巴址」，形近致誤。曹本「巴埋」作「巴哩」，亦形誤。「歲豐」納西語今讀音為 $ba^{33}me^{21}$。

（4）過年：戟筋。

案：諸本如字。惟曹本「戟筋」作「戰筋」，形誤。「過年」納西語今讀音為 $\textipa{dz}i^{21}tse^{55}$。

（5）嶺：瓦便呂。

案：諸本同。惟曹本「瓦便呂」作「瓦次呂」，蓋誤「便」為「使」，進而音訛為「次」所致。「嶺」納西語今讀音為 $u\textschwa^{33}py^{55}ly^{33}$，此為疊架構詞，其中 $u\textschwa^{33}$ 山坡，$py^{55}ly^{33}$ 山坡、丘陵。

（6）水：戟。

案：諸本同。惟鈔本「戟」作「卓」，形誤。「水」納西語今讀音為 $\textipa{dz}i^{21}$。

（7）盛水：戠吾。

案：諸本同。惟鈔本「戠吾」作「潛吾」，致誤原因未明。「盛水」納西語今讀音為 dʑi²¹u²¹。

（8）哨：莫。

案：諸本同。惟鈔本「莫」作「熐」，增加偏旁致誤。「哨」納西語今讀音為 mo²¹。

（9）田：里。

案：諸本同。惟鈔本「里」作「甲」，形誤，筆劃缺損所致。「田」納西語今讀音為 lɯ³³。

（10）孫女：魯買。

案：諸本同。惟曹本「魯買」作「魁買」，致誤原因未明。「孫女」納西語今讀音為 lv³³me³³。

（11）女：覓。

案：諸本同。惟鈔本「覓」作「含」，形誤。「女」納西語今讀音為 mi³³。

（12）姊：妹買。

案：諸本同。惟鈔本「妹買」作「蛛買」，形誤。「姊」納西語今讀音為 me⁵⁵me²¹。

（13）長官：招蛾。

案：上圖本、光緒本、曹本、馬本。「招蛾」，翻印本作「抬蛾」，鈔本作「招蟻」，形誤。「長官」納西語今讀音為 tʂua³³a²¹。

（14）頭：古呂。

案：諸本同。惟曹本「古呂」作「左呂」，形誤。「頭」納西語今讀音為 kv³³lv³³。

（15）發：古甫。

案：諸本同。惟鈔本「古甫」作「古南」，形誤。「發」納西語今讀音為 kv³³fv³³。

（16）筆：奔。

案：諸本同。惟鈔本「奔」作「弄」，形誤。「筆」納西語今讀音為 pi²⁴。

（17）墨：昧拿。

案：諸本同。惟鈔本「昧拿」作「麻拿」。「墨」納西語今讀音為 mɯ⁵⁵na²¹，

此為合璧詞，「眛」為漢語「墨」的譯音，「拿」為納西語「黑」。

（18）燒酒：阿剌吉。

案：諸本同。惟抄本「阿剌吉」作「阿拉吉」，音近訛字。「燒酒」納西語今讀音為 æ^{33}tɕi^{21}。

（19）油：也岩。

案：諸本同。惟鈔本「也岩」作「池岩」，形誤。「油」納西語今讀音為 iæ^{33}æ^{21}。

（20）繫腰：本艮。

案：諸本同。惟鈔本「本艮」作「木艮」，形誤。「繫腰」納西語今讀音為 bɯ^{33}kɯ^{55}。

（21）褲：兩。

案：諸本同。惟鈔本「兩」作「雨」，形誤。「褲」納西語今讀音為 le^{33}。

（22）笠：馬喝剌。

案：上圖本、鈔本、翻印本、光緒本如字。「馬喝剌」，曹本作「馬喝利」，形誤；馬本作「馬喝拉」，音近訛字。「笠」納西語今讀音為 tʰo^{33}lo^{33}。

（23）白菜：剁匍。

案：諸本同。惟曹本「剁匍」作「菊匍」，形誤。「白菜」納西語今讀音為 dʑy^{33}pʰər^{21}。

（24）騎馬：繞齊。

案：上圖本漫漶不清。曹本、馬本、光緒本均作「繞齊」，整理本作「繞齋」，齊的繁體「齊」與齋的繁體「齋」形近而誤。鈔本作「繞」，奪字。「騎馬」納西語今讀音為 ʐua^{33}dʑæ^{33}，「齊」於麗江方言讀 dʑæ^{33}，甚合。

（25）水牛：戟恩。

案：諸本同。惟鈔本「戟恩」作「戴恩」，形誤。「水牛」納西語今讀音為 dʑi^{21}ɣɯ^{33}。

（26）放牛：恩弄。

案：諸本同。惟曹本「恩弄」作「恩是」，形誤。「放牛」納西語今讀音為 ɣɯ^{33}lv^{55}。

（27）桃：補主。

案：諸本同。惟鈔本「補主」作「補王」，形誤，筆劃缺失。「桃」納西語

今讀音為 bv^{33}dʑi^{21}。

（28）柳：汝。

案：諸本同。惟鈔本「汝」作「汶」，形誤。「柳」納西語今讀音為 ʐɿ^{33}。

（29）山竹：昧。

案：上圖本、翻印本、光緒本、馬本如字。鈔本「昧」作「味」，形誤。曹本「山竹」作「竹」，蓋受編排體例限制刪去「山」，《夷雅·釋植第九》：「昧、則目，竹也。」「山竹」納西語今讀音為 muɯ^{55}。

（30）圓竹：拉何。

案：上圖本、馬本如字。「拉何」鈔本作「布何」，光緒本作「拉河」，形誤。「圓竹」曹本、光緒本、翻印本作「園竹」，形音相近致誤。「圓竹」納西語今讀音為 la^{33}ho^{21}。

（31）教人：希面。

案：諸本同。惟鈔本「希面」作「布而」，形誤。「教人」納西語今讀音為 ɕi^{33}me^{55}。

（32）做事：賞扁。

案：諸本同。惟鈔本「賞扁」作「賞」，奪字。「做事」納西語今讀音為 ʂər^{33}be^{33}。

（33）百：喜。

案：諸本同。惟曹本「喜」形訛作「妾」。「百」納西語今讀音為 ɕi^{33}。

（34）億：昂。

案：上圖本、鈔本、翻印本、馬本如字，誤。「昂」曹本、光緒本作「昂」，是。昂，音 mǎo，與「億」納西語今讀音為 a^{21} 相去甚遠，而「昂」讀音與其相近。

（35）今：阿依。

案：諸本同。惟鈔本「阿依」作「阿佞」，形誤。「今」納西語今讀音為 ə^{21}i^{33}。

（36）吃飯：哈魯。

案：上圖本、鈔本、馬本如字。曹本無該條。翻印本「哈魯」作「哈孜」，蓋據「吃飯」納西語今音 hæ^{55}dʐɿ^{33} 改。

據此分析,各版本訛誤的原因主要為形誤,其次為音近而訛和奪字。從訛誤數量分布來看,鈔本訛誤 36 處,曹本訛誤 9 處,上圖本訛誤最少,僅 1 處。

(四)《麗江府志略‧方言》諸版本源流

通過上節諸版本異文討論,我們發現上圖本錯訛最少,其餘各本產生的訛誤均與上圖本相關,因此,最早的版本上圖本為母本,分別衍生出其餘各本,各本間彼此無直接關係。

圖一　《麗江府志略‧方言》諸版本源流示意圖

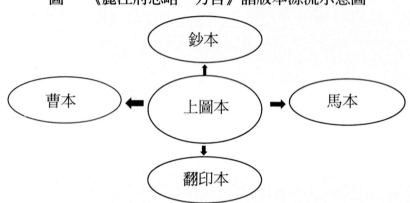

(五)餘　論

總之,《中國地方志集成》作為一套國內外選收方志最完整、覆蓋面廣、實用性強的大型方志叢書,在傳承中國地域歷史文化方面做出了卓越的貢獻。但是,就《雲南府縣志輯》41 冊來看,選擇鈔本予以影印,不能不說是一大遺憾,因為僅就《麗江府志略‧方言》而言,鈔本是訛誤最多的。鑒於上圖本考據精良,刊印最早,而且是目前國內唯一保存完整的版本,學界應重視其價值,有效推動雲南民族文化強省建設。

四、《醒世姻緣傳》詞語拾零 [註44]

《醒世姻緣傳》是清代出現的一部著名長篇白話小說,許多專家學者較多關注其中的方言詞語,並做了卓有成效的工作。上海古籍出版社 1981 年版黃肅秋先生校注本的注釋尤為系統、精當,但百密難免一疏。筆者選取了六則字面普通而義別的非方言詞進行了考釋,略陳管見,以就正於大方之家。

[註44] 發表於《學術探索》,2012 年第 3 期,有改動。

【低錢】

　　開錢桌的說道：「如宅上要用錢時，不拘多少，發帖來，小桌支取。等頭比別家不敢重，錢數比別家每兩多二十文。使下低錢，任憑揀換。」（1／15）〔註45〕

　　黃注：低錢——銅錢有大小之分，如果在一串錢中混入小錢，這便叫做「使低錢」。俗語有「說大話使小錢」，使小錢就是用低錢。（1／15）

　　揣測黃注之意，蓋稱小錢為低錢，此說似乎可疑，因為後出的大型辭書與其相別。《元曲釋詞》裏稱「質量低劣之錢，謂之低錢。」〔註46〕《漢語大詞典》「低錢」謂「成色低的錢。」引《醒世姻緣傳》第十五回：「怎當梁、胡二人半個低錢也不曾帶了出來，空餓得叫苦連天，卻拿甚麼買吃？」〔註47〕《宋金元明清曲辭通釋》亦認為：「成色低的錢，謂之低錢。亦作『低銀』。」〔註48〕《漢語大詞典》「低銀」謂「成色低的銀子……參見『低錢』。」〔註49〕依此，「低錢」與「低銀」同義。但是《罪惟錄・數志》：「正德五年，嚴革新鑄薄小低錢，倒好皮棍等項名色。歷代真正大樣錢，與本朝制錢兼使。」〔註50〕其中「薄小低錢」似乎並非「成色低的錢」，當理解為「又薄又小的銅錢，面額小的銅錢」。

　　看來黃注值得重新檢討，「低錢」在《醒世姻緣傳》凡八見。

　　開錢桌的說道：「如宅上要用錢時，不拘多少，發帖來，小桌支取。等頭比別家不敢重，錢數比別家每兩多二十文。使下低錢，任憑揀換。」（1／15）

　　（這些婢女婆娘）彼此埋怨說道：「這也是為奴作婢，投靠主人

〔註45〕文中所引《醒》書例句，均出自西周生著，黃肅秋校注：《醒世姻緣傳》，上海古籍出版社，1981 年，斜線前阿拉伯數字代表回數，斜線後阿拉伯數字代表例句在該回的頁碼，餘仿此。

〔註46〕顧學頡、王學奇著：《元曲釋詞》1，中國社會科學出版社，1983 年，第 438 頁。

〔註47〕羅竹風主編：《漢語大詞典》第 1 卷，上海辭書出版社，1986 年，第 1274 頁。引例中的「低錢」不能理解為「成色低的錢」，詳見下文。而且書證過晚，南朝・宋・劉義慶《幽明錄》中已見，「唐錢間有開通元寶，偶忽不用。新鑄者謂之低錢，每以二文當好錢一文，人亦兩用之。」

〔註48〕王學奇、王靜竹撰：《宋金元明清曲辭通釋》，語文出版社，2002 年，第 284 頁。

〔註49〕羅竹風主編：《漢語大詞典》第 1 卷，上海辭書出版社，1986 年，第 1274 頁。

〔註50〕（清）查繼佐：《罪惟錄》，浙江古籍出版社，1986 年，第 1008 頁。明・胡我琨《錢通》卷一：「正德五年題准：將新鑄鉛錫薄小低錢倒換皮棍等項各色盡革，將洪武、永樂、洪熙、宣德、弘治通寶及歷代真正大樣舊錢相兼行使。」據此「薄小低錢」即「薄小低錢」。

一場！大年下，就是叫化子也討人家個饃饃嘗嘗，也討個低錢來帶帶歲！咱就跟著這們樣失氣的主子，咱可是『八十歲媽媽嫁人家，卻是圖生圖長』？」（3／37-38）

一兩銀換一千四五百的低錢，成垛家換了來，放著一弔算一兩銀子給人；人有說聲不依的，立逼著本利全要，沒奈何的捏著鼻子捱。（22／331）

打發他的工錢，故意挑死挑活的個不了，好乘機使低錢換你的好錢，又要重支冒領！（26／387）

狄周媳婦說：「倒不膿包哩；迸暴著兩個眼，黑煞神似的，好不兇惡哩！正那裡使低錢，慪那賣紙馬的為著人，聽見了媳婦子吆喝了兩聲，通像老鼠見了貓的一般，不由的就癱化成一堆了。」（41／598）

從語境來看，此五例中的「低錢」當為「成色低的錢」。黃注用在該例裏欠妥，「使低錢」實為「使用成色低的銅錢」，以次充優從而獲取利益。

怎當梁、胡二人半個低錢也不曾帶了出來，空餓得叫苦連天，卻拿甚麼買吃？（15／223-224）

童奶奶道：「可說甚麼來！要分外再有個錢，可敢還來纏老公哩？除了這老公賞的首飾，精手摩訶薩的，有個低錢麼？不敢望多，只再得一百兩銀接著手就好了，那得有來？」（71／1015）

駱校尉道：「窮舅沒甚麼奉敬，賀禮贐儀都只是這頂帽套，姑夫留著自己用，千萬的別給了人。我實合你說；留著自己戴，憑他誰的比不下你的去；你要給人，叫人看出破綻來，一個低錢不值。」（84／1201）

此三例的「低錢」為「小錢」，極言數量少之意，似與銅錢成色好壞無涉。《漢語大詞典》引例欠妥，「梁、胡二人半個低錢也不曾帶了出來」是說梁生、胡旦二人被晁大舍搜刮一空，六百三十兩銀子丁點也沒有剩下。兩人中了晁大舍的圈套被逐往香岩寺時曾想著要回一些銀錢帶在身邊，梁生道：「有零碎銀子且與幾兩，且怕一時緩急要用。」晁大舍道：「也沒處用銀子，我脫不了不住的差出人去探望，再捎出去不遲。」（15／223）二人出離晁府時可謂一貧如洗，

「半個低錢也不曾帶了出來」猶言「半文錢也沒有帶出來」。黃注用在此三例中大致相合。

【不扶甘結】

　　差人尋了地方保甲來到，驗看了明白，取了不扶甘結，尋了一領破席，將屍斜角裹了，用了一根草繩捆住，又撥兩個小甲掘了個淺淺的坑，浮土掩埋了，方才起身又走。（13 / 194）

　　黃注：不扶甘結——甘結，對官府出具的字據，表示如有虛假，甘受處分之意。不扶甘結，由在場人共同證明已死犯人無法扶理，立字為證。（13 / 202）

「不扶甘結」為明清習見的公文用語。明·張國維《吳中水利全書·呂光洵〈水利工計款示〉》：「每夫十名或二十名，取具各該都圖、糧塘、裏老不扶甘結一紙。」清·孫承澤《春明夢餘錄·禮部一》：「各該衙門查係在冊人數，取其官吏里鄰不扶甘結起送赴部，聽候選用。」「本役帶拘各保正汪保一、宗勝等結報，何四壽、汪廷聘貳犯並無妻孥家產房地，各具不扶甘結，等因。」（19 / 10432d）〔註51〕「據趙知州申稱：親詣屍所檢驗明白，取具仵作、土工各不扶甘結報廳。」（29 / 16569a-b）亦作「不扶執結」，「當場填完屍單，取具仵作不扶執結，責令買棺盛貯，著地方看守。」（9 / 4825d）皆其例。

　　通過排比分析，「不扶」當為「不捏造的」之義。考《說文·手部》：「扶，左也。」引申為「依附」，如《釋名·釋言語》：「扶，傅也，傅近之也。」《漢書·天文志》：「暈，長為潦，短為旱，奢為扶。」顏師古注引晉灼曰：「扶，附也。小臣佞媚附近君子之側也。」為達「依附」目的，難免人云亦云，言語虛假。此外，「傅」亦有「誣陷、捏造」義，如《史記·循吏列傳》：「李離曰：『臣居官為長，不與吏讓位，受祿為多，不與下分利。今過聽殺人，傅其罪下吏，非所聞也。』」《新唐書·蕭遘傳》：「田令孜受溥金，劾損，付御史獄，中丞盧渥傅成其罪。」因此，「不扶」即「不捏造的」，「不扶甘結」即「對官府出具的不虛假的字據」。《大詞典》「扶同」謂「夥同」，釋義不夠顯豁，不如訓為「夥同捏造」。

〔註51〕張偉仁編：《明清檔案》，聯經出版事業公司，1986 年。第一個數字表示《明清檔案》的冊數，第二個數字表示總頁數，英文字母表示單頁的欄數，a 表示右上欄，b 表示左上欄，c 表示右下欄，d 表示左下欄，下同。

　　黃注似以「無法扶理」對譯「不扶」，有望文生義之嫌。此外，《文安縣志譯注》注「不扶甘結」為「沒以甘結的方式。」〔註52〕似以「沒」對應「不扶」，釋義亦未安。

【照提】

　　　　又過了一日，那住持方才從京裏回來，看了梁生、胡旦道：「你二人恭喜，連恩詔也不消等了。我已會過了管廠的孫公，將捉捕你兩個的批文都擊回去，免照提了。如今你兩個就出到天外邊去，也沒人尋你。」（13／241-242）

　　「照提」未出校。該語亦為明清出現的公文用語，意義比較隱晦。從例句推斷，梁生、胡旦之所以「免照提」，是因為「捉捕你兩個的批文都擊回去」，故「照提」當釋為「行文逮捕罪犯」。

　　明呂坤《呻吟語摘》卷下：「濫準、株連、差拘、監禁、保甲、淹久、解審、照提，此八者獄情之大忌也。」《大清會典則例·刑部》：「若犯罪事發而在逃者，眾證明白，或係為首，或係為從，即同獄成將來照提到官。」「……應杖懲，趙世虎照提另結，具招連人申解府道。（8／4239a）其未獲塗正寰、李演肆、楊欽壹、熊尊貳等照提另結。」（15／8582d）「蔡氏案內照提人犯（趙）國賢，因蔡氏嫌夫醜陋，有用毒藥死之另嫁等語。」（37／20699a）亦其例。又可寫作「炤提」，如「但云聞風兔脫，嚴緝絕無蹤影，所當炤提另結者也。」（22／12614d）《國語辭典》釋為「搜捕令的公文」〔註53〕，似未盡確。

【梳攏】

　　　　一口施氏，即珍哥，年一十九歲，北直隸河間府吳橋縣人。幼年間失記本宗名姓，被父母受錢，不知的數，賣與不在官樂戶施良為娼。正統五年，梳攏接客，兼學扮戲為旦。（13／190）

　　　　黃注：梳攏——攏應作攏。妓女初次接客，稱為梳攏。（13／202）

　　黃注的釋義精當，但認為「攏應作攏」，非，不煩改。表示該義的「梳攏」習見於明清小說，如《警世通言》第三十一卷：「原來妓家有這個規矩：初次

〔註52〕文安縣志編譯組：《文安縣志譯注》，天津人民出版社，1995年，第293頁。
〔註53〕參見《國語詞典》網絡版，網址 http://www.edu.tw/e_dictionary.aspx.

破瓜的，叫做梳櫳孤老。若替他把身價還了鴇兒，由他自在接客，無拘無管，這叫做贖身孤老。」〔註54〕紫陽道人《續金瓶梅》第二十三回：「這銀瓶又經皇上選過一番，雖沒進宮，也是有名器的女兒，比不得泛常梳櫳人家個粉頭。」〔註55〕亦寫作「梳籠」，清·吳景旭《歷代詩話》卷五十四：「吳旦生曰：『女子之笄曰『上頭』，而倡家處女初薦寢於人亦曰『上頭』，今之委巷叢談皆載此語，然則俗謂『梳籠』亦言『上頭』、『須梳籠』也。」」明·周輯《西湖二集》第二十一卷：「我自十三歲梳籠之後，今年二十五歲，共是十三個年頭，經過了多少舉人、進士、戴紗帽的官人，其中有得幾個真正飽學秀才、大通文理之人？」〔註56〕還可寫作「梳攏」，明·西湖逸史《天湊巧》第一回：「余爾陳道：『任你要多少銀子使費，我今日就梳攏他。』」〔註57〕

　　考「梳櫳」的理據，蓋源於「上頭」，本指女子束髮插笄，為成年的象徵。南朝·梁·蕭綱《和人渡水》詩：「婉娩新上頭，溜裾出樂遊。」宋·孟元老《東京夢華錄·清明節》：「子女及笄者，多以是日上頭。」成年以後，當然就可以婚娶了，而妓女初次接客，其實質當與男女新婚相彷彿。因此「上頭」由至雅至純之義引申出至俗之義，這也反映出古代封建社會對於女子貞操的高度關注。明·陶宗儀《輟耕錄·上頭入月》：「倡家處女初得薦寢於人，亦曰上頭。」今東陽人尚知有此詞，雲河舊時稱女子結婚笄頭為「淵主客」〔註58〕。

　　此外，黃注對該語前後意見並不一致。那個閨女拿著一塊瓜，往狄希陳口裏填，說：「怎麼來！上門子怪人！溺尿唬著你來麼？原來還沒梳櫳的個相公，就唬他這們一遭仔。」（37／547）黃注：沒梳櫳的個相公——童男子。（37／552）並沒有像十三回一般指出「櫳應作攏」。

【折程】

　　　　送了十兩折程，講說土官作亂，梁參將全軍失利，要央郭總兵

　　領兵救援，功成題薦。（99／1407）

〔註54〕（明）馮夢龍：《警世通言》，人民文學出版社，1956年，第452頁。
〔註55〕（清）紫陽道人撰，徐學清整理：《續金瓶梅》，中州古籍出版社，1993年，第210頁。
〔註56〕夏於全、齊豫生主編：《四庫禁書精華》第19卷，吉林攝影出版社，2001年，第592頁。
〔註57〕侯忠義主編：《明代小說輯刊》第2輯，巴蜀書社，1995年，第1059頁。
〔註58〕魯國堯：《〈南村輟耕錄〉與元代吳方言》，載魯國堯：《魯國堯語言學論文集》，江蘇教育出版社，2003年，第244頁。

「折程」未出校。指明清時期一種送禮的名目，相當於旅途辛苦費。各辭書均未見收錄，故特表出。《隋唐演義》第二十五回：「眾人都迴避，獨嗣昌相見，送了三兩折程，三兩折席。」〔註 59〕《野叟曝言》卷二：「公子進來把陶道辭別之事說知，備了一席餞行，又封了十二兩折程打發過去。」〔註 60〕《二刻醒世恒言》下函第四回：「叫門子拿籤筒過來，取一枝簽，又寫一張票，拿一隻大浪船，送張相公到鎮江，又備折程十二兩。言畢，送張子才出了私衙門。」〔註 61〕「不已古器清玩，繼之土產備物；不已海錯方珍，繼之甚有假夫價、書帕、折程之名色，紫百盈千，筐筐饋獻，沿習已久，竟成規例。」（1 / 385d-386a）亦其例。

五、《徐霞客遊記》詞語箚記〔註 62〕

徐霞客祖籍江蘇，嚮往「問奇石於名山大川」的生活。《徐霞客遊記》是日記體遊記的開山之作。〔註 63〕錢謙益在《囑徐仲昭刻遊記書》給予高度評價，「世間真文字，大文字，奇文字，不當令泯滅不傳」。〔註 64〕《遊記》的語言具有真實性、廣泛性等特點，本文選取其中幾個詞語加以考釋，以就教於方家。詞語考釋運用的主要方法是蔣紹愚先生所主張的：認字辨音，參照前人的詮釋，排比歸納，因聲求義，參證方言，推求語源等。〔註 65〕

（一）過　脈

過脈在《遊記》中凡十四見，有名詞和動詞兩種用法，以下姑舉幾例：

（1）蓋東西兩界俱層峰排闔，而此崗中橫其間為過脈，不峻而坦，
其南即水南下矣。是云獨木嶺。（《黔遊日記一》，4b633〔註 66〕）

（2）溯水而上二里，水聲漸微，又二里，踰山脊。此脊北倚絕頂，

〔註 59〕清・褚人獲著：《隋唐演義》，豫章書社，1981 年，第 217 頁。

〔註 60〕清・夏敬渠著：《野叟曝言》，中華書局，2004 年，第 288 頁。

〔註 61〕清・心遠主人著：《二刻醒世恒言》，載李克等編：《明清言情世情小說合集》第 4 卷，中國文聯出版公司，1998 年，第 111 頁。

〔註 62〕發表於《雲南師範大學學報》哲學社會科學版，2009 年第 3 期，有改動。

〔註 63〕臧維熙：《徐霞客遊記選》，江蘇古籍出版社，1985 年。

〔註 64〕參見明・徐宏祖撰：《徐霞客遊記》卷十下，清嘉慶十三年葉廷甲增校本。

〔註 65〕蔣紹愚：《近代漢語研究概況》，北京大學出版社，1994 年，第 239～249 頁。

〔註 66〕本文使用的版本為明・徐宏祖；褚紹唐、吳應壽校注：《徐霞客遊記》，上海古籍出版社，1987 年。引文後數字及字母分別代表卷數、上下及頁碼。

南出分為兩枝：東枝為觀音岩，西枝為常雲峯，此其過脈處也，正脊之東為吳家坑。(《遊雁宕山日記後》，1b78)

（3）然是山西北二支，皆非大脊也；大脊即從東南水盆哨過脈，遂東南迤邐於天申宮南，又東至沙橋站分脊焉。(《滇遊日記五》，6b817)

《漢語大詞典》對「過脈」的解釋是：1.溝通的水道。2.詩文中承前啟後貫通上下的段落。這兩個義項似乎都於例句的語義不合。我們認為例（1）指稱兩邊呈高峰，中間比較平坦的獨木嶺為過脈，例（2）的山脊是東西枝（高峰）的觀音岩和常雲峰連接處，兩例「過脈」均為名詞，釋義為「連接兩邊（或前後）山峰的山嶺」；例（3）「過脈」充當謂語，揣摩上下文，「過脈」的意義應為「（〔山峰〕由某山嶺）連接」，為動詞。

「過脈」還可以拆開用為「脈……過」或「脈……渡」，從另一角度提示了「過脈」的離合詞身份。

（4）又平行嶺夾，則田塍之東瀦而為塘，三塘連匯，共半里，塘盡，復環為田之南巨山，山橫峙田之北，列阜斜騫，而田塍貫其間，即過脈處也。其東，水北流矣。余初以小脈自北南過，及隨水東北下，抵思籠而問之，始知其水猶西北轉武緣南之高峰，而出右江，則此脈乃自南而北渡，北起為陸蒙山，迤邐西行，過施淰尖峰，又西走而分支南結為南寧；其直西又西為羅秀，又西為石步，又西盡於王宮，則右江入鬱之東岸也。自過脈處又東半里，乃下，又半里，下抵塢中。(《粵西遊日記四》，4a536-537)

「過脈」在《遊記》中偶而用「走脈」表示，我們檢索到以下一例：

（5）其脊即磨盤山東走脈，至此又度而南，為大堡營東山者也。(《滇遊日記二》，761)

以「過脈」指稱山脈的走勢，在同時代的作品中也有使用：

（6）向思之，不得其故，及今行遍宇內，始窮山川源委而悉之。蓋此乃中龍過脈處也。泰山為中龍之委，自荊山大千生，至六蓼遂落平洋，牽連岡阜，至徐、邳過脈，北去而起泰山。

　　　　（《廣志繹・兩都》）

　　下面我們探討「過脈」這兩個義項的由來。《說文》:「衇,血理分衺行體者,從辰從血。」「衇」即「脈」,本義為血管。《素問・脈要精微論》:「夫脈者,血之府也。」王冰注:「府,聚也。言血之多少皆聚見於經脈之中也。」《左傳・僖公十五年》:「張脈僨興,外強中乾。」楊伯峻注:「脈,即今之血管。」通過詞義引申,「脈」由指稱血管擴大到指稱葉脈、國脈、路脈、山脈等,詞的外延得以擴大。「脈」詞義擴大的過程其實是認知域變化的結果。趙豔芳指出:認知語言學家的「人類中心說」認為,人們認識事物總是從自身及自身的行為出發,引申到外界事物,再引申到空間、時間、性質等。〔註67〕海因等學者將人類認識世界的認知域排列成一個由具體到抽象的等級,認為認知域之間投射的一般規律是:人〈物〈事〈空間〈時間〈性質。

　　以「脈」來指稱山勢,根據我們目前掌握的文獻最早可以追溯到《史記》:

　　（7）良久,徐曰:「恬罪固當死矣。起臨洮屬之遼東,城壍萬餘里,
　　　　　此其中不能無絕地脈哉?此乃恬之罪也。」(《史記・蒙恬列
　　　　　傳》)

　　（8）太史公曰:……何乃罪地脈哉?(《史記・蒙恬列傳》)

上例指蒙恬自認為修築長城時挖斷了山勢,故不得已而認罪伏誅。當然,司馬遷並不贊同。這也許是後來堪輿家十分重視山脈的濫觴,以致於某些山脈被堪輿家稱為龍脈,用「發脈、過脈、結穴」等詞語指稱龍脈的運行軌跡。限於篇幅,以下僅列舉「過脈」在堪輿學著作中的幾個用例:

　　（9）去前砂之毒以為官曜,於過脈停息之中駕馭為穴。(《堪輿部匯
　　　　　考四・氣象》)

　　（10）源,水之本也;潢,水之積也。不源不潢者,雨過即干,龍之
　　　　　過脈處也。(《管氏地理指蒙一・幹流過脈第九》)

　　（11）蜂腰極細,鶴膝至圓,言過脈之精妙,蛙背脊直而兩削,雞胸
　　　　　腹飽而臃腫;言過脈之頑拙,蛙背與偏鏟同意,雞胸與缶溜同
　　　　　形。(《管氏地理指蒙一・幹流過脈第九》)

〔註67〕趙豔芳:《認知語言學概論》,上海外語教育出版社,2001年。

（12）奪氣之穴皆有餘，須從過脈辨盈虛，山如過去穴須在，要令隱馬與藏車。（《璚林國寶經・奇形怪穴法》）

（二）乖／蔴拐

（13）又一里，過兩獨木橋，則見火光熒熒。亟就之，見其伏睡旁，亦不敢問。已而有茅察一二重，呼之，一人輒秉炬出，迎歸託宿焉。問其睡間諸火，則取乖者，蓋瑤人以蛙為乖也。（《楚遊日記》2b238）

（14）循城下抵南門，飯於肆。又東南一里，為蔴拐岩。（《楚遊日記》2b223）

從例（13）可以看出，徐霞客真實地記錄了當地瑤人稱「青蛙」為「乖」的語言現象，瑤人把「捕捉青蛙」稱為「取乖」。這一記錄是準確的，從下表的苗瑤語族的對音材料可以看出，「乖」「拐」與各語支存在語音對應關係[註68]：

苗瑤語	佘語陳湖話	苗語養蒿話	巴哼語	苗語吉衛話	苗語先進話
讀音	$kwan^{33}$	$qaŋ^{35}$、$qaŋ^{35}po^{52}$	$qa^{33}qoŋ^{53}$	$ta^{35}ku^{44}$	$qaŋ^{55}$
苗瑤語	苗語青岩話	苗語石門坎話	楓香話	苗語高坡話	布努語大化話
讀音	$qoŋ^{13}qo^{21}$	$ta^{55}Ga^{31}$	$qa^{33}qoŋ^{53}$	$tↄ^{24}qↄ^{13}$	$ve^{43}ken^{43}$

我們認為例（2）的「蔴拐」其實就是例（1）瑤人所稱呼的「乖」，指稱青蛙。據《江華瑤族自治縣志》記載，夛山位於江華舊城東里許，從城中望去又似一坐立之青蛙，故又名「蛤蟆山」，山腰面陽有岩洞，俗稱「蔴拐岩」。[註69]我們認為，「蔴拐」是漢語方言與瑤語的合璧詞[註70]。「乖」在《中原音韻》的音位地位是見母皆來韻陰平聲，「拐」在《中原音韻》的音位地位是見母皆來韻上聲，「拐」與「乖」都是記音字，來自上文論及的苗瑤語。「蔴」是「蝦蟆」的記音，只取後字「蟆」的讀音。《說文・蟲部》：「蟆，蝦蟆也。」「蝦蟆」在各地方言中還可以記為「哈蟆、哈蟆[註71]」等。

〔註68〕語音材料來自丁邦新、孫宏開先生的《漢藏同源詞研究》。

〔註69〕湖南省江華瑤族自治縣縣志編纂委員會：《江華瑤族自治縣志》，中國城市出版社，1994 年，第 497 頁。

〔註70〕羅昕如著：《湘方言詞彙研究》，湖南師範大學出版社，2006 年，第 53 頁。認為「蔴拐」是「蟆蜩（蚓）」的同音字，來自古語。

〔註71〕許寶華，宮田一郎：《漢語方言大詞典》，中華書局，1999 年，第 4111 頁。山西河津呼「蝌蚪」為「哈蟆勾斗」。

此外，「青蛙」在壯侗語族的布依語裏讀為 $[tu\vartheta^2 kwe^3]$，仫佬語讀為 $[kwai^3]$，毛南語「大青蛙」讀為 $[k\vartheta p^7]$，「小青蛙」讀為 $[kwai^3]$。〔註72〕均與瑤語讀為「乖」「拐」相對應。考其本字，當與漢語「蟈」同源。《周禮·秋官·序言》：「蟈氏，下士一人，徒二人。」鄭玄注：「蟈，今御所食蛙也。」《淮南子·時則》：「螻蟈鳴，丘螾出。」高誘注：「蟈，蝦蟇也。」《廣雅·釋魚》：「蛙，蟈，長股也。」《廣韻·麥韻》：「蟈，螻蟈，蛙別名。」

以「蘇拐」呼「青蛙」，在湖南永州地區是相當普遍的，不僅僅侷限在《遊記》所記的道州。根據潘悟雲、鄭張尚芳先生的調查，在吳語區的松陽（古市）、蒲門、龍泉等地大致與「蘇拐」讀音相同，而泰順蠻講的讀音與之有別。〔註73〕

吳語	松陽（古市）	蒲門	龍泉	泰順蠻講
讀音	$tsh\vartheta n^{51\text{-}35}kuan^{21}$	$u^{44}m\mathfrak{z}^{31\text{-}22}kau^{45}$	$t\var!\varepsilon i\eta^{335\text{-}33}ku\Lambda^{335}$	$ha^{31}ma^{31}$
用字	蔥梗	蝦蟆狗	青蛙	蝦蟆

松陽（古市）、蒲門、龍泉三地的後一音節，從語音上看都來源於苗瑤語「乖」，前一音節來源於漢語的「青」或「蝦」，因此可以視為合璧詞。據《漢語方言大詞典》的記載，「青蛙」的合璧詞情況分布還有如下地區，福建廈門話讀為 $[kap^{32}kuai^4]$，廣東台山臺城讀為 $[kep^5kai^5]$，廣州讀為 $[k\vartheta p^{53}kwai^{55}]$，廣西陸川讀為 $[kop^{33}kuai^{33}]$。「蘇拐」在地域上的較大範圍的分布，從另一角度說明了南方方言的確普遍存在民族語底層的客觀事實。

（三）肥／肶

（15）主人為余言：「今早有人自府來，言平沙有沙人截道。君何以行？」余曰：「無之。」曰：「可徵君之福也。土人與之相識，猶被索肥始放，君之不遇，豈偶然哉！……」（《滇遊日記二》5a693）

校記云：「『肥』疑作『肶』。其實，不應有疑。最早指出這一問題的是官大梁先生，他認為：「沙人截道而索肥，『索肥』云云，令人費解，以理校之，『索

〔註72〕中央民族學院少數民族語言研究所第五研究室編：《壯侗語族語言詞彙集》，中央民族學院出版社，1985 年，第 61 頁。

〔註73〕材料來自東方語言網，網址為：http://www.eastling.org/

肥」應為『索肥』之誤，形近而訛。」〔註74〕除上海古籍出版社的《遊記》增訂本外，其他各家版本對此均未出校。以下再舉幾例加以佐證：

（16）滇中產銅，不行鼓鑄，而反以重價購海肥，非利也。（《明史》卷八十一《食貨五》）

（17）十餘部歲當貢馬，輸差發銀及海肥，八府民歲當輸食鹽米鈔。（《明史》卷八十一《食貨五》）

（18）日中為市，率名曰街，以十二支所屬分為各處街期，如子日名鼠街，丑日名牛街之類。街期各處錯雜，以便貿遷。昔多用貝，俗名曰肥子。一枚曰莊，四莊曰手，四手曰苗，五苗曰索。（《雲南通志》卷八《風俗》）

（19）今雲南用貝，呼為海肥，以一為莊，四莊為手，四手為苗，五苗為索，魏王謂朋當作賏。（《通雅》卷四十《算數》）

（20）雲南用肥不用錢，肥即古之貝也。今士夫以為夷俗，殊不知自是前古之制，至周始用錢，故貨貝每見於古書。（《南園漫錄》卷三《貝原》）

可見在明代，雲南通行的貨幣是「肥」，「索肥」就是索取買路錢。需要指出的是，「索」不可理解為「肥」的計量單位，否則「猶被索肥始放」語義不可解。

「月、貝」偏旁相混，俗書常形近相亂。《龍龕手鑑》卷三《貝部》：「賦，俗，正作賦。」又云：「脉，俗，音脈。」〔註75〕

此外，雲南地區用作貨幣或飾物的「肥」，尚有多種字形。作「蚆」，如《明史·雲南土司傳一·臨安》：「本司歲納海蚆七萬九千八百索，非土所產，乞准鈔銀為便。」《爾雅·釋魚》「蚆博而頯」清·郝懿行義疏：「蚆者，雲南人呼貝為海蚆。蚆、具聲轉也。」亦作「貶」，如明·馬歡《瀛涯勝覽·榜葛剌國》：「零用海貶，番名考嘍，論個數交易。」

〔註74〕官大梁：《「索肥」應作「索肥」》，《學術研究》1982年第6期。
〔註75〕參張湧泉著：《漢語俗字叢考》，中華書局，2000年，第986～987頁。張湧泉先生指出「賏」是「肭」的形訛俗字，因偏旁「貝」與「月」形近所致。

六、「二反」語義探源 〔註76〕

（一）緣　起

太田辰夫對「二反」一詞最早作出解釋，他認為是「表重複的副詞」，「是罕見的用法」，舉了《小額》的兩個例子。〔註77〕劉一之在《中國語文》撰文作了更具體的解釋，謂「二反：又，再」，舉了三例，其中兩例與太田辰夫完全相同。〔註78〕由於例證太少，又欠缺探源性的考釋，「二反」的詞義尚有待商榷。

1.「二反」可與「再、又」連用

（1）「二反」釋為「又、再」似嫌重複

首先，現代漢語「表重複的副詞」很多，太田辰夫釋「二反」為「表重複的副詞」，釋義似嫌寬泛。而劉一之釋為「又、再」，不少例句也解釋不圓通。「二反」與「又」復現頗為常見，倘若「二反」是表重複的副詞「又、再」的意思，豈不語義重複，囉嗦不通？如：

（1）徐吉春又微坐了一會兒，約計著本家兒把錢交給趕車的啦，二反告辭起身（這塊德行）。（《小額》）〔註79〕

（2）小文子兒把片子擱在門房兒啦，車也擱在門口兒啦，街上吃的早飯。二反回來，又等了會子，徐吉春才回來。（《小額》）

（3）賽武大溜到外頭，薦薦的把大口開放，二反又來到裏面。（損公《趙三黑》）

（4）（哎喲）不怕你們在家走，瞧著我一個人現。二反又把場面安（哎喲），要唱「豔陽天」。（《樓攬泰請局》）〔註80〕

（5）賈長發一聽這話，猛可的立起身來，扭頭向外便跑。……官人才要向他解釋，九錫卻先說道：「賈長發，你不可胡鬧，凡事

〔註76〕發表於《語言學論叢》，2021 年第 1 輯，有改動。

〔註77〕（日）太田辰夫著；江藍生等譯：《漢語史通考》，重慶出版社，1991 年，第 288 頁。

〔註78〕劉一之：《清末明初北京話語詞箚記》，《中國語文》2011 年第 6 期。

〔註79〕清・松友梅著：《京人京語京文化叢書・小額（注釋本）》，世界圖書西安出版公司，2011 年，第 89 頁。下同。松友梅以及下文的損公均為作者筆名。

〔註80〕參見常人春、張衛東著：《喜慶堂會　舊京壽慶禮俗》，學苑出版社，2001 年，第 227 頁。

全有本道作主。你橫豎也跑不開，你要耐著性兒，等我慢慢訊問。」長發二反又跪下，氣哼哼的低頭不語。(《新新外史》第四十五回)〔註81〕

例(1)「二反」前文有「又」，例(2)「二反」後文有「又」，例(3)(4)(5)「二反」與「又」連用，若把「二反」釋為「又、再」，表義累贅重複。

誠然，明清文獻偶見「再」「又」連用之例，但其中的「再」並非表示重複的副詞，如《水滸傳》第四十一回：「宋江道：『卻用侯家兄弟引著薛永並白勝，先去無為軍城中藏了。來日三更二點為期，只聽門外放起帶鈴鵓鴿，便叫白勝上城策應。先插一條白絹號帶，近黃文炳家，便是上城去處。<u>再又</u>教石勇、杜遷，扮做丐者，去城門邊左近埋伏。只看火起為號，便下手殺把門軍士。李俊、張順，只在江面上往來巡綽，等候策應。』」該句「再又」中的「再」是表示承接關係的副詞，與「先」「便」呼應。從下文亦可得到佐證，「宋江分撥已定，薛永、白勝、侯健先自去了。隨後再是石勇、杜遷，扮做丐者，身邊各藏了短刀暗器，也去了。」「再又」中的「再」相當於「隨後」。

(2)「二反」亦作「二返」

此外，清末、民國文獻中，「二反」又作「二返」，也常與「又」復現。如：

(6) 徐爺走了兩步，老太太又把他叫住，徐爺二返回來說：「老娘有何吩咐？」(損公《苦鴛鴦》)〔註82〕

例(6)「二返回來」謂「徐爺走了兩步」，被老太太叫住，故再次返回。不過「二返」應該還不是「二反」的來源，因為「返回」義不適合詞義，寫作「返」也許是因為受後面的「回來」的影響而致，而且「反」「返」通用本就十分常見。又如：

(7) 不大的工夫有人扣門，開門一看，原來拉車的何某給送茶葉來了。何某接過車錢之後拉起車來就走，到了北池子口上水月燈下方才看見，二返回來送茶葉，某甲喜之不禁，叫車夫不要走，意思要酬勞幾個錢。(《洋車夫拾物不昧》，《順天時報》1921 年 11 月 30 日第 7 版)

〔註81〕濯纓：《新新外史》，吉林文史出版社，1987 年，第 867 頁。
〔註82〕周建設主編；於潤琦、馮燕副主編：《損公作品》2，首都師範大學出版社，2014 年，第 357 頁。

例（7）言車夫何某本已拉車走到了北池子口上，發現車上落下了茶葉後，再次回來送還茶葉給甲某。

2.「二反」當源於「二番」

（1）「再次、第二次」與「又、再」之別

那麼，「二反」來源究竟如何呢？從詞的語素義分析來看，當來源於數量組合「二番」，意為再次、第二次。「再次、第二次」與「又、再」至少存在以下幾點區別：第一，詞性不同，前者為數量詞，常後接動詞，後者為副詞，除接動詞外，亦可接形容詞，如「又瘦又乏」；第二，語義指向不同，前者側重動作、行為的第二次發生，後者側重動作、行為重複，不僅第二次，亦可第三次、第四次等反覆發生，常含持續意味，如「他又遲到了」，隱含他多次遲到之意。上引諸例均謂動作、行為的第二次發生，概無超過兩次，多次發生之意。第三，動作、行為的一致性不同。前者所指動作、行為必須相同，後者可相同亦可不同。如：

（8）翻書又照照自己的臉，放下鏡子又仔細研讀那本線裝書。（曹禺《北京人》）

李文治認為，該句「又」前後連接兩個不同的動詞，表示不同動作相繼發生。〔註83〕上引例句「二反」承接的動作、行為都是一致的，以下例句貌似不一致，如：

（9）且說拳匪牛兒用手中刀把旁邊小門撥開，探頭向裏張望，忽見樊神甫從內走出，嚇得他抹頭跑下臺階，口中大聲嚷道：「師兄們，快上體吧，洋人出來了哇！」說完這話，自加力抽喘，抹頭而回，二反奔入旁門，只聽「叭」的一聲槍響，牛老二竟自中了佛煙（調坎說，就是中了槍子了啦），噗咚摔倒在地。（徐劍膽《衢州案》）〔註84〕

該句先言「嚇得他（拳匪牛兒）抹頭跑下臺階」，再言「二反奔入旁門」，似乎動作、行為並不一致，一為「下臺階」，一為「入旁門」。其實「跑」「奔」均指逃命的動作，實際相同。

〔註83〕李文治：《關於「又」和「再」》，《語言教學與研究》1982 年第 1 期。
〔註84〕周建設主編；於潤琦，馮蒸副主編：《徐劍膽作品》1，首都師範大學出版社，2014年，第 396 頁。

（2）「反」「番」通假

「反」「番」《廣韻》都是「孚袁切」，皆為滂母元韻，音同義通。「反」「番」相通，由來已久。如：

（10）反然舉惡桀、紂而貴湯、武。（《荀子‧強國篇第十六》）

（11）誰謂綺羅番有力，猶自嫌輕更著人。（唐‧劉宴《詠王大娘戴竿》）

例（10）「反」通「番」；例（11）「番」通「反」。

《廣韻‧元韻》：「番，數也。」《字彙‧田部》：「番，次也。」「番」的量詞較早用例，可追溯至南朝‧劉義慶《世說新語‧文學》：「於是弼自為客主數番，皆一坐所不及。」

早在漢代，「反」跟「番」一樣，都可以表示「遍」「次」類的量詞，《佛經續釋詞》曾做發明，[註85] 姑轉錄二例，後漢《修行本起經》：「上為天帝，下為聖王，各三十六反。」後漢《中本起經》：「出沒七反，身出水火，從上來下，前禮佛足，卻侍於左。」傳世文獻亦見用例，如唐宋時期的樂譜《仁智要錄》中的《春鶯囀》《團亂旋》《賀殿》《玉樹後庭花》等曲有記有「一反」「二反」「三反」「四反」「七反」「八反」等術語，「幾反」為「幾遍」之意。而樂譜《願成雙》中的《獅子序》一曲記有「三番」，表示「三遍」。[註86] 經文獻查檢，表示「再次」義的「二番」較早用例，始見於金代，如：

（12）當外發寒邪，使令消散，內瀉二火，不令交攻其中，令濕氣上歸，復其本位，可一二服立已，仍令小兒以後再無二番斑出之患。（金‧李杲《蘭室秘藏》卷下）[註87]

清代用例甚夥，「二番」均可理解為「第二次、再次」，如：

（13）說著出去將門關好，二番回來在下垂首相陪。（《大八義》第六回）

（14）自己由太湖石後繞奔東南，就在來的那個人身後，「喀哧」一刀，將那人殺死。二番回來，至山洞，再找趙虎蹤跡不見。（《小五義》第一百五十六回）

〔註85〕李維琦：《佛經續釋詞》，嶽麓書社，1999年，第53頁。

〔註86〕於韻菲：《談古樂譜中表示反覆的漢字術語》，《文化藝術研究》2012年第5卷。

〔註87〕金‧李杲：《蘭室秘藏》卷下，江陰朱氏校刊本，第62頁。

（15）何巡按吩咐把庵中老尼喚來，役人二番回去，把老尼喚到，跪
在面前。（《春秋配》第十二回）

較比「二反」，「二次」由「兩次」發展為「第二次，再次」的軌跡更為清晰，是極為有力的旁證。作為泛表一般動作次數的動量詞「次」，於南北朝始見。〔註88〕「二次」連用的較早用例始於唐代，表示「兩次」，如：

（16）可用術附湯二貼、木瓜、木香一塊，用刀銼碎，用水三盞、生
薑二十片，煎取一盞半，去滓分二次下，震靈丹五粒至十九，
食前服之。（《海上仙方·溫隱居海上仙方前集》）

至遲在明代，「二次」由「兩次」衍生出「第二次、再次」，如：

（17）殷開山說：「頭次槍刺姜晔，二次鞭打顏勇，三次鞭打老大王，
四陣鞭打世子仲文，五陣鞭擊唐萬人馬頭，險喪其命！」
（《大唐秦王詞話》第二十六回）

（3）「二反」「二返」均源於「二番」

據此，「二反」「二返」均源於「二番」。釋「二反」為副詞「又、再」的錯誤在於未明「反」的通假義，以至於太田辰夫自己亦感歎「是罕見的用法」了，無法從語源上解釋語義所自。我們再來解釋太田辰夫、劉一之先生所用的「二反」用例。例（1）前文「（徐吉春）說罷，佔〔站〕起來告辭」，又故意提及不要給車夫賞錢一事，意在提醒額家別忘了給付賞錢。於是坐下繼續喝茶，等著老張給趕車的送去賞錢，估計時間差不多了，才再次向額大奶奶告辭，故「二反」當釋為「再次、第二次」，系數量組合，非副詞；例（2）前文言「今天小文子兒去請去，正趕上徐吉春上衙門去啦，門上的說是晌午歪才回來呢」，於是把片子擱在門房兒，車也擱在門口兒，到街上吃了早飯，估計徐吉春快從衙門回來了，才再次回到徐吉春診所等待，因此「二反」亦當釋為表示數量的「再次、第二次」。

（18）二人也不能追趕，二人對叫：「小子，咱們拿那個去。」二反
回來，崔龍不容二人動手，早就跑了。（《忠烈小五義傳》第五
十三回）〔註89〕

〔註88〕劉世儒：《魏晉南北朝量詞研究》，中華書局，1965年，第262頁。
〔註89〕佚名撰；林邦鈞，瞿幼寧點校：《忠烈小五義傳》，北京師範大學出版社，1993年，
第276頁。

（19）石祿一見，暗說：「不好，銅頭要跑。」遂說道：「銅頭啊，你別走。」說著他把死屍扔下，踴身越過牆去，二反進屏門來迎，正遇呂登清要出屏風門。（《大八義》第二十三回）〔註90〕

（20）於奢謝恩站起身來，將絲繩往肩頭一套，雙手一攏鐵鼎的耳子，用平生之力，他這鼎一舉，比韓天錦差不多，看這光景，也不大費力，前走三步，後退了三步，繞了個四面，二返又回到萬歲爺面前，點了三點，復又奔了正北，安放石頭座子之上。（《續小五義》第二十一回）〔註91〕

（21）一轉想，殺害叔父的，沒有別人，定是劉通無疑，於是二反把被褥蓋好，把殘燈吹滅，將門由外面關好，這才往家中急奔。（《新偵探》第四回）

（22）王亞奇找出幾件衣裳來，讓當差的帶著他洗澡推頭，又買的新鞋新襪，二反回來，立刻另一番精神。（損公《非慈論》）

例（18）二人抓另一個去了，等他們再次返回時，崔龍已逃之夭夭，「二反」猶再次；例（19）石祿出門追趕銅頭（呂登清），踴身越過牆去，再次進屏門堵住了將要逃跑的呂登清；例（20）於奢「前走三步，後退了三步，繞了個四面」，再次又回到萬歲爺面前。例（21）劉一之先生已引用，本處謂再次把被褥蓋好，「這才往家中急奔」。例（22）言淪為乞丐的少谷換了衣服，洗澡推頭後，別有一番精神，若把「二反回來」理解為「又回來」，於全句似乎不通。因為此處是說少谷經過修飾後再一次回到王亞奇家中，「二反」指稱的是數量，而非重複「回來」這一動作。

3. 方言參證

至今仍活躍在北方方言口語裏的尚有「二返腳」「二反腳」「二番腳」〔註92〕。蓋為了凸顯「二返」「二反」的「再次」語義，人們在使用過程中加上表示次數

〔註90〕（清）佚名著：《大八義》，吉林文史出版社，1995 年，第 454～455 頁。

〔註91〕佚名撰；林邦鈞，蕭惠君點校：《續小五義》，北京師範大學出版社，1993 年，第128 頁。原文「二返」連前文「四面」，「二返」後點斷，蓋不明語義而誤。

〔註92〕經筆者調查，雲南紅河彌勒一帶方言，謂「第二次、再次」為「二反覆」，蓋不明「二反」的語源，由「二反」與「反覆」截搭而成。如「他出門走了一圈，二反覆又回來了」。

的量詞「腳」，從而形成了疊架結構。受此影響，「二番」也疊架為「二番腳」。《現代漢語難詞詞典》〔註93〕、《關東方言詞彙》〔註94〕、《東北方言詞條集成》〔註95〕等均收詞條「二返腳」，均釋為「去而復返」，似乎侷限於「返」的「返回」義，不如徑釋為「再次，第二次」。略舉例於下：

(23) 我從樹下爬起來，準備下山去和把頭接頭，沒等我和把頭搭上話，狡猾的敵人二反腳又回來了，我趕緊又隱蔽起來。（張璽山《在東北抗日游擊戰爭的年代裏》）〔註96〕

(24) 我馬上帶著小跑奔鐵工廠，到廠長室未找著人，一問會計他說在車間，我又跑到車間，順著每個窗戶找了一遍未找到，二番腳又問會計，會計說他可能在鉗工車間，我這回直接向鉗工車間廠房裏走去。（吳夢起《夏天的早晨》，《長春》1958 年 11 期）

(25) 王老憨二返腳又下去撈，一撈還是沒有，這可就怪了。（《天上掉下來的福》）〔註97〕

此外，《國語辭典》收詞條「二反投唐」「二返回頭」，均釋為第二次返回，〔註98〕是。但《北京土語辭典》謂「二反投唐可能用隋唐間故事」，〔註99〕似乎拘泥於字面語義。

〔註93〕呂才楨等：《現代漢語難詞詞典》，延邊教育出版社，1985 年，第 69 頁。
〔註94〕王長元、王博：《關東方言詞彙》，吉林教育出版社，1991 年，第 106 頁。
〔註95〕董聯聲：《東北方言詞條集成》第 1 冊，線裝書局，2015 年，第 235 頁。
〔註96〕中國人民政治協商會議黑龍江省委員會文史資料研究委員會編：《黑龍江文史資料》第 14 輯，黑龍江人民出版社，1984 年，第 29 頁。
〔註97〕盧正佳、繆力主編：《生活故事卷》，中國文聯出版社，1999 年，第 659 頁。
〔註98〕中國大辭典編纂處編：《國語辭典》，商務印書館國際有限公司，2011 年，第 1103 頁。
〔註99〕徐世榮：《北京土語辭典》，北京出版社，2011 年，第 123 頁。

第五章　疑難詞語零箚

　　疑難詞考釋之難，第一難在語料搜集，因為所考釋的詞語往往無法檢索，只能靠平時閱讀的小卡片加以積累。第二難在明確語義，在某一具體語境中，A 義或者 B 義似乎都可以說得通，又似乎都不是很圓通。第三難在探究語義所自，因為語源經常被重重遮蔽。本章收錄《釋「卯」》《「盡如人意」用變考察》《「春凳」考略》《「𡴐」義釋疑》等篇，意在通過抽絲剝繭，從蛛絲馬跡裏尋找突破口，做出一些嘗試。

一、釋「卯」〔註1〕

　　李強先生《淺議清前期鑄局中的「卯」》一文〔註2〕，認為「卯」的含義表鑄錢數量，筆者認為這一表達不夠準確，值得商榷。其原文如下：

　　　　《清朝文獻通考‧錢幣考》中對「卯」的解釋為：「開鑄之期曰卯〔註3〕，宋以後始有畫卯、點卯之名，蓋其時之早，相沿既久，遂以一期為一卯。」這個概念不能完全解讀「卯」的涵義。根據相關史料分析，清前期制錢鑄造中的「卯」應有兩種含義：一指一個鑄局所有爐座開爐鑄造一次的總體鑄錢量。如順治元年（1644 年），寶

〔註1〕發表於《歷史檔案》，2009 年第 2 期，有改動。
〔註2〕見《歷史檔案》，2007 年第 4 期，第 58 頁。
〔註3〕此處文字有誤，應為「其開鑄之期曰卯」，奪「其」字。

泉局每卯鑄錢量為 12880 串；乾隆三十八年（1773 年），寶泉局每卯鑄錢量改為 12480 串。二指一個鑄局每爐開爐鑄造一次的鑄錢數量，常被稱為每爐每卯。

其實，「卯」表示數量的意義來源於「卯」，表示鑄造一期（「期」相當於「次」），《清朝文獻通考·錢幣考》說得非常準確，「遂以一期為一卯」。正因為此，「卯」的數量即使在同一時期也因鑄局不同而不同。據《歷代職官表·戶工二部錢局表》載：「凡京師鼓鑄，統設二局。隸戶部者曰寶泉局，歲鑄錢六十一卯（以萬二千四百八十緡為卯）；隸工部者曰寶源局，歲鑄錢七十一卯（以六千二百四十九緡二百七十文為卯）。遇閏則皆加鑄四卯。」此外，《大清會典·戶部·錢法》也有詳細記載：「凡京師鼓鑄，統設二局。其隸於部者曰寶泉局，歲鑄錢六十一卯，得錢七十六萬千二百八十緡，遇閏加鑄四卯，得錢四萬九千九百二十緡，以萬二千四百八十緡為卯。」《大清會典·工部·鼓鑄》載：「凡鼓鑄之法，隸工部者曰寶源局，置爐二十有一，歲鑄錢七十一卯，得錢四十四萬三千六百九十八緡百七十文，遇閏加鑄四卯，得錢二萬四千九百九十七緡百八十文，以六千二百四十九緡二百七十文為卯。」從這些材料可以看出，寶泉局與寶源局每卯數量不等。「卯」相當於漢語的「次」，是動量詞，而不是名量詞。

由於鑄錢的規模發生變化，每卯的數量也隨之變化。如原文稱引「廣西寶桂局，最初每銅、鉛、錫 600 斤為 1 卯，乾隆十四年改為每銅、鉛、錫 1000 斤為 1 卯」，這也說明把「卯」理解為「次」才順理成章。

此外，每卯的鑄錢數目還與錢的重量有密切關係。據《大清會典則例·戶部·錢法》，順治在位 18 年間，鑄錢每文重量至少有 4 次改變。順治元年，「鑄順治通寶，錢一面鑄寶泉二字，用清文；一面鑄年號，用漢文。頒行天下，每文重一錢」。順治二年，「題准鑄錢每文重一錢二分」。順治八年，「議准寶泉局鼓鑄製錢每文改重一錢二分五釐，不得輕重違式」。順治十四年，「題准寶泉局鑄錢改重一錢四分」。這種鑄錢規格的頻繁變化，勢必引起每卯的生產數目也會發生變化，從而導致鑄錢總量的改變〔註4〕，進而調整銀錢的比價。

總之，「卯」應理解為「次」，不能理解為「鑄錢總量或數量」，筆者贊同

〔註4〕當然，為了增減貨幣重量，直接調整鑄造的卯數，也是常採用的辦法。

《漢語大詞典》的解釋：「古代造幣場所開鑄之期稱卯。又，開鑄一次亦稱卯。」〔註5〕

二、「盡如人意」用變考察〔註6〕

（一）引　言

1. 報刊語料頻見「不盡人意」一語，認同者有之，否定者亦有之。《光明網》2004年7月19日刊出杜永道先生的《「不盡人意」還是「不盡如人意」》（以下簡稱杜文）一文，為論述方便，原文轉錄如下：

問：有時候聽別人說「不盡人意」，有時候又聽人說「不盡如人意」，究竟應當怎樣說呢？

答：應當說「不盡如人意」。這裡的「盡」是「都，完全」的意思，「如」是「符合」的意思。「盡如人意」就是「完全合乎人們的心意」。在前面加一個「不」，說成「不盡如人意」，意思是「不完全合乎人們的心意」，也就是「仍有讓人不滿意之處」的意思。其中的「如（符合）」不能省略，說成「不盡人意」是不妥當的。

杜文的釋義有可取之處，但對「不盡如人意」的來源提法欠妥，並不是簡單的「在前面加一個『不』，說成『不盡如人意』」，對「不盡人意」一語斷然予以否定，更為筆者所不敢苟同。

2. 本文分為四個部分：首先描寫「盡如人意」的歷史來源、演變情況及句法分布，其次理清「盡如人意」「不盡人意」「不如人意」「不盡如意」之間的關係，比較它們的細微差異；然後通過文獻考察「不盡如人意」的結構單位，解釋「不如人意」等的合理性；最後是全文的結論。

（二）「盡如人意」的歷史來源、演變情況及句法分布

從歷史來源看，「盡如人意」最遠可以追溯到《易·繫辭上》「書不盡言，言不盡意」，唐孔穎達疏曰：「意有深邃委曲，非言可寫，是言不盡意也。」《漢語大辭典》對「盡意」的解釋為「充分表達心意」。「盡如人意」的含義是完全符合人的心意，在文獻中可見的最早用例是宋·劉克莊《李艮翁禮部墓誌銘》：

〔註5〕羅竹風主編；漢語大詞典編輯委員會，漢語大詞典編纂處編纂：《漢語大詞典》第2卷，漢語大詞典出版社，1988年，第519頁。
〔註6〕發表於《銅仁學院學報》，2008年第5期，有改動。

「然議者但以為恩澤侯挾貴臨民，安得盡如人意？」

1. 從句法分布看，「盡如人意」的句法環境有兩種：否定式和反問式。

（1）否定式。否定句是「盡如人意」主要的句法環境，使用最多的否定副詞為「不」。例如：

（1）士大夫食君祿，知天下事不盡如人意。（宋·曹彥約《昌谷集·跋陳令舉騎牛圖》）

（2）改革開放以來，精神成果也是不小的。比如說一些新的文化產品湧現，雖然其規模和質量還不盡如人意，但畢竟有一些成果。（常修澤，光明日報 2007 年 4 月 10 日）

此外，否定詞還可以用「不能、並非、未能、並不、未、卻」，比如：

（3）其間匯次不能盡如人意者，得之有先後也，未如之何？（宋·曾宏父《石刻鋪敘·續帖》）

（4）聯合國的地位和作用是國際社會共同認可的，儘管在履行其職責方面並非盡如人意，但其作用仍是無可替代的。（鑫泉，光明日報，2003 年 8 月 5 日）

（5）凡此種種，也正是有些當代文學史寫得不夠實事求是、未能盡如人意的原因。（王景山，人民日報 2004 年 1 月 15 日）

（6）在收到政府提交的辦理報告後，常委會委員和專門委員會花了 15 天時間走訪屠宰場、工商局，走進鄉鎮，拿到了第一手的調查材料。調查結果顯示：連州市的生豬屠宰管理工作未盡如人意。（張翼鵬、李時平，人民日報 2004 年 2 月 11 日）

（7）諸公卻自無心，非向者之比秖，是唱高和寡耳，漕臺卻盡如人意，王道父尤濟事也。（宋·呂祖謙《東萊外集》）

甚至還可以用表示否定意義的形容詞「難」加以修飾，如：

（8）要多用感恩之心去感謝社會，而對於一時難盡如人意的地方，卻要在不足中求滿足，在弱點中找亮點，從而使心態平衡，甘芳溢頰，樂觀豁達嚮明天。（張保振，人民日報 2006 年 10 月 24 日）

2. 反問式。「盡如人意」在反問句中分布較少，特別是在現代漢語裏。前加

否定詞一般為「豈能、安得」，句末可加可不加語氣助詞，例如：

（9）閣下豈能盡爭之耶？爭之<u>豈能盡如人意耶</u>？（宋・陳師道《後山集》）

（10）新民止至善，此主在上新民者而言，非謂民德之新，亦皆必止於至善也，其勢<u>安得盡如人意</u>？（明・蔡清《四書蒙引》）

（11）22 日晚的短道速滑女子 3000 米接力決賽，是中韓兩隊再度正面交鋒的戰場，但在激烈的競爭中，局勢的發展又<u>豈能盡如人意</u>？（薛原，人民日報 2006 年 2 月 24 日）

無論在否定式還是反問式中，「盡如人意」前都可以加上否定詞，偶而在否定詞和「盡如人意」之間還可以插入其他成分，比如：

（12）雖然父子俱賢，氣脈相續，自足以不朽，<u>豈必事事盡如人意哉</u>？（宋・袁燮撰《絜齋集卷》）

（13）如果一味強調古代文學的文化學視角，無視文學的界線，脫離文學文本，不僅<u>不能</u>對許多複雜的文學現象作出<u>盡如人意</u>、令人信服的解釋，而且會誤入歧途，出現過多的誤解或過度的詮釋。（張兵，光明日報 2003 年 10 月 8 日）

通過對人民日報 2000 年 1 月 1 日至 2007 年 6 月 17 日的語料進行窮盡性檢索，我們可以得到「盡如人意」句法分布的如下統計結果：

修飾詞	不	並不	難	不能	豈能	其他	合計
次數	504	43	22	11	3	21	604

人民日報「盡如人意」用例統計表（2000 年 1 月 1 日至 2007 年 6 月 17 日）

（三）「盡如人意」與「不盡人意」「不如人意」「不盡如意」的關係

從上一節的分析可以看出，「盡如人意」的主要句法環境為否定句，黏合成「不盡如人意」。俞理明師在論述跨層次詞時精闢地指出：「有時，一些語素在某個語法環境中，經常在一起以固定的順序表示固定的意義，具有特定的語法功能，久而久之，凝合成詞」。〔註7〕「盡如人意」在語用過程中發生變化，凝合是起點，也是最關鍵的一步。Hopper & Traugott 指出：一個語言

〔註7〕俞理明：《漢語詞彙中的非理複合詞──一種特殊的詞彙結構類型：既非單純詞又非合成詞》，《四川大學學報》哲學社會科學版 2003 年第 4 期。

形式在某種環境下出現的頻率越大,那麼它語法化的程度可能也就越高,使用頻率的提高往往表明一個句法格式的形成。〔註8〕語素「不」超越層次進入「盡如人意」的語法結構中,導致原來的組合發生重新分析:由「不＋盡如人意」演變為「不盡如＋人意」。漢語的音步以雙音節為常,受語言經濟原則的支配,進一步發生省略,從而產生兩種新的組合:A 由「不盡如＋人意」演變為「不盡＋人意」,B 由「不盡如＋人意」演變為「不如＋人意」。例如:

(14) 也許是剛剛從溫網獲勝歸來疲勞未消,鄭潔的開局<u>不盡人意</u>,她的第一個發球局便被對手破發成功,陷入被動的局面。(王豫斯,光明日報 2006 年 7 月 17 日)

(15) 談及此事,聯想到眼下學術批評中種種<u>不如人意</u>之處,我問何先生:「您為什麼要寫《贅語》呢?贅語不就是多餘的話嗎?當時是怎麼考慮的?」(王大慶,光明日報 2006 年 4 月 18 日)

「不＋盡如人意」還可以重新分析為「不盡＋如人意」,同樣,受雙音節構成一個音步的影響,省略為「不盡如意」,例如:

(16) 1926 年生於東京的宮田雅之,年青時代嘗試過各種畫法,都感到<u>不盡如意</u>。(於青,人民日報 2007 年 4 月 4 日)

(17) 不少城市居民購置了新房、開上了新車;越來越多的農村家庭安裝了電話,用起了電腦。然而提起消費服務、消費環境,人們<u>不盡如意</u>的地方還很多。(詩云,人民日報 2004 年 1 月 5 日)

「不盡人意」「不如人意」中的語素「不」身份發生了變化:在「不盡如人意」中「不」是相對獨立的否定副詞,在「不盡人意」「不如人意」中的「不」通過跨層次凝合,降格為構詞語素。降格後的「不」否定意義有所衰退,因此「不盡人意」「不如人意」前還可以再加上表示轉折意義的連詞或副詞。例如:

(18) 本次他擔任中方先鋒,<u>但</u>表現<u>不盡人意</u>。中盤對殺中,王磊的棋過於強硬,遭到羽根強烈反擊,形成一個兩手劫。(羅京生,光明日報 2006 年 9 月 13 日)

〔註8〕Hopper, Paul J. and Elizabeth Closs Traugott. 1993. *Grammaticalization*. Cambridge: Cambridge University Press.

（19）人云亦云，應該是從老祖宗那兒遺傳來的毛病，本指望到了
　　　改革開放後能有個翻天覆地的大變化，<u>可</u>又<u>不如人意</u>。（人民
　　　日報 2002 年 3 月 26 日）

（四）「不盡如人意」結構單位的歷史考察

「不盡如人意」的含義是不完全符合人的心意。對「不盡如人意」的結構單位我們可以劃分出「不盡、不如、人意、如意」等詞語，這些詞語的演變大致可以分為兩類：沿襲不變類和歷時演變類。

1. 沿襲不變。

「人意、如意」屬於沿襲不變類型，含有文言色彩。「人意」指人的意願、情緒，最早見於漢代，沿襲不變。

（20）《詩‧小雅‧無羊》「麾之以肱，畢來既升。」鄭玄箋：「此言
　　　擾馴，從<u>人意</u>也。」

（21）但是事實常常跟<u>人意</u>相反，它無情地毀滅了多少人的希望。
　　　（巴金《家》）

「如意」指符合心意，最早也見於漢代，沿用至今。例如：

（22）臣疑陛下雖行此道，猶不得<u>如意</u>。（班固《漢書‧京房傳》）

（23）她底唯一的心思就是使女兒事事<u>如意</u>。（巴金《滅亡》）

2. 歷時演變。

「不盡、不如」由短語逐漸凝合成詞，進而發生意義的變化。「不盡」的最初含義是「未完、無盡」，如《史記‧老子韓非列傳》：「彌子食桃而甘，不盡而奉君。」後來演變為「不完全」之義，如茅盾《子夜》：「目前這幾位實業家就不是一業，他們各人的本身利害關係就彼此不盡相同。」

「不如」的最初含義是「比不上」，如《易‧屯》：「君子幾不如舍，往吝。」後來衍生「不符合」義項，如《後漢書‧逸民傳‧周黨》：「不如臣言，伏虛妄之罪。」

「人意、如意、不盡、不如」等詞語意義的演變為「不盡如人意」的分化創造了條件，通過重組，產生了「不盡人意」「不如人意」「不盡如意」等結構單位。當然，演變的前提是「不」與「盡如人意」的凝合。

（五）結　語

「盡如人意」經常出現在否定句中，久而久之，與否定詞「不」凝合，形成跨層次的語法單位「不盡如人意」，這是用變的最關鍵的一環。通過重新分析、省略，凝合的「不盡如人意」進一步演變。在演變過程中，同時還受漢語固有的詞彙系統的制約，次一級語法單位的意義或者沿襲不變，或者歷時演變，從而為「不盡如人意」的分化、重組創造了條件。因此，我們應運用發展的眼光，審慎地對待「不盡人意」「不如人意」「不盡如意」等新的結構單位，讓語言的現實運用作為檢驗正確與否的尺度。

三、「春凳」考略〔註9〕

「春凳」一詞出現在《紅樓夢》第三十三回：「早有丫鬟媳婦等上來，要攙寶玉，鳳姐便罵：「糊塗東西，也不睜開眼瞧瞧，這個樣兒，怎麼攙著走的？還不快進去把那藤屜子春凳抬出來呢！」眾人聽了，連忙飛跑進去，果然抬出春凳來，將寶玉放上，隨著賈母王夫人等進去，送至賈母屋裏。」〔註10〕《紅樓夢語言詞典》對「春凳」的解釋是「一種既寬且長可坐可臥的凳子」〔註11〕。

根據我們的檢索，「春凳」一詞最早出現在《金瓶梅詞話》中，第六十回：「那潘金蓮見孩子沒了，李瓶兒死了生兒，每日抖擻精神，百般的稱快，指著丫頭罵道：『賊淫婦！我只說你日頭常晌午，卻怎的今日也有錯了的時節？你斑鳩跌了彈也，嘴答谷了！春凳折了靠背兒，沒的倚了。……』」〔註12〕按《漢語大詞典》的解釋，凳是指「沒有靠背的坐具」。但此處潘金蓮的村罵明明白白地說「春凳折了靠背兒」，顯然這裡的「春凳」是有靠背的。

又現代作家二月河筆下的「春凳」也是有靠背的。「為防止掛林城兵士暴變，她派戴良臣日夜守護將軍行轅，每日晚間戌時回府稟報一天事務，但今夜已過亥時二刻，戴良臣連人影兒也不見，心中便有些疑惑，令人搬來一張春凳兒半倚在上頭，從窗格子裏眺望著天空的星星出神。」〔註13〕

〔註9〕發表於《紅樓夢學刊》，2009 年第 3 期，有改動。

〔註10〕曹雪芹、高鶚著：《紅樓夢》，人民文學出版社，1964 年，第 402 頁。

〔註11〕周定一：《紅樓夢語言詞典》，商務印書館，1995 年，第 126 頁。

〔註12〕明‧蘭陵笑笑生：《金瓶梅》，載朱雯編選：《世界文學金庫‧長篇小說卷》（一），上海文藝出版社，1994 年，第 265 頁。

〔註13〕二月河著：《康熙大帝——驚風密雨》（下冊），中原農民出版社，1994 年，第 158

　　當然，我們也可以找出更多「春凳」無靠背的例證。《姑妄言》:「富氏不許他同臥。叫丫頭抬了條春凳，放在床傍與他睡。」〔註14〕《療妒緣》:「（巧珠）自己就在春凳上和衣睡了。且說秦氏醒來，口中甚渴，見夜已將半，想來絕無有茶，也不便開口。不見巧珠來睡，揭開帳子一看，見他衣服未脫，睡在旁邊，心中不安。」〔註15〕《俠女奇緣》:「進了正房，東間有槽隔斷堂屋，西間一通連。西間靠窗南炕，通天排插。堂屋正中一張方桌，兩個杌子，左右靠壁兩張春凳。」〔註16〕上述幾例中的「春凳」，如果有靠背，靠壁或者靠床非但毫無必要，反而徒增麻煩。再如，茅盾《故鄉雜記》:「他們利用了老百姓家裏的春凳，把水淋淋的衣服在春凳上拍拍的打。」〔註17〕《山東民俗》載:「麥個子運到打麥場，即於場邊設一寬板凳（俗名『春凳』），凳上放鍘刀，一人立凳上執鍘，數人輪番抱麥個子來，茹麥個子入刀口內，使麥腰在內，執刀人一一鍘斷，麥頭滾入場內。」〔註18〕

　　那麼，曹雪芹筆下的「春凳」是否有靠背呢？《紅樓夢辭典》與《紅樓夢語言詞典》釋義大致相近，都認為「春凳」的特點是「一種寬而長的凳子」，〔註19〕但都沒有明言是否有靠背。或許編者認為凳子沒有靠背是一個常識，所以不必特別標明，也未可知。不過，我們前文的例證分明「春凳」是有靠背和無靠背兩種，因之《紅樓夢》中「春凳」靠背之有無彷彿也成了一個問題。如有些選本即認為「藤屜子春凳」是「一種帶腳屜子的藤躺椅」了！〔註20〕

　　在回答這一問題之前，我們不妨回顧一下「寶玉挨打」的場景:賈寶玉先被小廝們按在凳上，「舉起大板，打了十來下」，〔註21〕極度氣憤的賈政覺得還不夠，「一腳踢開掌板的，自己奪過板子來，狠命的又打了十幾下」。〔註22〕因

〜159 頁。

〔註14〕清‧曹去晶著:《姑妄言》（中冊），中國文聯出版公司，1999 年，第 394 頁。

〔註15〕清‧靜恬主人:《療妒緣》，載林鯉主編:《中國歷代珍稀小說》1，九洲圖書出版社，1998 年，第 144 頁。

〔註16〕清‧文康編撰:《俠女奇緣》（第二版），北京燕山出版社，2004 年，第 66 頁。

〔註17〕茅盾:《故鄉雜記》，載魏毓慶、李克因選編:《中國現代散文 55 篇》，中國文聯出版公司，1986 年，第 115 頁。

〔註18〕山曼、李萬鵬、姜文華、葉濤等:《山東民俗》，山東友誼書社，1988 年，第 274 頁。

〔註19〕周汝昌主編:《紅樓夢辭典》，廣東人民出版社，1987 年，第 77 頁。

〔註20〕遼寧第一師範學院中文系編:《元明清文學作品選》，1978 年，第 400 頁。

〔註21〕曹雪芹、高鶚著:《紅樓夢》，人民文學出版社，1964 年，第 399 頁。

〔註22〕曹雪芹、高鶚著:《紅樓夢》，人民文學出版社，1964 年，第 399 頁。

為這一場痛打，打得賈寶玉「面白氣弱，底下穿著一條綠紗小衣，一片皆是血漬」，〔註23〕「由臀看至脛脛，或青或紫，或整或破，竟無一點好處」。〔註24〕可見，賈寶玉俯身挨打，受傷部位是身體的背面。寶玉被抬放到春凳上，當然是俯臥的，也就是挨打時的姿勢。為了在抬放、搬移過程中避免傷口受到接觸、磕碰，可以推測春凳還是應以沒有靠背者為更合情理。

明清以來的生活中，確也以沒有靠背的「春凳」為最常見。由於「春凳」具有坐、臥等多種功能，甚至許多人的嫁妝裏都有「春凳」。《茅盾自傳》：「後來，聽說我曾祖父匯來兩千兩銀子給長孫辦喜事，外祖父臨時添了五百兩，那是現金（銀元），給填箱用的（填箱，舊時婚姻，女家辦嫁妝，一般的只是一櫥兩箱，外加桌、椅、春凳、瓷器、銅錫器用具等，富有者倍之。這是我的家鄉的風俗。……）」〔註25〕吳世昌認為「『春凳』和床一般高，是放在床邊的家具：約一尺寬五尺長、可坐可睡。」〔註26〕關於「春凳」的具體尺寸，我們還可以看以下兩則檔案材料。雍正元年四月十九日，清茶房首領太監呂興朝傳旨：「著做楠木春凳二個，杉木罩油春凳四個，俱長四尺三寸五分，寬一尺三寸，高一尺二寸五分。欽此。」〔註27〕同年九月初四，怡親王諭：「著做書架一連，高六尺九寸，寬八尺八寸，入深一尺。書架四個，各高六尺九寸，寬五尺二寸，入深一尺。春凳二連，高二尺二寸，寬一尺一寸，長一丈一尺，謹此。」〔註28〕

至於「春凳」的得名之由，《西園雜記》卷上稱：「四時之景，惟春為可樂。春時風日和暢，花柳爭妍，百鳥交鳴，人心悅懌。故人於此時，曰「尋芳」，曰「踏青」。」登山臨水，隨意所之，皆所以滌蕩鼓舞，用宣春機，以助陽回之意，故桌曰「春臺」，凳曰「春凳」，肴饌之具曰「春盤」，果菜之品曰「春盛」。又曰「春榼」，曰「春檠」，酒曰「春酒」，餅曰「春餅」，茶曰「春茗」，菜曰「春蔬」，皆春時燕樂之具，他時則無有也。」〔註29〕似可備一說。

由「春凳」作為「燕樂之具」，我們就不能不進一步闡釋在明清小說中，屢

〔註23〕曹雪芹、高鶚著：《紅樓夢》，人民文學出版社，1964 年，第 400 頁。
〔註24〕曹雪芹、高鶚著：《紅樓夢》，人民文學出版社，1964 年，第 400 頁。
〔註25〕茅盾著：《茅盾自傳》，江蘇文藝出版社，1996 年，第 15 頁。
〔註26〕吳世昌：《紅樓夢探源外編》，上海古籍出版社，1980 年，第 468 頁。
〔註27〕轉引自林舒等選編：《名家談鑒定》，紫禁城出版社，1995 年，第 356 頁。
〔註28〕轉引自林舒等選編：《名家談鑒定》，紫禁城出版社，1995 年，第 358 頁。
〔註29〕明‧徐咸、胡侍著：《西園雜記》，1937 年版。

屢作為男女男歡女愛時工具的「春凳」。《姑妄言》：「（聶變豹）叫丫頭們抬過一條春凳，鋪上褥子，地板鋪了紅氈。叫他扶起爬在春凳上，站在氈上。贏陽此時身不由主，憑他們擺佈停當了。聶變豹渾身脫光，笑對那妾同眾丫頭道：『你們都不許去，在這裡看我老爺試新。』」〔註30〕《歡喜冤家》：「二官道：『夜間待我想個法兒起來，與你長會便是。』把二娘就放在一條春凳上，兩個又幹了起來。」〔註31〕甚至《連城璧》中瑞郎的揮刀自宮也是在「春凳」上進行的：「就在箱裏取出一把剃刀，磨得鋒快，走去睡在春凳上，將一條索子一頭繫在梁上，一頭縛了此物，高高掛起，一隻手拿了剃刀，狠命一下，齊根去了，自己暈死在春凳上，因無人呼喚，再不得蘇醒。」〔註32〕「季芳從外邊回來，連叫瑞郎不應，尋到春凳邊，還只說他睡去，不敢驚醒，只見梁上掛了一個肉茄子，蕩來蕩去，捏住一看，才曉得是他的對頭。」〔註33〕「春」的隱喻義本來就有男女情愛之意，而在明清小說家的渲染之下，本來僅具有坐臥功能的「春凳」，於是與性愛描寫染在了一起，甚至更成了市民社會男歡女愛的代名詞。以至今天有詩人還公然宣稱「有一張長而闊的矮凳，叫春凳；明說是為白晝交歡之所備；孩子們在春凳上吹鬥紙馬。」〔註34〕令人驚奇的是，20 世紀 60 年代在河北滿城縣的明代劉勝墓裏考古還真發現了一種「性交春凳」。〔註35〕不過，此「春凳」明顯非彼「春凳」，作為一種特殊的工具，無論如何，它也是登不得大雅之堂的。

　　還是近人章炳麟《新方言・釋器》中的論證，更具有啟發意義：「《方言》：『榻前幾，江沔之間曰桯。』郭璞音『刑』。《廣韻》又佗丁切。今淮南謂牀前長凳為桯凳，桯讀如『晴』，江南浙江音如『樫』」。〔註36〕《百科大辭典》、《新編古今漢語大詞典》、《漢語大詞典》也都吸收了章炳麟的觀點，認為「桯凳」即「春凳」。《說文解字》：「桯，牀前幾」。總之，我們認為，「春凳」在明代開始出現，受漢語方言的影響，「春」為「桯」的記音字。「春凳」由「床前幾」

〔註30〕清・曹去晶著：《姑妄言》（中冊），中國文聯出版公司，1999 年，第 286 頁。
〔註31〕明・西湖漁隱主人著：《歡喜冤家》，載林鯉主編：《中國歷代珍稀小說》1，九洲圖書出版社，1998 年，第 718 頁。
〔註32〕清・李漁：《連城璧》，浙江古籍出版社，1988 年，第 229 頁。
〔註33〕清・李漁：《連城璧》，浙江古籍出版社，1988 年，第 229 頁。
〔註34〕木心著：《我紛紛的情慾》，廣西師範大學出版社，2007 年，第 163 頁。
〔註35〕http://www.39.net/eden/xxtp/gdxt/wz/48884.html.
〔註36〕章太炎：《章氏叢書・新方言》，民國刻本，第 116 頁。

逐漸演變為兩種既寬又長的凳子，一種有靠背，一種沒有靠背，後者在明清時期佔據主流。

四、「挈」義釋疑〔註37〕

（一）引　言

《徵集菖蒲桶沿邊志》第十三·商務：

> （1）度：菖屬夷人無度器，布帛交易，布之寬，以方為度，麻布以手分化挈之。設治後，漢商始用度器，與省中裁尺相等，然僅漢人用之，夷人拘於習慣，仍照舊以手為度也。（《怒江傈族自治州文物志》〔註38〕）

《徵集菖蒲桶沿邊志》第十四·物產：

> （2）柴：菖屬森林，極其繁多，因交通不便，不值一錢，僅以供給柴薪。夷人均係自行砍用，漢人間有購買者，松柴每挈五尺價銀八角，栗柴每挈一元。（《怒江傈族自治州文物志》〔註39〕）

《怒江地區歷史上的九部地情書校注》〔註40〕將「麻布以手分化挈之」校為「麻布以手分開挈之」，釋「麻布以手分開挈之」中的「挈」為動詞，甚是，可從。然將「松柴每挈五尺價銀八角」校為「松柴每挈五尺，價銀八角」，誤，應作「松柴每挈（五尺）價銀八角」，因為「五尺」解釋說明「挈」的含義，而且從句式上看，與下文「……每挈……」相一致；釋「松柴每挈（五尺）價銀八角」以及「栗柴每挈一元」中的「挈」為名詞，非，且對其詞義語焉未詳。

「挈」字孤僻，大型辭書《康熙字典》《中文大辭典》《國語辭典》《漢語大字典》《漢語大詞典》等均未見收錄，僅見收錄的《中華字海》亦謂：「音義待考。字出北大方正《漢字內碼字典》。」顯然，成文於民國年間的《徵集菖蒲桶沿邊志》遠遠早於北大方正的《漢字內碼字典》，《中華字海》首引書證太晚。

〔註37〕發表於《民族語文》，2021 年第 2 期，有改動。

〔註38〕《怒江傈族自治州文物志》編纂委員會編：《怒江傈族自治州文物志》，雲南大學出版社，2007 年，第 329 頁。

〔註39〕《怒江傈族自治州文物志》編纂委員會編：《怒江傈族自治州文物志》，雲南大學出版社，2007 年，第 329 頁。

〔註40〕吳光範校注：《怒江地區歷史上的九部地情書校注》，雲南人民出版社，2014 年，第 75 頁。

既言「音義待考」，當有探究之必要。

（3）每個卡些隆轄區內的百姓，每年交給播拉和卡些隆 10 拿柴、
20 斤棉花、1 斗 2 升米、竹筍 2 背、玉米 2 背；每戶每年交
給土司 20 拿柴、7 斗穀子、1 碗黃豆。土司轄區內的百姓打
得麂子、馬鹿等要給土司一條腿。（《瀾滄縣東回區班麗寨拉
祜族社會經濟調查》，載《拉祜族社會歷史調查》〔註41〕）

同理，例（3）中的兩處「拿」均為量詞，「10拿柴」猶言 10 堆寬、高約與身高
等長（五尺）的柴垛。我們從下則材料裏可以得到參證：

（4）（都衣生家）一年交茶土司（茶光周）地租包穀 3 籮，柴 4 掰
（即柴堆體積，5 尺寬、5 尺高、柴長 2 尺），油菜 1 大背（有
一人高）。（《瀘水的經濟情況與人民負擔》，載《中央訪問團第
二分團雲南民族情況彙集》〔註42〕）

例（4）的「掰」同「拿」，為音近記字。戴慶廈（2012：602）在調查戶撒阿昌
語時把「lam」釋為「（一）排柴」，〔註43〕可知「排」亦為記音字，亦指寬、高
均為五尺的柴垛。

表示「寬、高均為五尺」的「拿」（「掰」「排」）當為引申義，其本義為動詞
雙臂平伸，轉指雙臂平伸的長度，約等於身高（五尺）。經田野調查和文獻查證，
我們認為「拿」讀為 [pʰai⁵³]，有動詞和量詞兩種用法，動詞義為「以雙臂平伸
的長度為單位丈量」，量詞義為「雙臂平伸的長度，約等於身高」。從構字方式
上看，「拿」為會意字，猶「雙臂分開」。

（二）今方言裏「拿」的記音用字

我們在雲南怒江、麗江、保山、紅河、文山、曲靖、玉溪等地的田野調查
中，發現當地百姓為了簡易常採用「拿」加以丈量，比如計量房屋地基、田土
的長寬，砍伐後的樹木、竹子的長度，編織的繩子長度等，均說「拿 [pʰai⁵³]

〔註41〕《中國少數民族社會歷史調查資料叢刊》修訂編輯委員會編：《拉祜族社會歷史調
查》，民族出版社，2009 年，第 70～71 頁。

〔註42〕《中國少數民族社會歷史調查資料叢刊》修訂編輯委員會編：《中央訪問團第二分
團雲南民族情況彙集》，民族出版社，2009 年，第 253 頁。

〔註43〕中央民族大學中國少數民族語言文學學院編：《戴慶廈文集》第 2 卷《藏緬語族語
言研究》，中央民族大學出版社，2012 年，第 602 頁。

下看有多長」「幾拿〔pʰai⁵³〕長」「幾拿〔pʰai⁵³〕幾尺長」等〔註44〕。

今天，在西南官話等處，「拿」依然活躍使用，但動詞義罕見，量詞義均為「兩臂平伸的長度」，語音及記音用字略有差別。

記為「排」，如：

（5）答：一般，兩天織一匹。一匹布有十二排。自注：「一排」為成人雙臂張開的長度，大約160釐米。(《哈尼族服飾文化中的歷史記憶——以雲南省綠春縣「窩拖布瑪」為例》〔註45〕)

（6）pʰai⁵³ 排，長度單位，兩臂伸直的長度叫「一～」（又 pʰai³¹）(《成都話音檔》〔註46〕)

記為「派」，如：

（7）俗話說，肚餓能走三派，光身半步難行。自注：派，兩臂伸直的長度為一派。(《洛甲斷案》（廣西東蘭），載《壯族神話集成》〔註47〕)

（8）在人間，要找到仡佬族住的「仡佬沖」，就得爬過九百九十九座高山，遊過九百九十九派寬的江河。自注：兩臂伸直的長度為「一派」。(《敬狗的傳說》，載《回、彝、水、仡佬、毛南、京族民間故事選》〔註48〕)

例（7）、例（8）分別記錄廣西壯族神話和仡佬族傳說，說明廣西漢語方言亦有以「pʰai⁵³」表示長度量詞的用法。

廣西還有記為「掰」的用例：

（9）茅草九掰長，漆樹九抱大，竹根樹根密。自注：掰，兩臂伸直的長度為一拿。(彝族《遷徙歌》，載《廣西民間文學作品精選·

〔註44〕特此鳴謝發音合作人：富源黃泥河人余錦春（蒙古族，81歲）、貢山培朵村張春山（漢族，72歲）、永勝阿穀子村人海忠仁（傈僳族，66歲）、維西札子村人和永琪（哈尼族，68歲）等。

〔註45〕白永芳：《哈尼族服飾文化中的歷史記憶——以雲南省綠春縣「窩拖布瑪」為例》，雲南人民出版社，2013年，第113頁。

〔註46〕侯精一主編，崔榮昌編寫，瀟婭曼發音，方舟解說：《成都話音檔》，上海教育出版社，1997年，第128頁。

〔註47〕張聲震主編，農冠品編注：《壯族神話集成》，廣西民族出版社，2007年，第27頁。

〔註48〕廣西師範學院民族民間文學研究所編，楊光富等選注：《回、彝、水、仡佬、毛南、京族民間故事選》，廣西人民出版社，1988年，第264頁。

隆林卷》[註49]）

湖北方言有的記為「抱」，如：

（10）抱 pau⁵⁵，兩臂伸直的長度。兩～索吶。（《黃梅方言志》[註50]）

陝、甘官話區記為「膀」，如：

（11）一膀子 [i²⁴pã⁵⁵·tsʅ]，兩臂伸直的長度。（《榆中縣志》[註51]）

（12）一膀子：兩臂伸直的長度，約五尺左右。（《蘭州市安寧區志》[註52]）

此外，尚有以「口」記之者，語音近似：

（13）口 pʰai⁴²，張開雙臂或雙臂平伸的距離。（《黔中屯堡方言研究》[註53]）

（14）口 pe³³：兩臂伸直的長度。（《湖南道縣祥霖鋪土話研究》[註54]）

（15）一庹 i¹²¹pʰa³³：兩臂伸直的長度。（《湖南江華寨山話研究》[註55]）

從語音上看 [pʰa³³] 與 [pʰai⁵³] 接近，以「庹」記之，欠妥，儘管「庹」亦可表示「兩臂伸直的長度」，但語音相去甚遠。

我們還可以考察明清小說裏與「挲」相關的文獻用字，儘管很難確定是否具有發生學關係，但同屬漢藏語系，且語音和語義均與「挲」存在相似性。

「摢」，音 pǎi，《漢語大字典》第二版釋義為「兩臂朝左右兩邊伸開」，引《金瓶梅》第七十八回：「（林太太躺在床上）兩隻手摢著。」[註56] 這是動詞

[註49] 廣西民間文藝家協會、廣西民間文藝研究室編：《廣西民間文學作品精選·隆林卷》，廣西民族出版社，1992 年，第 332 頁。

[註50] 王定國：《黃梅方言志》，華中師範大學出版社，2016 年，第 122 頁。

[註51] 張文玲主編；榆中縣志編纂委員會編：《榆中縣志》，甘肅人民出版社，2001 年，第 754 頁。

[註52] 蘭州市安寧區地方志編纂委員會編纂：《蘭州市安寧區志》，蘭州大學出版社，1999 年，第 199 頁。

[註53] 龍異騰、吳偉軍、宋宣等：《黔中屯堡方言研究》，西南交通大學出版社，2011 年，第 82 頁。

[註54] 謝奇勇：《湖南道縣祥霖鋪土話研究》，湖南師範大學出版社，2016 年，第 97 頁。

[註55] 曾毓美：《湖南江華寨山話研究》，湖南師範大學出版社，2005 年，第 261 頁。

[註56] 漢語大字典編輯委員會編纂：《漢語大字典》（第二版），崇文書局，2010 年，第 2080 頁。

用法，與「拏」的動詞義「以雙臂平伸的長度為單位丈量」語義相關。

由於《大字典》僅引了一個孤例，容易導致釋義偏差。其實，同回亦見用例，「兩個也無閒話，走到裏間內，老婆寬衣解帶，仰撇炕上。」〔註57〕「撇」不但可以指「兩臂朝左右兩邊伸開」，亦可指「兩腿朝左右兩邊伸開」，泛指「四肢向左右伸開」。如：

(16) 那胡秀把眼斜瞅著他（韓道國），走到下邊，口裏喃喃吶吶說：

「你罵我，你家老婆在家裏仰著掙，你在這裡合蓬著丟。」（《金瓶梅》第八十一回〔註58〕）

(17) 玳安道：「賊秫秫小廝，仰撇著掙了，合蓬著丟！」（《金瓶梅》第五十一回〔註59〕）

(18) 婦人道：「等我撇著，你往裏放。」（《金瓶梅》第五十一回〔註60〕）

例（16）、（17）「仰撇」既可指雙臂左右伸開，亦可指雙腿左右伸開。例18「撇」只能理解為雙腿左右伸開。小說裏還有「拍」的用例，當為「撇」的記音：

(19) 你沒見坐著那山轎，往上上還好，只是往下下可是倒著坐轎子，女人就合那抬轎的人緊對著臉，女人仰拍著，那腳差不多就在那轎夫肩膀上。（《醒世姻緣傳》第六十八回〔註61〕）

(20) 寄姐不曾提防，被素姐照著胸前一頭拾來，碰了個仰拍叉，扯回鞭去，照著寄姐亂打。（《醒世姻緣傳》第九十五回〔註62〕）

「仰拍」猶言四肢伸開，「叉」亦有分開義，因此「仰拍叉」通過語義溢出而形成疊架結構。在明清小說裏亦作「仰百叉」「仰八叉」〔註63〕「仰巴叉」等，如

〔註57〕蘭陵笑笑生著；梅節校訂，陳詔、黃霖注釋：《夢梅館校本金瓶梅詞話》，里仁書局，2009年，第1340頁。

〔註58〕蘭陵笑笑生著；梅節校訂，陳詔、黃霖注釋：《夢梅館校本金瓶梅詞話》，里仁書局，2009年，第1412頁。

〔註59〕蘭陵笑笑生著；梅節校訂，陳詔、黃霖注釋：《夢梅館校本金瓶梅詞話》，里仁書局，2009年，第773頁。

〔註60〕蘭陵笑笑生著；梅節校訂，陳詔、黃霖注釋：《夢梅館校本金瓶梅詞話》，里仁書局，2009年，第766頁。

〔註61〕西周生：《醒世姻緣傳》，上海古籍出版社，1981年，第978～979頁。

〔註62〕西周生：《醒世姻緣傳》，上海古籍出版社，1981年，第1351頁。

〔註63〕《小說詞語匯釋》釋為「仰面跌倒」，有隨文釋義之嫌，不確。參見陸澹安（1964：

（21）寄春江出其不意，望著晁思才心坎上一頭拾將去，把個晁思才拾了個仰百叉地下蹾捱。（《醒世姻緣傳》第二十回〔註64〕）

（22）才待搬泥頭，被婦人劈手一推，奪過酒來，提到屋裏去了，把二搗鬼仰八叉推了一跤。（《金瓶梅》第三十八回〔註65〕）

（23）兩個差人，慌忙搬了行李，趕著扯他（沈瓊枝），被他一個四門斗裏，打了一個仰八叉。（《儒林外史》第四十一回〔註66〕）

（24）正叫著，遇見陳木南踱了來，看見和尚仰巴叉睡在地下，不成模樣，慌忙拉起來道：「這是怎的？」（《儒林外史》第五十四回〔註67〕）

由於語源的迷失，在現代漢語口語裏，「仰八叉」受四言格韻律影響，進一步俗變為「四仰八叉」「四腳八叉」，與「撐」逾行逾遠。

分析以上異形用字，比較突出的特點就是聲母［p］與［pʰ］交混使用，對詞義不產生影響，甚至可以視為自由變體。此外，其語義特徵均為〔＋雙臂＋張開＋左右〕。

（三）民族語裏「撐」的關係字

以雙臂平伸丈量長度，似乎具有跨民族的共通點，儘管不夠精確，但反映了人們早期的測量依據。以英國為例，如「一英呎（foot）等於 36 個 barleycorns（三分之一吋），一碼（yard）乃 Edgar 國王的鼻尖與其伸直手指尖的長度。一呎（fathom）乃 Viking 雙臂張開的長度。」〔註68〕

我們還找到了以下藏緬語和方言材料，從語音上看與「撐」存在關聯。為便於下文比較，我們此處姑且不論它們之間誰先誰後的發生學淵源，統稱關係字。大致可以分為三個系列，第一個系列為［pa／phe］，與「撐」對應。

《常德土家族》以「排」表示「兩臂伸直的長度」，〔註69〕認為「排」是土

184）。

〔註64〕西周生：《醒世姻緣傳》，上海古籍出版社，1981 年，第 297 頁。

〔註65〕蘭陵笑笑生著；梅節校訂，陳詔、黃霖注釋：《夢梅館校本金瓶梅詞話》，里仁書局，2009 年，第 557 頁。

〔註66〕吳敬梓：《儒林外史》，上海古籍出版社，1984 年，第 569 頁。

〔註67〕吳敬梓：《儒林外史》，上海古籍出版社，1984 年，第 729 頁。

〔註68〕Alan L. Myers and Warren D Seider 著；馬俊雄譯：《化學工程與計算機運用》，復漢出版社，1983 年，第 14 頁。

〔註69〕邱渭波主編：《常德土家族》，北方文藝出版社，第 96 頁。

家語彙。傈僳語以 boˤ 表示兩臂平伸的長度，以 lɛˇ baˇ 表示一臂平伸，中指到胸中線之間的長度。〔註70〕（拉薩）藏語、（夏河）藏語、阿儂怒語、白語、（巍山）彝語等分別以 [tom¹³pa⁵⁵] [ndo mba] [(tʰi⁵⁵) lɛ³¹ ba³¹] [(ɑ²¹) ji⁴² ／ (ɑ²¹) phe³¹] [phɛ²¹ ／ tsa²¹] 表示「庹」，〔註71〕猶我們本文討論的「拿」。

比較藏緬語第一系列，語音方面，聲母 [p] [b] 對應「拿」的 [pʰ]，韻母 [e] [a] 對應「拿」的 [ai]。語義方面，民族語都只記錄了量詞義。再看另一個系列：

表一　民族語、方言第二系列

語言	景頗	獨龍	緬（書面）	緬（仰光）	阿昌
語音	lã³¹lam³³	lam⁵⁵	laṁ²	la²²	lam⁵⁵
語言	仙島	載瓦	浪速	波拉	勒期
語音	lam⁵⁵	lam⁵¹	lɛ³¹	lɛ̃⁵⁵	lam³¹
語言	怒蘇怒	彝（喜德）	彝（南華）	彝（武定）	彝（撒尼）
語音	la³³	li³³	lɯ³³	le¹¹	lɤ³³
語言	哈尼（綠春）	基諾	納西	納木茲	普米
語音	lɔ⁵⁵	ɬɛ³³	ly²¹	lu³³	lɛ̃⁵⁵

分析藏緬語第二系列，儘管韻母與第一系列相類，但聲母 [l] 與「拿」的聲母 [pʰ] 不同，當另有來源。較早表示「雙臂平伸丈量長度」的文字是「尋」，如《詩‧魯頌‧閟宮》：「是斷是度，是尋是尺。」鄭玄箋：「八尺曰尋。或云七尺、六尺。」《說文‧寸部》：「度人之兩臂為尋，八尺也。」與「尋」相關的還有「常」，《國語‧周語下》：「夫目之察度也，不過步武尺寸之閒；其察色也，不過墨丈尋常之閒。」韋昭注：「五尺為墨，倍墨為丈，八尺為尋，倍尋為常。」黃樹先在論及緬文「၆က」還可表示長度時指出：「漢語的長度單位，亦以人為度，所謂近取諸身。漢語的『尋』和緬文有對應。」〔註72〕此言甚是。「尋」，根據李方桂先生的構擬，上古音為 [rjəəm]，第二系列與其對應。孔祥卿通過比較納西語、基諾語、拉祜語等，認為「伸開雙臂的長度」的 [ly²¹] [ɬɛ³³] [lɔ³¹]

〔註70〕徐琳、木玉璋、蓋興之編著：《傈僳語簡志》，民族出版社，1986 年，第 53 頁。
〔註71〕黃布凡主編：《藏緬語族語言詞彙》，中央民族學院出版社，1992 年，第 300 頁。
　　　從語音相似程度來看，我們認為此處記以「拿」比「庹」更為確切。
〔註72〕黃樹先：《漢緬語比較研究》，華中科技大學出版社，2003 年，第 168～169 頁。

等詞語對應的漢語為「尋」，〔註73〕可資參證。

再來看第三系列。近代漢語出現的「庹」亦可成人兩臂左右平伸時兩手之間的距離，與「挈」語義相近，《字彙補・廣部》：「兩腕引長謂之庹。」「庹」當為「度」的分化字，《元朝秘史》卷八：「是訶額侖母的一個兒子，用人肉來養，身有三度長。」李文田注：「伸手為度，度曰六尺。」表示「兩臂平伸長度」的「度」為引申義，本義為計量標準，如《禮記・月令》「同度量」鄭玄注：「丈尺曰度。」《漢書・律曆志上》：「度者，分、寸、尺、丈、引也。」《說文》：「度，從又，庶省聲。」段注將「度」與「寸」「咫」「尋」類比後指出：「皆於手取法，故從又。」「度」的中古音，王力先生構擬為〔dhu〕，與第三系列相對應。在方言與民族語裏均見使用，且與「挈」的地域分布形成互補，參見下表，材料來源於《漢藏語語音和詞彙》〔註74〕、《現代漢語方言大詞典》。〔註75〕

表二　民族語、方言第三系列

語言	蘇州話	太原話	西安話	湘鄉話
語音	tho?^{55}	thuə?^{2}	thuo^{21}	do^{22}
語言	藏語拉薩話	藏語夏河話	土家語坡腳話	牟平話
語音	tom^{55}pa^{55}	ndo mba	tho^{35}	thuo^{213}
語言	上海話	徐州話	揚州話	南京話
語音	tho?^{55}	thuə^{213}	tha?^{44}	tho?^{55}
語言	布朗語新曼俄話	佤語岩帥話	臨高語臨城話	丹陽話
語音	tɔp^{35}	tɔp^{35}	tom^{213}mə^{33}	thɔ?^{33}
語言	武漢話	洛陽話	西寧話	忻州話
語音	tho^{213}	thuə^{33}	thuo^{53}	thuə?^{2}
語言	崇明話	績溪話	蘇州話	萍鄉話
語音	tho?^{5}	thɔ?^{21}	tho?^{5}	tho^{11}

在人類自然語言裏，用手足等作為長度單位是很常見的，具有類型學意義。《說文》「尺」字下說：「周制寸尺咫尋常仞，皆以人之體為法。」根據上述三個系列的比較，後兩個系列的對應漢字均與手有關，可以佐證「挈」為用身體部位表示長度單位，且可推論「挈」的語源亦當從手。

〔註73〕孔祥卿：《漢語長度單位詞的來源》，《南開語言學刊》2003年第1輯，第74頁。
〔註74〕孫宏開等：《漢藏語語音和詞彙》，民族出版社，2016年，第1953～1956頁。
〔註75〕李榮主編：《現代漢語方言大詞典》，江蘇教育出版社，2002年，第3972頁。

（四）餘　論

姜亮夫《昭通方言疏證》認為：「昭人言分兩手兩腳而開之曰脈，音如派（上聲），《廣韻》訓為『破物』，讀陌韻，破物即分開之義，故《集韻》訓分，按此即『八』字同族語也。八，分也，孳乳則為必、為分、為北、為刺趴、為辰，而脈與脈又辰之孳乳，歌麻與支咍之變，水分曰派，人之手足開張曰脈，皆專別字矣。」〔註76〕徐之明〔註77〕、蔣宗福〔註78〕亦持此說。誠然「脈」「脈」為「辰之孳乳」，然「水分曰派」，從水，那麼「人之手足開張」亦當從手或足，「脈」的本義從片，《說文》：「片，判木也，從半木。」從義域和語義特徵分析，與手關係甚遠，似乎不盡妥當。

黎良軍在討論邵陽話時認為來源於「倍」，讀為 [pʰai³¹]。由「倍」的「反」義可理解為「兩手側平舉以量物長」，是「反」的一種特殊情形。〔註79〕但考察文獻，「倍」的「反」義多理解為「背」，如「倍」「反」同義連用，意為背叛。「倍心」「倍本」「倍上」「倍世」中的「倍」猶「反」，均為「背叛」義。似乎仍未完美解釋。

今考「拿」的來源當為「捭」。《說文・手部》：「捭，從手卑聲，兩手擊也。」段玉裁注：「謂左右兩手橫開旁擊也。」與前文分析「拿」的語義特徵〔＋雙臂＋張開＋左右〕相合。

據《同源字典》（1982：117），捭 [pe] 與掰 [pek]、擘 [pek]、擗 [phyek]、闢（辟）[biek] 同源，〔註80〕核心語義特徵都含〔＋手〕〔＋開〕。「拿」與捭族字的語義特徵相比，多出語義特徵〔＋左右〕，因此語義發生微變，使得語音及引申義隨之發生變化，我們不妨把這種由於語義特徵的增減而導致音義微變的字稱為變異同源字，通俗地講，捭與掰、擘、擗、闢（辟）為直系親屬，而「拿」「撇」「排」等與捭為旁系親屬。

〔註76〕姜亮夫著；姜昆武校：《昭通方言疏證》，上海古籍出版社，1988年，第123頁。
〔註77〕徐之明：《明清白話小說俗語詞考釋》，《貴州大學學報》社會科學版1999年第1期。
〔註78〕蔣宗福：《〈金瓶梅詞話〉詞語探源》，《文獻》1999年第1期。
〔註79〕黎良軍：《湘語邵陽話音義疏證》，黃山書社，2009年，第196頁。
〔註80〕王力：《同源字典》，商務印書館，1982年，第117頁。